Adolf Muschg

Heimkehr nach Fukushima

Adolf Muschg

Heimkehr nach Fukushima

Roman

C. H. Beck

Umschlaggestaltung: Leander Eisenmann, Zürich
Umschlagabbildung: Vorne: Blick in den «Dampflosen» Kühlturm des Kernkraftwerks Leibstadt, 12.8.2008; hinten: Adalbert Stifter, Mondlandschaft mit bewölktem Himmel (ca. 1850)
Satz: Fotosatz Amann, Memmingen
Druck und Bindung: GGP Media GmbH, Pößneck
Gedruckt auf säurefreiem, alterungsbeständigem Papier (hergestellt aus chlorfrei gebleichtem Zellstoff)
Printed in Germany
ISBN 978 3 406 72702 3

www.chbeck.de

Nemlich zu Hauß ist der Geist
Nicht im Anfang, nicht an der Quell. Ihn zehret
die Heimath.
Kolonie liebt, und tapfer Vergessen der Geist.
Friedrich Hölderlin, «Brod und Wein»

Für Irmela und Shuji Hijiya-Kirschnereit

Inhalt

0 PROLOG

Trotz aufgeklebter Warnung war der Briefkasten, den Paul Neuhaus eine Woche nicht mehr geleert hatte, mit Reklame verstopft – er war keine Anlaufstelle freudiger Erwartung mehr. Unter vielen Rechnungen fand sich aber auch ein großer Brief mit japanischer Frankierung: An «Herrn Professor Paul Neuhaus» und «Frau Professorin Suzanne Schawalder». Er fing gerade an, sich über die unverdienten Titel zu ärgern, da las er den Absender *Ken-ich Tenma* und glaubte ihn lachen zu sehen.

Ein blauer, doch kühler Märztag leuchtete durch die Fensterflucht des «Doppeldeckers», wie das auf Stelzen gebaute Glashaus im Zähringer Volksmund hieß. Er bestand aus zwei selbständigen, gegeneinander leicht verkanteten Kuben, die eine freie Aussicht über das Oberrheinbecken erlaubten. Jetzt, wie so oft, bewohnte Paul das doppelte Gebäude allein, das Suzanne sein «Luftschloß der Sachlichkeit» nannte.

Der Brief enthielt eine farbige Broschüre «Yoneuchi – The most beautiful village of Japan», und einen Brief Kens, handgeschrieben.

Liebe Suzanne, lieber Paul,
vielleicht erinnern Sie sich noch an den Stipendiaten Ken Tenma und seine Ehefrau Mitsuko? Unsere Bekanntschaft begann mit einem Gespräch nach dem Gastspiel eines japanischen Nō-Theaters und verlief so angeregt, daß Sie uns danach zweimal in Ihre Wohnung eingeladen haben. Sie hatten uns auch das Du angeboten, das wir leider viele Jahre nicht mehr zu üben Gelegenheit hatten. Vielleicht eröffnet sie dieser Brief, wenn er Sie nach Japan locken kann – diese Hoffnung erfüllt uns jetzt schon mit großer Vorfreude.

Wir dürfen Ihnen nämlich eine Einladung nach Fukushima überbringen – und bevor Sie erschrecken, erlauben Sie mir, Ihnen die Person Ihres Gastgebers vorzustellen. Seizō Irie ist Bürgermeister der vom bekannten Störfall betroffenen Gemeinde Yoneuchi, deren 6000 Bewohner im März 2011 evakuiert werden mußten und auf Notunterkünfte verteilt leben. Seither wurde ein Teil des Gebiets dekontaminiert. Die Regierung hat es für April zur Wiederansiedlung freigegeben, muß aber feststellen, daß die Mehrheit der Evakuierten die Rückkehr verweigert, namentlich Familien mit Kindern. Die meisten Bürgermeister haben sich dem Widerstand angeschlossen und verlangen, daß die Entschädigung der Betroffenen unter allen Umständen fortgesetzt werde. Irie ist die Ausnahme, und das hat ihn in Japan zur bekannten, aber auch umstrittenen Persönlichkeit gemacht. Er hält den Zerfall seiner Dorfgemeinschaft für das größere Übel, dem er um jeden Preis entgegenwirken will, wofür ihm die «Washington Post» den Titel «Moses without a People» verliehen hat. Immerhin bleiben ihm einige treue Jünger, wie meine Frau Mitsuko. Sie ist selbst in der Gegend aufgewachsen.

Onkel Seizō Irie hat sich kundig gemacht, wie andere betroffene Bevölkerungen mit radioaktiver Strahlung umgehen. Jetzt schwebt ihm die Ansiedlung einer internationalen Künstler-Kolonie in Yoneuchi vor, nach dem Vorbild Worpswedes oder des Monte Verità, und er hofft, sie mithilfe einer Stiftung zu realisieren. Die Einheimischen sollen erleben, daß interessante Ausländer sein gesegnetes Land nicht fürchten.

Über dieses Projekt möchte er mit Euch reden, und wenn es nach seinem Wunsch geht, so bald wie möglich. Er hat auch Pauls Arbeit «Hier und Jetzt» studiert, und wir sind traurig, daß der japanische Übersetzer den Tsunami nicht überlebt hat.

Das hörte Paul Neuhaus zum ersten Mal, und in seine Bestürzung mischte sich Scham. Er hatte im Fernsehen zugesehen, wie die Küste weggespült wurde, und vergessen, daß der Übersetzer von «Hier und Jetzt» dort gewohnt hatte – wußte auch seinen Namen nicht mehr, obwohl er ihm – mit dem damals noch neuen Fax – zehn Seiten Fragen beantwortet hatte.

Ich lege eine Drucksache bei, der Sie entnehmen können, daß sich Yoneuchi immer noch zu den «schönsten Dörfern» Japans zählen darf, und sein Bürgermeister bittet, wenn die Kirschen blühen, Euch selbst ein Bild von seiner Heimat und ihren Menschen zu machen. Er erwartet auch fachmännische Beratung, was Organisation und Standort der Kolonie betrifft, und hat dafür ein Budget der Provinzregierung.

Seizō Irie kämpft als Ehrenmann gegen den Blick der Verzweiflung. Das ist eine schon im Krieg bewährte japanische Tugend. Mein Vater, der als Offizier in Hiroshima Dienst leistete, ist dreißig Jahre nach der Bombe an Leukämie gestorben; einen Zusammenhang bestritt er bis zum letzten Atemzug. Damit hätte er nur meine (inzwischen verstorbene) Schwester und mich ungebührlich belastet. Viel lieber starb er an der Scham, der einzige Überlebende seiner Uni-Fußballmannschaft zu sein.

Vielleicht sind die Roboter, die wir heute auf die Suche nach der geschmolzenen Kernmasse loslassen, der nächste Schritt der menschlichen Evolution. Jedenfalls sind sie ein Geschäft mit Zukunft, wenn die Welt denn noch eine hat. Sie, verehrter Herr Paul Neuhaus, wetteten schon vor zwanzig Jahren nicht darauf. Also bitte: besuchen Sie uns in Japan, so lange es noch steht.

Von anderer Hand war dem Brief noch eine zartblaue Nachschrift beigefügt:

Der Roman, den Sie mir damals geschenkt haben, gehört immer noch zu meinen Lieblingsbüchern! Ihre Mitsuko

Paul starrte über den Kaiserstuhl in die Vogesen hinüber; das Rheinbecken lag im Frühlingsdunst. Auch damals war Frühling gewesen, als Suzanne und er nach Japan gereist waren, beide zum ersten Mal. Er hatte ihr die Reise zu Weihnachten 2010 geschenkt, und schließlich hatte sie ihrem Terminkalender drei freie Wochen im kommenden März/April abgerungen, nicht ahnend, daß sie für eine dreifache Katastrophe im Nordosten gebucht hatten – Erdbeben, Tsunami, und dann: der nukleare GAU. Suzanne hatte sich gewünscht, die *Land Art* des verehrten Tadao Ando zu erleben, der die Insel Naoshima mit seiner Architektur besetzt und bis in kleine Fischerdörfer hinaus mit Kunst unterwandert hatte. Nach dem fatalen 11. März 2011 hatten sie den Flug nicht, wie die meisten Touristen, abgesagt, denn der ihre führte direkt in das weniger exponierte Osaka. Aber Tokyo, wo die Tenmas wohnten, hatten sie gemieden, nachdem die Regierung sogar die Evakuierung der Metropole erwogen hatte.

Dabei blieb Paul jeden Tag vom Gefühl verfolgt, daß ein Weltuntergang am Laufen war, während Suzanne sich ihre Reise nicht nehmen ließ. Sie war entzückt, daß ihnen Meister Ando zufällig im Zug begegnete – beim Verlassen der Toilette, wo er für Suzannes ehrfürchtigen Gruß nur ein Murren übrig hatte. Paul aber war der Geschmack an seinem Werk verdorben, einem kraterförmig in den Berggipfel eingelassenen Hotel namens *Benesse,* sogar an der privaten Drahtseilbahn, die eine atemberaubende Aussicht auf die *Inland Sea* eröffnete. Er hatte sie *taktlos* genannt und Suzanne ihre Wallfahrt in die Postmoderne so lange vermiest, bis sie ihn anschrie und selbst eine Katastrophe nannte. Sie habe Fukushima nicht verursacht, und mit ihrem schlechten Gewissen sei niemandem gedient.

Auf dem Tisch lag das Mail, das er unten an ihrem Computer ausgedruckt hatte:

Erwarte mich bitte Donnerstagabend, damit dus nicht am

Bahnhof tust, sage nicht wann. DB kommt sowieso nie zur Zeit. Berlin war viel Stress. Danke für wenig Urlaub im Doppeldecker. Love. Deine. S.

Es war Suzanne, punktgenau. Love, Punkt. Deine, Punkt. S., Punkt. Früher hätte man, was sie mailte, Telegrammstil genannt, mit schweizerdeutschen Einschlüssen. Hatte sie wirklich «wenig» Urlaub gemeint, oder *ein* wenig? Suzannes ganz eigener Mix von Funkenflug und Nebelschleier. Wozu hat man Tinte? Zum Verdunkeln seiner Flucht, sagt der Tintenfisch. Aber angesichts eines schönen Abendhimmels konnte Suzanne immer noch sagen: Guck mal, diese Tinten!

Natürlich war Paul am nächsten Abend zum Bahnhof gefahren, natürlich hatte er den richtigen Zug erraten. Suzanne lief auf ihn zu, und sie umarmten sich lange.

Geht es dir gut? war ihre erste Frage.

Ihm war schon klar, was sie meinte. An der Feier zu seinem 60. Geburtstag im «Lämmle» hatte er plötzlich zu lallen angefangen. In seinen Augen hüpften Phantombilder, ein schlichtes Wort wie «Mantel» blieb im Kopf stecken, auf die Zunge wollte es nicht mehr. Zum Glück wußte der Mediziner Lenz sogleich Bescheid. Paul, obwohl schon wieder ganz bei Sinnen, kam mit Blaulicht ins Klinikum, sein Gehirn wurde allen verfügbaren neurologischen Darstellungen unterzogen und er schließlich an der linken Halsschlagader operiert. An sein Krankenbett kam auch Suzanne geflogen, aus Dubai, wo sie eine Bauaufsicht hatte, gebührend alarmiert – aber, angesichts seines guten Zustandes, keineswegs zerknirscht, sondern mit einer Art Ungeduld. Sie behandelte seine «Streifung» ein wenig wie einen Wortbruch – schließlich war *sie* zwei Jahre älter und hatte sich von ihm das nötige Stehvermögen versprochen. Nun, er sorgte dafür, daß sie bald an ihre Baustelle zurückkehren konnte und zu ihren eigenen Terminen. Der seine war ja noch keineswegs angesagt, und er gelobte, das Rauchen aufzugeben.

Auch diesmal hatte sie der Ärger über die Berliner «Baustelle» – neuerdings der Euphemismus für eine verfahrene Situation – noch fest im Griff, und nach der Heimfahrt hinauf zum «Doppeldecker» versuchte Paul sie mit ihrem Lieblings-Champagner zu entkrampfen, «bei ihm» auf der Terrasse, nachdem sie «bei ihr» abgelegt hatte. Aber diesmal hatte sie nicht einmal ihre Arme zu den Vogesen hin ausgebreitet und schon nach ein paar Häppchen bekannt, heute «für alles» zu müde zu sein. Sie müsse schlafen, wollte aber nicht vergessen haben, sich zu bedanken, für das gemachte Bett und den Rosenstrauß, in ihrer Farbe Gelb, mit rot behauchten Blütenblättern. Zum Frühstück verabredeten sie sich wieder *bei ihm*, natürlich zu einer *menschlich* genannten Zeit. Da durfte es auch ein Brunch werden, dafür hatte er alles Nötige besorgt, auch an ihr Trockenfleisch gedacht, aus Graubünden.

Die Sonne stand schon hoch über dem Schwarzwald, und die Rheinebene lag im Schönwetterdunst, als Suzanne auf der Terrasse erschien. Der gedeckte Tisch stand im Schatten des vorgezogenen Flachdachs, und Paul hatte an einer freien Stelle die Post aus Japan ausgebreitet. Als hätten sie sich verabredet, trugen beide den ockerfarbenen *Yukata*, die Morgenmäntel aus gerippter Baumwolle, die sie 2011 auf der Reise nach Naoshima angeschafft hatten. Suzanne wirkte darin anmutiger als gestern, und die Morgenumarmung war aufmerksamer und ausgedehnter. Er ging in die Küche, um die Kaffeemaschine anzuwerfen, und wartete, bis die Kapseln ihren Espresso und seinen American Coffee lärmend hergegeben hatten. Als er zurückkam, sah er sie in der Einladung aus Japan blättern.

Erinnerst du dich an Ken? fragte er, er war bei uns in Güldenau.

Und ob, sagte sie. – Mit seinem Deutsch hätte er in einem Salon um 1800 Furore gemacht. Welchen Roman hast du der Frau denn mitgegeben?

Mitsu, von Colette. Weil sie selbst so hieß.

Das war doch ziemlich intim, sagte sie, während sie einen Melonenschnitz in mundgerechte Stücke schnitt, hast du ihr Bild gesehen?

Sie schob ihm den farbigen Prospekt Yoneuchis hinüber, des «schönsten Dorfes Japans.» Auf der letzten Seite, mit den Fotoporträts, war eine einzige Frau abgebildet, mit einer handschriftlichen Legende: «That is me.»

An sie erinnere ich mich nicht.

Dabei hängt sie über deinem Arbeitstisch.

Was meinst du?

Den Farbholzschnitt.

Das Paar?

Du hast nie gewußt, welches die Frau ist.

Und du hast gesagt, vielleicht wissen sie es selbst nicht und müssen es ausprobieren, wie die Krähen.

Das Bild war Suzannes Geschenk gewesen, am Ende ihrer Reise, als es Wogen zu glätten galt. Er hatte sich, einen Tag vor ihrem Rückflug, in Kobe beim Antiquar durch eine Serie sogenannter «Frühlingsbilder» geblättert. Darin belauschte ein durch Feenzauber zum Liliputaner verkleinertes Männchen Paare mit plastisch dargestellten Geschlechtsteilen. Selbstvergessen, wie Paul war, hatte er nicht bemerkt, daß er selbst belauscht wurde, von Suzanne. Und bevor sie den Laden verließen, überreichte ihm der Händler den Harunobu, den sie für ihn ausgesucht hatte. Es war ein Original, das ebenfalls ein Paar zeigte, aber in züchtiger Verkleidung unter einem Schirm, auf welchen der Schnee in eine bereits weiße Landschaft fiel.

Sie kamen drei Mal zu uns in die Güldenau, sagte Suzanne,

das erste Mal trug sie einen Kimono ganz in Weiß, der war mit dem weißen Gürtel so festgeschnürt, daß ich glaubte, sie müsse ersticken, und zwischen den gespaltenen Zehlein lief ein blutroter Riemen. Beim zweiten Mal kam sie im kleinen Schwarzen, einem *sehr* kleinen, und wenn sie sich bückte, bekamst du große Augen. Damit wollte sie in Eliots «Cocktail Party» gespielt haben. In der Küche redete sie ganz gut deutsch. Sie hatte es faustdick hinter den Öhrchen.

Du schienst Ken eher gewogen.

Weil er Manga zeichnete, und die waren auch witzig. Erinnerst du dich an *Amazing Grace*?

Das war der *Millenium Bug*, der Jux über Computer, die nicht bis hundert zählen können.

Ja, 99 waren sie bei uns, frisch verheiratet. Die Frau muß gerade 20 gewesen sein. Er schrieb eine Doktorarbeit über Manga. Seine eigenen Manga!

So was ging bei Ritter. Als Kommunikations-Theoretiker ein Star, aber ein schräger Vogel. Die Uni war nicht untröstlich, als er sich mit dem Gleitschirm zutode flog. Ken hatte es mit dem Nichts. Erinnerst du dich, was er nach dem Nō-Spiel erklärt hat? 'Was haben Sie gesehen?', imitierte ihn Paul mit Kopfstimme, 'hoffentlich nichts. Das Nō ist ein Spiel um nichts und wieder nichts. Die Auflösung einer gespannten Erwartung in nichts. Das ist Kants Definition des Witzes.'

Ja, mit den Philosophen hatte er es auch. Er könne nicht denken, darum müsse er zeichnen. Und hat jedem Denker den Umgang mit einem tückischen Objekt angedichtet.

Mit Frauen, damals war man noch nicht *korrekt*. Xanthippes Haushalt mit Sokrates. Die Geschichte von Phyllis, der Hetäre, die auf Aristoteles reitet. Oder Kants Spazierstock, der am Ofen gewärmt werden will, bevor er ihn durch Königsberg begleitet.

Ich glaube, er war schwul. Sie müssen längst geschieden sein.

Mir sagte er: ich lebe von meiner Frau. Ein Dandy. Er ist dir über den Mund gefahren, als du Manga «Comics» nanntest. Da gebe es einen Unterschied, aber er würde einen Abend brauchen, ihn zu erklären. Sie sind ja auch zweimal wiedergekommen. Zum Genie fehle ihm leider die Einfalt, sagte er. Dafür müsse man ein grundgütiger Kerl sein, wie Osamu Tesuka, der Groß-Vater der Manga. Er werde eine Arbeit schreiben, betitelt: Der gute Mensch als Künstler.

Nach dem Frühstück schenkte Paul immer noch Champagner nach. Inzwischen war es im Yukata doch etwas kühl geworden, und Suzanne hatte ihre fröstelnden Beine in die Sonne gestreckt. In einem plötzlichen Impuls stand er auf, hob die überraschend Leichte zu seinem Stuhl hinüber und setzte sie auf seinen Schoß, der sogleich lebendig wurde. So schlüpfte bald zusammen, was zusammengehörte, und er hörte aus der Brust, gegen die er seinen Kopf preßte, tiefe Seufzer steigen, während er in Erinnerung versank. Der *Cathedral Peak* in Yosemite Park erschien vor seinen geschlossenen Augen, wo sie sich, vor der *Cabin* im Zedernwald, in der kühlen Sonne ineinandergehockt hatten. An jedem Schritt ihres Liebeslebens war zugleich eine amerikanische Landschaft so plastisch haften geblieben, daß der Körperkontakt sie wieder auslöste und ein bestimmtes Bild abrief, als wäre nicht nur die Kulisse fixiert, sondern auch die Zeit angehalten worden. Damals hatten die Körper gelernt, keinem Ziel mehr nachzujagen, sondern in der Anwesenheit des andern die eigene zu genießen. Sie verharrten in *Achtsamkeit*, bis der Gipfel, der nicht hatte gestürmt werden wollen, von selbst erlosch. Erst in Bolinas am Ozean kamen sie regelmäßig auf den Punkt, den Suzanne: «O-Ton» nannte.

Ich weiß, daß mein Erlöser lebt, hatte sie ihm geschrieben, als man einander noch Briefe schrieb. Es war auch sonst eine verkehrte Welt. Nach dem Liebeszauber in Amerika, als sie mit getrennten Flügen nach Europa zurückkehrten, jeder in seine Stadt, war diese für Suzanne Zähringen gewesen, seine Vaterstadt, aus der er geflohen war. Sie aber wohnte jetzt dort und arbeitete am Aufbau des neuen Stadtteils Güldenau, während Paul, der gescheiterte Städtebauer, in Westberlin festsaß, um Schriftsteller zu werden. Und wenn sie sich leibhaft wieder begegnen wollten (und das wollten sie sehr), hätte der eine oder die andere 700 Kilometer zurücklegen müssen, nur um das Wochenende in einem Haushalt zu verbringen, an dem entweder er oder sie keinen Anteil hatte und der für die Freiheit, die sie suchten, nicht geschaffen war.

So einigten sie sich auf einen Treffpunkt, der ungefähr in der Mitte lag – von Zähringen etwas weiter entfernt, dafür mit dem Zug bequemer zu erreichen, während die Anfahrt von Berlin in Pauls blauer Ente über zwei Grenzkontrollen führte – für viele hieß die DDR damals immer noch «Zone». So waren sie, ungefähr alle vier Wochen, an einem Autobahnzubringer bei Göttingen zusammengekommen, in einem Motel, das auch noch «Sweet Rest» hieß, vielleicht nach einem benachbarten Friedhof, um sich diese Ruhe durch wiederholte Tätigkeit immer neu zu verdienen. In diesem Sinn war die romantische Absteige ein reiner Zweckbau, auch noch mit einem Pool und einer Sauna ausgestattet und ganz und gar anonym, eine scharf begrenzte Insel der Körperlichkeit, das perfekte Exterritorium. Für geistige Bedürfnisse kamen die Briefe auf, die sie fast täglich wechselten; und während Suzanne die Zeit dafür ihrem Arbeitsalltag abstahl, waren sie für Paul zugleich Laboratorium und Spielplatz für sein Thema, aus dem wieder ein Buch werden sollte: «Körper und Sprache».

Von den regelmäßigen Schecks seines mütterlichen Großvaters konnte er mühelos leben und fand, er habe nach der Qual seiner Lehrjahre etwas wie Muße verdient. Daß diese gelernt sein will, daß sie mit Freizeit nichts zu tun hat und nicht einmal das Gegenteil ist von Müßiggang, hatte er schon in seinem Erstling «Hier und Jetzt» der Welt mitgeteilt. Muße sei Arbeit an sich selbst und wolle auch noch mühelos getan sein, denn wer sie bloß der Mühe wert finde, habe sie schon verdorben. Sie gelinge nur, wenn man tun könne, als täte man nicht. Ein Rezensent hatte vermerkt, daß sich diese Einsicht mit fernöstlicher Weisheit berühre.

Einmal machte er den Versuch, Suzanne buchstäblich heimzuführen. Die Erbschaft seines Großvaters machte es möglich: der «Doppeldecker» auf dem Kreuzkopf war sein Denkmal gewagter Zweihäusigkeit. Paul hatte nicht ganz umsonst Architektur studiert – einmal war er doch sein eigener Bauherr geworden! Aber da hatte Suzanne ein ganz anderes Haus zu bestellen: nach dem unverhofften Tod ihres Ex-Mannes bedurfte das Büro Knäbig & Vaterlaus, inzwischen über hundert Mitarbeiter stark, ihrer kundigen Nachhilfe, um unter der Leitung seiner Söhne zur weltweit bekannten *Marke* aufzusteigen, mit Hauptsitz in Zürich.

Wir haben damals das Tezuka-Museum in Takarazuka besucht, erinnerst du dich noch?

Ja, ich habe mich darüber gewundert. Und über dich auch.

Vielleicht wollte ich auch einmal ein guter Mensch werden.

Mußt du dafür den Opfern von Fukushima die Hand halten?

Eine Künstlersiedlung gründen, meint der Bürgermeister.

Du? Du hast es doch nicht einmal in Naoshima ausgehalten.

Wenn er Streit gesucht hätte, hätte er geantwortet: So wenig wie du in Hiroshima. Aber er sagte: Das war Kunst für reiche Nichtkünstler.

Wie mich, sagte sie, nur reich geworden bin ich immer noch nicht.

Suzanne *arbeitete*, während er mit über sechzig immer noch der «reiche Jüngling» blieb – der bekanntlich noch weniger ins Reich Gottes geht als ein Kamel durch ein Nadelöhr. Aber sein Großvater wußte, daß es in der Stadtmauer Jerusalems eine Pforte namens «Nadelöhr» gegeben hatte, durch die ein Kamel gerade noch durchging. Dieses Kamel zu werden, war gewissermaßen die Quintessenz der Lebenskunst, die Paul in seinem Erstling proklamiert hatte.

Danke für dein – Spätstück, lächelte Suzanne, jetzt gehe ich noch ein wenig *zu mir*. Ich muß die Bredouille in Berlin begutachten, so lange ich noch heiß bin, und nach Zürich mailen. Wir haben ja noch das Wochenende für uns.

Dann mache ich den Abwasch und lese ein bißchen. Stifter.

Adalbert? Den Langweiler?

Seine Prosa macht süchtig. Genau, was ich jetzt brauche.

Aber heute gönnen wir uns ein schönes Nachtessen. «Chez Lucien»? Oder fahren wir ins Elsaß, Fessenheim, Colmar? Ich fahre, dann kannst du trinken.

Heute brauchte sie französische Küche. Da erwähnte er nicht mehr, daß er gestern etwas vorgekocht hatte.

Seit die (oder das?) «Heimat» hinter dem Münster, eine Handwerkerkneipe, die Paul als Gymnasiast noch besucht hatte, «Chez Lucien» geworden war, speiste man in einer andern Dimension. Der Patron hatte in Paris gekocht, und für Suzanne war seine kulinarische Poesie, die halblaute Rezitation der französischen Speisekarte, schon das halbe Diner, und Teil jener Finesse, die sie in Deutschland entbehrte. Versalzen würde nur die Rechnung sein, welche die Karte unterschlug. Aber das war heute Sache ihres reichen Jünglings. Ihr Vater hatte ihr den Unterschied von *gourmand* und *gourmet* früh beigebracht. Genußfähigkeit blieb Ehrensache. «Die habe ich bei Tisch früher gelernt als im Bett.»

Sie trug keinen Schmuck an der schmalen, doch sehnigen Hand, die sie ihm jetzt in einvernehmlicher Vorfreude über den damastgedeckten Tisch reichte, und ihre braunen, immer etwas geweiteten Augen blickten ungemein lebendig. Du fährst wieder mit Scheinwerfer, sagte er ihr ins frische Gesicht, wo sich nur beim Lachen kleine Fältchen in den Augenwinkeln zeigten. In ihrem vollen dunkelblonden Haar gab es keine Spur Grau. Sie trug im «Ausgang», wie das in ihrer Sprache hieß, einen blauen Hosenanzug, der von ferne an denjenigen der Hamburger Zimmerleute erinnerte, bis auf das weiße Spitzengfoulard im Ausschnitt.

Die Vorspeise – für Madame: *Velouté d'artichaud*, für Monsieur: *Carpacccio de Jacques* – war genossen, gelobt und abgeräumt; der Bordeaux wurde von Lucien, einem Maestro mit grauer Dirigenten-Mähne und auffallend fliehendem Kinn, persönlich kredenzt, und er schauderte bei Suzannes Erzählung, den ersten gemeinsamen Bordeaux hätten sie als *Claret* aus einem Hotelkühlschrank in Chicago getrunken. Gleich drei Sünden, von denen keine vergeben werden konnte! Aber die Dame wurde alsbald begnadigt: Frankophone im Exil müssen zusammenhalten.

Dann kam der *Caneton* in der Silberschüssel, von welcher der Deckel mit Eklat gelüftet wurde. Und so lange das rötliche Fleisch mit seinem Elfenbeinrand, den nur Barbaren «Fett» nennen, in *sauce rouennaise* wiedergeboren, andächtig aufgegabelt zwischen ihren Lippen verschwand, verbot sich jedes weitere Wort. Paul verbarg, daß ihm das kulinarische Himmelreich verschlossen blieb. Als er noch auf Manieren dressiert wurde, war *Fressen* zu oft das einzig Süße in seinem Kinderleben gewesen.

Das Dessert, eine *Crêpe Suzette* genannte *explosion de saveurs*, war süß genug, um im Mund auch einen Kontrast zu vertragen.

Hast du dir Japan überlegt?

Um mich verstrahlen zu lassen, brauche ich keine Künstlerkolonie. Übrigens: Ken ist jetzt *Editor-in-Chief* eines großen Manga-Verlags, und deine Mitsu heißt immer noch Tenma, arbeitet im Goethe-Institut und in einigen NGOs.

Woher weißt du das?

Gegoogelt. Hast du ihr wirklich Colettes Buch gegeben? Das war ein Geschenk von mir.

Entschuldige – aber das weiß ich einfach nicht mehr.

Neuerdings vergißt du ziemlich viel.

Hast du über Yoneuchi auch etwas gefunden? Es soll jetzt sicher sein.

Sicher wie der Tod. Möchtest du wissen, wie es dort steht? *Beschissen.*

Das Dorf lag fast vierzig Kilometer vom havarierten Werk entfernt, also außerhalb der gröbsten Gefahr. Das dachten seine Bewohner jedenfalls, darum nahmen sie viele Geflüchtete auf und erfuhren erst nach vier Tagen, daß sie selbst betroffen waren und doppelt betrogen. Um keine Panik auszulösen, hatten Regierung und die *Tokyo Electric Power Company* wichtige Daten zurückgehalten. Ein ungünstiger Südost hatte eine massive Ladung radioaktiven Staubs gerade über Yoneuchi abgeregnet, das jetzt sogleich geräumt werden mußte, und schon zu spät. Der älteste Mann des Dorfs hatte sich lieber gleich umgebracht. Waren die Häuser heute sicherer? Die Messungen von *Green Peace* sagten etwas anderes. Yoneuchi blieb *unbewohnbar.*

Sein Bürgermeister gehört zu den wenigen, die sich für eine Rückkehr stark machen. Die Regierung verlangt sie unbedingt. An der Olympiade in drei Jahren will sie Japan *sauber* präsentieren, sonst bliebe das Publikum aus, und die sensiblen Athleten gingen gar nicht erst hin.

Und jetzt soll eine Künstlerkolonie als Lockvogel herhalten? Liebster, ich bin kein Versuchskaninchen und auch keine Krebsmaus.

Viele Opfer Hiroshimas und Nagasakis leben bis heute, und das waren Bomben, kein Leck an einem Atomkraftwerk.

Das Leck wird weiterlecken, so lange die Welt steht, und du hältst hoffentlich noch ein wenig vor. Soll dein Leben noch kürzer werden? Da darfst du nicht hin, Paul. Fukushima *ist* eine Bombe. Und du bist zweiundsechzig.

Er sah Wasser in ihren Augen.

Ich habe auch gegoogelt, Suzanne. Eine Umfrage der *Japan Times* listet die Sorgen der betroffenen Bevölkerung auf. An erster Stelle wünscht sie sich, daß die Geschäfte wieder öffnen, für den täglichen Bedarf. Zweitens sollen Wildschweine und Waschbären verschwinden, die die leeren Häuser besetzt haben. Drittens muß medizinische Versorgung wieder her, und erst an vierter Stelle kommt die Angst vor der Strahlung.

So sind die Menschen, wenn das Haus brennt, denken sie zuerst an Bettzeug. Man geht nicht an ein Erdbeben, Paul, dafür sind wir nicht mehr jung genug.

Du bleibst dir treu, sagte er.

Wem sonst? fragte sie. – Wie du auch.

Dafür kenne ich mich selbst nicht gut genug.

Darum wollte ich dich ja kennenlernen. Dabei sprach eigentlich nichts für dich, am wenigsten du selbst, und gerade so hast du mich erwischt.

Ich glaube, Eifersucht habe ich mir abgewöhnt, sagte er lächelnd, aber ich bin neidisch auf deine Familie. Wo du hinspuckst – pardon – bildest du eine Familie, auch in Abu Dhabi oder Shanghai.

Ich habe kein Kind, sagte sie, und wir haben nie verhütet.

Aber du *gehörst*, sagte er. – Ich habe nie irgendwohin gehört.

Du gehörst zu mir.

Ja, wie das fünfte Rad zum Wagen. Er fährt auch ohne.

Wenn schon, bist du das dritte Rad an meinem Zweirad. Es macht mich sicher.

Wie ein Kinderrad.

Dafür liebe ich dich wie ein Kind. Ist das nichts?

Es ist *verboten*. Oder ein Wunder.

Darauf stoßen wir an, sagte sie. Sie taten es, Auge in Auge, und als sie getrunken hatte, fuhr sie fort: Aber wenn du nach Japan mußt, gehst du allein.

Du hast zu tun, sagt er nach einer Pause.

Ja, ich bekomme zu tun. – *Lucien,* rief sie. – *L'addition, s'il vous plaît.*

Er war schon zur Stelle. – *Encore un café? Un armagnac? Vous étiez tellement ravi l'un de l'autre – les jeunes amants!* Ich wollte nicht stören –

Die Rechnung ist für mich, sagte Paul. – Sie waren die letzten Gäste.

Schweigend brachten sie, Paul am Steuer, die Strecke zur Höhe des Kreuzkopfs hinter sich. Der ehemalige Aberhof war vollständig mit Einfamilienhäusern überbaut, und die grelle Straßenbeleuchtung tauchte den Nachthimmel in trübes Grau, in dem ein schwach leuchtender Halbmond über die Kulisse des Schwarzwalds stieg. Rechterhand war ein Stück flacheres Gelände offen geblieben, das sich Paul damals selbst vorbehalten hatte, und lief zwischen Waldrändern trichterförmig auf den vorderen Rand der Geländestufe zu. Am Ende der Schneise stand, vom asphaltierten Feldweg, den sie einschlugen, zuerst nicht sichtbar, der zweistöckige Block, der «Doppeldecker» wie der wohlerhaltene Rest einer Talsperre, und die beiden Glashäuser übereinander waren, wie immer nach Eintritt der Dämmerung, von schwachem Licht erhellt, das sie eher verzaubert als bewohnt erscheinen ließ. Zugleich schwebten sie in der Luft, dahinter waren nur noch die entfernte Ebene und der offene Himmel.

Paul steuerte ihr wackliges Gefährt in den freien Raum zwischen die Stützen des Gebäudes. Sie blieben in der Blechlaube sitzen, die sich dürftig aufgewärmt hatte, blickten, vor dem nächtlichen Bildausschnitt, wie im Freilichtkino, auf das von Lichtern punktierte Panorama vor ihnen oder ins Leere.

Dies alles ist dir untertänig, sagte sie.

Diesen Garagenplatz verdanke ich dir.

Warum?

Du hast dir immer ein Haus auf Stelzen gewünscht, frei nach Le Corbusier. Er habe sich von den Pfahlbauten inspirieren lassen, die er als Kind im Neuenburger See gesehen hatte. Du wolltest darüber arbeiten.

Kinderträume, sagte sie. – Und ich kann nicht schreiben. Mit diesem Haus hast du dir auch einen Jugendtraum erfüllt. Wohl dir! *Schastel Marveile*, das Schloß der gefangenen Frauen, ein Haus aus Glas, durch das man nur hinaussieht, aber nicht hinein. Und es schimmert in der Nacht.

Wie gut, daß ich ein reicher Jüngling geworden bin.

Ja, sagte sie, wie gut. – Sie hatte sich in ihren Mantel verkrochen und fröstelte deutlich. – Dreißig Jahre, sagte sie leise, dann wandte sie sich halb zu ihm.

Lieber, sagte sie, ich hätte noch zwei Bitten. Du fliegst schlecht, das weißt du, besonders wenn es nach Osten geht. Wenn du Ken schreibst, bitte ihn doch, dir erst ein Zimmer zu reservieren, in einem ruhigen Hotel. Und kein Programm schon am ersten Tag. Gesellschaft und Jetlag, das geht nicht mehr zusammen bei dir.

Er soll mich auch nicht abholen, sagte Paul.

Und wenn ihr in Fukushima seid, schau gut, was du ißt. Geh

nicht vom Weg ab. Und übernachtet nicht im verstrahlten Gebiet, auf keinen Fall. Und wenn alles vorbei ist ... sieh zu, daß du noch ein paar Tage für dich allein hast. Leute strengen dich an, auch wenn du sie magst, dann ganz besonders.

Das sind schon mehr als zwei Bitten, sagte er.

Hast du auch an Geschenke gedacht?

Für den Bürgermeister hätte ich diesen Goldtaler mit, 900 Jahre Zähringen.

Und für Ken und Mitsuko?

Überleg ich mir noch. Aber mach du dir keine Sorgen, Unkraut verdirbt nicht, und Ken ist vernünftiger, als er redet.

Ja, halte dich an ihn, er ist ein Bourgeois. Das Leben ist ihm immer noch teuer.

Mitsuko sieht aus, als könne sie kein Wässerchen trüben.

Das ist der Trick der Wasserfrauen, sagte Suzanne. – Sie ist unehelich, aber ein Fürstenkind.

Von wem hast du das?

Von Ken, sagte Suzanne. – Er war sehr stolz auf seine Trophäe.

Und das erzählt er dir?

Beiläufig, in der Küche, beim Anrichten der Sauce. Er ist ein Ausplauderer, der typische Feinschmecker. Die sind harmlos. Ach, da hätte ich doch ein Mitbringsel für dich. Laß uns hinaufgehen. Hier wird es zu kühl.

Sie stiegen aus, Paul schloß den Wagen ab und öffnete einige Schritte weiter die Gittertür zur freistehenden Wendeltreppe. Er ging voran, als sie sich die dröhnenden Metallstufen hinaufschraubten. Mit jedem Tritt frischte der Wind auf, und als sie auf Suzannes Stufe hielten, flatterten ihre Mäntel wie Segel.

Komm einen Augenblick herein, sagte sie, zu ihrer Tür hastend, die sie aufschloß. Drinnen drehte sie das Licht an, er packte sie fest in die Arme, um sie zu wärmen, und fühlte sie am ganzen Leibe beben. Als sie sich ihm entzog, wartete er an der Tür und hörte das an- und abschwellende Singen des Windes. Ihre Wohnung wirkte ganz leer, bis auf ihr Rückzugsgebiet, eine Gruppe geerbter Familienmöbel, die sie um ihr Bett in der Mitte zusammengerückt hatte.

Als sie aus der Nische zurückkam, hielt sie ein nicht großes, doch massiges Objekt im Arm. Es war eine runde, gelb geäderte Marmorschale, der auf entgegengesetzten Seiten je eine Figur entwuchs, die fein gearbeiteten Torsi eines Mannes und einer Frau, die als Griffe oder Henkel dienten.

Es ist eine etruskische Salbschüssel, sagte sie, Pierre hat sie mir von einer Auktion mitgebracht. Er wäre immer gern ein Etrusker gewesen, es hatte etwas mit Präexistenz zu tun. Diese Seite hatte er auch.

Aber das ist kostbar.

Ich kann's entbehren. Als Handgepäck vermehrt es schon dein Fluggewicht. Aber du fliegst ja wohl Erste Klasse.

Ich habe sonst nichts Schweres dabei, nur Stifters Erzählungen.

Der ist aber nie geflogen.

Trotzdem schützt er vor Strahlen.

Er hat jedenfalls an Gott geglaubt, sagte sie. – Möge er dich behüten.

Er nahm die Schale in beide Arme und küßte Suzanne auf den Mund. – Bis morgen, sagte er, und als er hinausging, in den Wind, hatte sie die Türe hinter ihm rasch wieder zugemacht.

Er erstieg den Oberstock und schloß die Tür auf; drinnen atmete er tief auf. Erst war alles still, bis auf den Windzug. Nach einer Weile meinte er im Unterstock reden zu hören; das Haus war nicht schalldicht. Suzanne telefonierte offenbar, und lange. Erst als die Laute unter dem Fußboden verstummt waren, legte er sich in seine Schlafecke, ohne sich auszuziehen, und nahm Stifters Erzählungen in die Hand; sie waren an der Stelle offengeblieben, die er zuletzt angestrichen hatte.

> Aber eigentlich mag es kein Fatum geben, sondern eine heitre Blumenkette hängt durch die Unendlichkeit des Alls und sendet ihren Schimmer in die Herzen – die Kette der Ursachen und Wirkungen – und in das Haupt des Menschen wurde die schönste dieser Blumen geworfen, die Vernunft, das Auge der Seele, die Kette daran anzuknüpfen und an ihr Blume um Blume, Glied um Glied hinabzuzählen bis zuletzt zu jener Hand, in der das Ende ruht.

Paul Neuhaus schloß die Augen. Er sah am unteren Ende der Kette einen Haken baumeln, groß wie ein Anker, und am obern, unendlich entfernten Ende ein riesenhaftes Kind, das seine Angel nach ihm ausgeworfen hatte. Der Köder aber war eine Seeanemone mit tastenden Blütenblättern, die ihn in ihr Inneres zogen, wie in einen fließenden Schoß. Etwas später war er nicht mehr da, und das letzte, was er empfand, war Glück.

Als er die Augen öffnete, war es taghell. Das Geräusch schlagender Autotüren hatte ihn geweckt. Er war immer noch in Kleidern. Als er ans Fenster trat, sah er ein Taxi wegfahren und blickte ihm nach, bis es zwischen den Villen der Straße verschwunden war. Die Bäume waren schon grün. Hier kam der Frühling eher als in andern Teilen des Landes.

Er war allein, und es war entsetzlich. Er war befreit.

1 Im Flugzeug

Am 21. April 2017 bestieg der Architekt Paul Neuhaus in Zürich-Kloten die SWISS-Maschine, die ihn nach Tokyo bringen sollte, wo ihn das befreundete japanische Ehepaar erwartete, wie verabredet, nicht am Flughafen, sondern in der Lobby des *Imperial Hotel*. Er flog, und seine ökologischen Nachbarn hätten ihm gesagt, daß er schon damit Teil des Problems sei statt Teil der Lösung. Fliegen gehöre sich nicht mehr. Sein Augenschein in Fukushima fing mit der Verschwendung unersetzlicher Ressourcen an.

Er saß bequem fast an der Spitze des Fliegers, auf der rechten Seite, und fragte sich, ob es wohl diejenige war, von der er in zwölf Stunden den Fuji sehen könne. Er studierte die Apparatur seines Sessels, die für jeden Teil seines Körpers noch größere Bequemlichkeit versprach, bis zur tief unter den Vordersitz gestreckten Liege. Die Stewardess, die ihm den *Welcoming drink* brachte, erkundigte sich, ob er bei der Bedienung der Sitz-Maschine der Instruktion bedürfe, oder für die Wahl eines Programms für den Bildschirm. Er wählte dasjenige, das nichts weiter als die Darstellung der Reiseroute zu bieten hatte, das Vorrücken des insektenhaften Flugzeug-Symbols über Osteuropa, Russland und die Weiten Sibiriens.

Schon gleich nach dem Start in Zürich, wo er, einen schmerzhaften Augenblick lang, Suzanne mit der Seele suchte, wurde ihm die Speisekarte überreicht. Die Kabine war nur an den Fenstern lückenlos besetzt, die Mittelsitze belegten Vielflieger, die alle Aussichten schon gesehen hatten und sich die Zeit mit ihren Tablets oder einem Film am Bildschirm vertrieben, bevor sie sich, nach gehabtem Mahl, querüber zur kurzen Nachtruhe legen konnten. Viele waren Japaner im Geschäftsanzug. Der Kapitän begrüßte die Passagiere im Kumpelton, um mitzuteilen, daß seine Kopilotin am Steuer sitze. Vor Nürnberg stellte sich eine Frauenstimme als *Maître de cabine* vor, und Paul vermerkte die unkorrekte Gender-Form mit Schadenfreude, denn «Maîtresse» wäre noch weniger korrekt gewesen.

Das Flugzeug hatte, mit leichtem Tremolo, die Wolkendecke durchbrochen und zog eine fast unmerkliche Bahn durch schon nachmittägliches Blau, während die Sonne durchs Fenster Pauls Knie wärmte. Jetzt zog eine japanische Stewardess das Tischchen darüber, das die verdickte Armlehne ausgeworfen hatte, während das Flugzeugsymbol in die Ostsee stach. Die erste (und letzte) Mahlzeit an Bord ließ auf sich warten; Paul deckte seinen Tisch einstweilen mit Stifters Erzählungen.

> Wenn man in eine Sammlung neuer Bilder gerät, welch eine Menge von Landschaften gibt es da: wenn man in eine Gemäldeausstellung geht, welch eine noch größere Menge von Landschaften trifft man da an, und wenn man alle Landschaften, welche von allen Landschaftsmalern unserer Zeit gemalt werden, von solchen Landschaftsmalern, die ihre Bilder verkaufen wollen, und von solchen, die ihre Bilder nicht verkaufen wollen, ausstellte, welche allergrößte Menge von Landschaften würde man da finden!

Welch ein unbeholfener Satz, dachte Paul Neuhaus: er war der erste, der ihm ins Auge fiel, als er seine Reiselektüre bei der Studie *Nachkommenschaften* geöffnet hatte. Nachdem er sich zu Hause über Fukushima aus zweiter Hand informiert hatte, reiste er nach Japan, um sich selbst ein Bild zu machen, und der wahre Bildermacher ist der Künstler. Daß Paul Neuhaus keiner war, schien ihm durch sein bisheriges Leben ausreichend bewiesen. Aber Stifter war sogar ein doppelter, mit dem Pinsel und mit der Feder, und durch diese schien der Verdacht, er könne vielleicht in jeder nur ein halber sein, ausreichend widerlegt. Diese Sprache, unbeholfen oder nicht, hatte Paul Neuhaus eingenommen. Stifter war ein Dichter unvergeßlicher Bilder. Unmöglich, daß sie durch die Bilder, die er als Maler malte, zu übertreffen waren.

Und doch schien die bildhafte Sprache Stifters den Bildern, die sie zu suggerieren verstand, zugleich im Wege zu stehen. Die lange, oft süchtige Lektüre legte Paul Neuhaus einen Verdacht nahe: daß diese Bilder einer Kraft den Ausbruch verlegten, die nicht stärker werden durfte als sie. Und dann wirkten sie selbst um so stärker, je drängender das Verborgene war. Sie waren Siegel eines Geheimnisses, das, einmal aufgedeckt, so wenig zu beherrschen gewesen wäre wie die Kernkraft oder das Kühlwasser in Fukushima. Wenn die Kunst «das Göttliche im Schleier des Reizes» zeigte, dann das Furchtbare nicht weniger, und Paul wußte gut genug, daß das Schöne nur des Schrecklichen Anfang ist.

Der Schleier darüber blieb *halb* durchsichtig; darin bestand sein abgründiger Reiz. Die Verkleidung durfte nicht ganz haltbar sein, um das Ganze hindurchspielen zu lassen. Und sie war nur haltbar als *Versprechen*. Paul liebte dieses Wort, weil es einen doppelten Sinn mitbrachte. Man verspricht sich aus Versehen, und man verspricht sich einander fürs Leben.

Auf ihre verschämte Art war Stifters Sprache zugleich eine Verräterin, ja ein Vergrößerungsglas dessen, was sie verbarg. Seine Art, *nicht* davon zu sprechen, machte es unheimlich gegenwärtig. Das Göttliche enthüllte sich so, wie man von ihm niemals hätte sprechen dürfen. Und die andächtige Demut seiner Bilder war verstörender als ihre verschwiegene Nacktheit.

Die *Nachkommenschaften* waren eine Studie über einen Maler und das Bildermachen. Das war der rote Faden, den Paul nach Japan mitnahm, weil er ihn besser zu führen versprach als rote Linien. Aus diesem Faden konnte vielleicht ein Text werden, «Körper und Sprache».

Stifters Sprache war sein Talisman für Fukushima.

Der Bildschirmflieger streifte schon das alte Ostpreußen, als die Vorspeise erschien. Eine reale Sicht auf die Erde unter der Wolkenschicht gab es nicht mehr, aber das Himmelblau im Fenster hatte schon das sattere Licht des Nachmittags angenommen, und Paul bemühte sich um ungeteilte Gegenwart, im Sinn seiner eigenen Lehre, obwohl der Genuß der zur Mahlzeit arrangierten Konserven auch mit weniger ausgekommen wäre. Aber Paul bestätigte das gewünschte Wohlbefinden einem hin und her hastenden Personal, das kaum noch zurücklächelte.

Nachdem die geleerten Plättchen eingesammelt waren, begann das abnehmende Licht die Stimmung in der Kabine intimer zu machen, beinahe feierabendlich. Die Passagiere taten sich keinen Zwang mehr an. Das Symbol näherte sich Nowaja Semlja, einem atomar verseuchten Schiffsfriedhof der vergangenen Sowjetunion. Paul versenkte sein Tischchen, bettete sich bequemer und nahm Stifters Erzählungen wieder vor.

Er las die «Nachkommenschaften» wie ein Priester sein Brevier, das er längst in- und auswendig kennt. Doch diente die Lektüre nicht nur der Erbauung, sondern der Spurensuche, einer vertieften Erforschung der Konstruktion. Sehr verborgen war sie nicht, ja sie lag so klar an der Oberfläche, daß Stifter sie durch die ahnungslose Unschuld seines Landschaftsmalers verschleiern mußte. Der Maler hieß Roderer und durfte lange nicht wissen, daß der Herr, dem das Land, das er malte, tatsächlich gehörte, ebenfalls Roderer hieß. Als er sich, auf Stifters sorgfältig gebahnten, hoch zeremoniellen Umwegen, in die Tochter dieses Herrn verliebt hatte, war nicht zu vermeiden, daß er es erfuhr: auch sie war eine Roderer. Es war ein Schloßherr Roderer, der einem malenden Privatier Roderer eine Roderer zur Frau geben sollte. Diese Ehe blieb in der Familie. Um es trocken zu sagen: der Bruder heiratete die Schwester, auch wenn Stifter weite Wege in die getrennte Vergangenheit ging, um die beiden vom Makel der Inzucht zu entlasten. Der Maler Roderer war Wiener, der künftige Schwiegervater aus Holland zugewandert. Der junge Roderer traf die Nachkommin des alten Roderer auf dem Lande, einem dritten Ort, der für die nötige Unschuld sorgte. Darin gab es ein Moor, das die beiden hätte entzweien können, denn der alte Roderer wollte es trockenlegen und urbar machen, während es der junge Roderer gerade in seinem ursprünglichen Zustand malerisch fand, ein reizvolles Motiv der Kunst, von dem er gar nicht mehr lassen konnte. *So bin ich unversehens ein Landschaftsmaler geworden. Es ist entsetzlich.*

Dieses Entsetzen begleitet ihn unsichtbar, wenn er, statt erst im Wirtshaus, dann im eigenen Blockhaus zu malen, in die reale Landschaft hinauswandert, um ihre Gegenständlichkeit für den Kunstgebrauch zu vertiefen. Das aber ist jetzt eben die Landschaft, in welcher er der noch lange unbekannten jungen Frau begegnet, in die er sich, er weiß nicht wie, verliebt. Wie aber kann der Boden für diese Liebe zugleich feucht und trocken sein, ein Moor bleiben, wie es sich der junge Roderer wünscht, und Acker werden, nach dem entgegengesetzten Wunsch des alten Roderers, den er, als Vater der jungen Rodererin, zum Schwiegervater gewinnen muß?

Dafür sind, in Stifters Welt, viele gemeinsame Spaziergänge des Paars nötig, bevor sie auch nur ahnen dürfen, daß sie Liebende sind: um diesen Boden mit ihren Füßen gleichsam festzutreten, bis er tragfähig, tragbar wird für ihre eheliche Verbindung. Dafür ist viel Überwindung nötig, in jedem Sinn. Denn der Vater muß auch seine Bedenken überwinden, einen Kunstmaler zum Sohn zu nehmen. Dafür dürfen beide, wenn sie sich zum ersten Mal im väterlichen Revier, dem Schloß, begegnen, nicht wissen, daß der jeweils andere schon ein Roderer ist.

Kommt hinzu, daß die junge Rodererin bereits eine Art Bräutigam hat, in Gestalt eines standesgemäßen Bewerbers. Daß Stifter ihn ganz in Nangkinggelb kleidet, macht ihn zwar ein wenig lächerlich, und der Leser kann sich nicht vorstellen, daß dieser über und über gelbe Galan als Rivale des Maler-Roderers ernst zu nehmen sei. Aber dabei darf es in der tief ernsten Welt Stifters nicht bleiben. Auch dieser Witzfigur steht eine angemessene Selbstüberwindung bevor.

Aber die größte, ja radikalste kommt doch auf den jungen Landschaftsmaler zu. Denn um die Roderer-Schwester zu gewinnen, muß er nicht nur seine Kunst lassen, er muß sie *verbrennen.*

Zum Glück hat er das schon früher geübt. Immer schon hat er seine Bilder, für die er immer neue Wände aufgerichtet, sogar neue Häuser gebaut hat, verbrannt, wenn sie ihm nicht mehr genügten. Und so lange sie der Natur nicht wirklich nahekamen, genügten sie auch der Kunst nicht. Als Ungenügender ist der junge Roderer schon ein gelernter. Der springende Punkt ist nur, daß ihm seine Kunst, als angehendem Bräutigam, *endgültig* nicht mehr genügt. Er darf sie sein lassen, um als Roderer mit einer Roderer zu genügen, was nur heißen kann: seinem Ungenügen als Mensch eine verpflichtende Form zu geben, die Ehe.

Und Vater Roderer besiegelt sein Glück wie folgt:

> Der hier anwesende Friedrich Roderer, der Jüngste dieses Namens, hat in der letzten Zeit gezeigt, daß er ein ganzer Roderer ist. Meine Tochter Susanna hat auch nicht ermangelt, sich als Rodererin darzutun; heute haben wir beide ehelich zusammengefügt, es muß also von ihnen noch Rodererischeres kommen als von den andern Roderern –, möge es so groß sein, wie nie ein Roderer etwas zuwege gebracht

hat, und möge es mir erlaubt sein, ihr Wohl auf grenzenlose Zeit hinaus auszubringen.

«Das Doppel-Rodererwohl auf grenzenlose Zeit!» riefen mehrere Gäste; alle aber standen auf und stießen an.

Paul legte den Stifter weg.

Man flog, von ruhigem Gebrumm getragen, durch verkürzte Zeitzonen, also gewissermaßen schneller als die Tageszeit, die sich hinter den Fenstern schon merklich verdunkelt hatte, durch den sibirischen Abend, und wurde immer weniger von Aufmerksamkeiten behelligt. Keine *Complementary Drinks* mehr, keine *Dutyfree*-Angebote, keine freundliche Nachfrage, ob alles recht sei. An manchen Fenstern waren schon die Lädchen heruntergezogen, man war immer wortloser unterwegs, bis auf eine ältere japanische Dame auf der anderen Seite, deren krähende Stimme immer wieder laut wurde, ohne daß eine Antwort zu hören war. Man flog, wie der Monitor verriet, fast 10 000 Meter hoch über Tundra oder Taiga und hatte noch 6 h und 15 min Zeit, um sich mit der natürlichen Radioaktivität dieser Höhe aufzuladen, konnte Gott danken, daß man kein Kapitän war, für den die Strahlenbelastung zum täglichen Brot gehörte, und nur beten, daß sie ihn nicht hinderte, gut unterwegs zu sein.

Doch Paul konnte nicht schlafen, obwohl es eigentlich hohe Zeit dafür war. Draußen, im luftarmen Raum hoch über Sibirien, war es völlig Nacht geworden, und sie würde kurz sein. Das Fensterglas zeigte ihm nur noch ein eigenes Spiegelbild, das er jetzt nicht zu sehen brauchte. Auch er zog das Lädchen herunter, als letzter. In der Kabine war es still, bis auf die Krähstimme, die grauhaarige japanische Dame versammelte immer wieder flüsterndes Personal um sich, dessen Haltung eher Respekt als Sorge auszudrücken schien. Die Frau konnte eine berühmte Schauspielerin sein, und immer wieder hörte man sie krachend lachen.

Er läutete nach der Stewardess, und als sie kam, sagte er: Entschuldigen Sie, ich brauche einen *Nightcap*. Was empfehlen Sie?

Einen Kräutertee?

Ein Glas Rotwein. Und vielleicht können Sie auch die Dame dort drüben ruhigstellen.

Sie ist die Stimme *Doraemons*, flüsterte sie.

Wer ist das?

Doraemon, die dicke blaue Katze ohne Ohren.

Ich *habe* leider Ohren.

Der Freund von *Nobita!* Des Jungen mit der Brille! Die Figur ist bekannt wie Mickey Mouse und sicher so alt wie Sie.

Vielen Dank. Ich werde 62.

Der Film steht auf der Liste, soll ich ihn für Sie abrufen?

Haben Sie keine Ohrstöpsel?

Zum Beruhigen empfehlen wir *Brandungsrauschen.* Sie müssen nur diesen Kopfhörer aufsetzen. Dann sind auch alle übrigen Geräusche weg.

Danke, sagte er. – Auf Japanisch hätte das *Ja* bedeutet, aber als Deutsche verstand sie es richtig. Mit dem Wein brachte sie auch Papiere, die für den Eintritt nach Japan verlangt wurden. Er manipulierte sich in halb liegende Stellung, in der er das Glas gerade noch erreichen konnte, und zog die Wolldecke über sich; zum Einmummeln war sie zu dürftig. Flugzeugeinrichter haben kuriose Vorstellungen von der menschlichen Anatomie. In keiner Stellung auf Knopfdruck lag er wirklich bequem, und ganz strecken lassen wollte er sich noch nicht. Immerhin bedeckte er die Augen mit der Maske und schloß sie; der Wein begann Wirkung zu tun.

Was für ein Nachkomme war er selbst? Er begann ein Lieblingsgedicht Suzannes im Kopf zusammenzusuchen:

mein vater mit der nickelbrill
mein mutter auf dem küchenstuhl
mein starker bruder mit dem bart
mein kleine schwester blaß und still
mein famili mein ganze fam
ili mein ganze zwei drei und
mein vier und fünf und zwei und ein
mein famili wie wundersam

An diesem Familienbild stimmte nichts außer der Nickelbrille, die sein Vater, der Buchhändler in der Schoffelgasse, getragen hatte, bis ihm die Stiefmutter eine *anständige* aufsetzte. *Mein mutter auf dem küchenstuhl,* die richtige Mutter, war nicht mehr da. Sie war auf ihrem Fahrrad unter einen Lastwagen gekommen, als Paul fünf Jahre alt war. Sie sei sofort tot gewesen, hatte er immer wieder sagen hören, als wäre das ein Trost. Sie habe nicht leiden müssen.

Und der Tod, leidet man den nicht?

Er hatte sie nicht mehr sehen dürfen.

So war Paul ein Mutterkind geblieben. Als es am nötigsten war, hatte ihn Fritz Montfort, Mutters Vater, zu sich auf den Aberhof geholt und später zu seinem Alleinerben gemacht.

Dies führt mich auf einen weiteren Zustand meines Malertums. Ich habe nämlich das Glück, daß ich kein Bild verkaufen muß. Ich werde auch keines verkaufen. Ich habe an Geld und Gut so viel, daß ich, und wenn ich ein Weib mit sieben Kindern hätte, mit allen davon reichlich leben könnte. Ich werde aber gar niemals ein Weib bekommen, weil mir an einem solchen gar nichts liegt.

Paul hatte mit Geld nie umgehen können. So wurde Schaub, Großvaters Testamentsvollstrecker, zu Pauls Vermögensverwalter, und er selbst hatte sich nur noch um das Reich Gottes zu kümmern, in das ein reicher Jüngling noch weniger geht als das Kamel durch ein Nadelöhr.

> Dann zeichnete ich aber Bäume, und der Lehrer ließ mich recht viele zeichnen, weil er sagte, ich hätte Anlage. Und da waren im Mittage von der Abtei sehr schöne blaue Berge, grüne Hügel, goldene Getreidefelder, rauschende Wässer und Bäume mit wunderbaren Blätterschlägen. Ich betrachtete das alles mit Vergnügen, zeichnete manches mit schwarzer Kreide, und anderes malte ich mit Wasserfarben auf weißes oder auf blaues Papier.

2 *Anything is just fine*

Als er die Augen öffnete, blickte er in diejenigen der japanischen Stewardess.

Are you o.k.?

Everything dandy, flüsterte er zurück.

I beg your pardon? antwortete sie sichtbar verwirrt.

You have it, sagte er. Der absurde Dialog wäre nur mit Suzanne gutgegangen. Die Stewardess lachte kein bißchen.

You are beautiful, sagte er, *what's your name, please?*

My name is Yoko. Please ring, if you need anything.

Anything is just fine, antwortete er, und sie zog sich zurück, endgültig verwirrt.

Sie hatte seine nassen Augen nicht bemerkt. *Please ring, if you need anything.* Immer, wenn er Nonsense redete, war es ernst mit ihm. Als er mit fünf Jahren die Mutter verloren hatte, war er erstarrt, und seine Augen blieben eingefroren, er dachte: für immer. Er erinnerte sich an keinen Schmerz, der ihm, als Kind, eine Träne ausgepreßt hätte. In einem Gedicht am Gymnasium war Cäsar ein «stolzer Weiner» genannt worden, und das hatte Paul eingeleuchtet. Wenn schon weinen, dann aus Stolz. Aber auch in all den Jahren in Berlin hatte er nicht ein einziges Mal geweint.

Und doch hatte sein Verhältnis zu Suzanne mit einem Tränenstrom angefangen – über einen verunglückten *One-night-stand.* So einen Mann kannte ich noch nicht, sagte sie später.

Das war 1986, sie nannte das Jahr: *Annus mirabilis* – er war 30, hatte sein Diplom als Städtebauer in Berlin geschmissen und danach «Hier und Jetzt» hervorgebracht. Sein «Hauptwerk» war immerhin auffallend genug, daß ihn das Goethe-Institut damit auf Vortragsreise in die südliche Halbkugel geschickt hatte: Neuseeland, Australien, dann drei Termine in den USA – der letzte in Chicago. Die Stadt am Michigansee, für Architekten ein Jerusalem der emigrierten Moderne, war auch Schauplatz eines Kongresses, an dem Suzanne, 32 und frisch geschieden, teilnahm. Ihr Ex Peter Knäbig, von ihr hartnäckig Pierre genannt, war damals schon eine große Nummer in der Architektur-Szene, aber mit dieser hatte Paul in seiner letzten Berliner Zeit nichts mehr zu tun.

Damals, als «Goethe»-Redner in Chicago, hatte er der Ewigkeit, wie jeder andern Form vertagten Glücks, den Kampf angesagt: Lebenskunst fange damit an, daß man lerne, ganz und gar im Augenblick zu leben. Das war die Quintessenz seines Vortrags über Goethes Faust, der ihm als Folie und Gegenspieler dienen mußte. Mit der Teufelswette im Namen der Ungeduld verliere er auch dann, wenn er gewonnen habe, und dann am gründlichsten. Denn gerade mit rastloser Tätigkeit bereite er sich selbst jene Hölle, vor der sie ihn retten sollte. – Das hatte sich in Chicago hören lassen, wie zuvor in Auckland oder Melbourne, und auf erträgliche Art mit sich unzufrieden, aber auch rechtschaffen müde, war Paul, nach dem Empfang beim Generalkonsul in sein Hotel zurückgekehrt, kurz vor Mitternacht.

Natürlich funktionierte der elektronische Paß an der Zimmertür nicht. Plötzlich ging sie von innen auf. Darin stand eine mittelgroße Frau im Morgenmantel, mit offenem Haar und erstaunten Augen. Sie? hatte sie gefragt, und auch ihm kam ihr Gesicht jetzt bekannt vor. Sie hatte in seinem Vortrag gesessen, in der ersten Reihe, also bedurfte er keiner Vorstellung, nahm aber die ihre höflich entgegen. Sie hieß Suzanne Schawalder, war in Zähringen mit Städtebau beschäftigt und hatte auch an einem prominenten Berliner Projekt ihres Ex-Mannes mitgewirkt. Und als er sie, um das Flüstern im Flur zu beenden, für weiteren Austausch zu einem *Nightcap* in die Bar einlud, bat sie ihn, um sich nicht mehr anziehen zu müssen, in ihr Zimmer. In ihrem Kühlschrank habe sie eine Flasche Rotwein entdeckt, den man, *wenn überhaupt*, auch kalt genießen könne.

Alles Weitere ergab sich dann sehr schnell, und, wie ihm schien, natürlich; er hatte Hunger nach Zärtlichkeit. Aber, schon nackt, sagte sie bewegungslos: *Help yourself,* und als er innehielt: Ich bin N.O., *nonorgasmic. So don't be disappointed.*

Natürlich gab er sich alle Mühe, den Gegenbeweis zu führen, *kam* aber viel zu früh und schämte sich schwarz, wie der nächtliche *Lake Michigan* vor dem Fenster.

Sorry, sagte er.

What are you sorry for?

Ich wollte dich kennenlernen.

Dafür gäbe es andere Methoden, sagte sie. – Sie sind ein merkwürdiger Mann. Kann so ein Buch schreiben, über das Wichtige des Augenblicks. Ich bitte ihn einen Augenblick herein, und schon tut er sein Bestes.

Ich habe dich enttäuscht.

Das ist normal.

Plötzlich kamen ihm die Tränen und begannen haltlos zu fließen. Nackt, wie er war, lag er neben einer fremden, nackten Frau und weinte – wie das Kind, das an ihm verlorengegangen war, nie hatte weinen können.

Habe ich dir wehgetan? fragte sie.

Da begann er ihr die Geschichte seiner Liebe in Berlin zu erzählen, erzählte sie einem andern Menschen zum ersten Mal. Daß Ava, eigentlich Eva, die Tochter einer aus der DDR geflüchteten alleinerziehenden Mutter gewesen sei, der sie beim Fußfassen in Westberlin hinderlich war, so daß sie sie nicht ungern mit einem Schüler-Austauschprogramm nach Amerika ziehen ließ. Wie die Fünfzehnjährige unter den Einfluß einer Mormonenfamilie geraten sei, die, im Gegensatz zur Hauptkirche in *Salt Lake*, am alten Glaubensartikel der Vielweiberei festgehalten habe und deshalb von dieser ausgestoßen worden sei. Der Prophet und die Seinen hätten in einer Trailersiedlung an der Grenze von Utah und Arizona gehaust, die sie – wenn Ungemach von der Polizei des einen oder andern Staates drohte – jederzeit hätten überschreiten können, um der Verhaftung zu entgehen.

Was die junge Deutsche für die Sekte gewonnen habe, und zwar mit Leib und Seele, sei die familiäre Verantwortung gewesen, die sie in der kinderreichen Müttergesellschaft zum ersten Mal kennengelernt habe, wobei auch einer der jungen Brüder eine Rolle spielte. Jeremy sei ein *Whizzkid* in der damals noch neuen Kunst des Computers gewesen, in die er die Schwester aus Deutschland eingewiesen habe. Miteinander hätten sie erbauliche Spielprogramme entwickelt, die sich gut verkauften. Aber da Elohim, Jehova, Jesus oder sein kleiner Bruder Luzifer – das waren Jeremys Spielgötter, alle korrekt polygam – ihn selbst mit der absolut verbotenen Neigung zum eigenen Geschlecht geschlagen hätten, habe er die *family* verlassen, um sich im Silicon Valley als *Start-up* aufzutun. Als der Prophet – er hieß Henry J. Faust jun. – die noch minderjährige Ava zur Frau begehrt habe, womit er sich laut Gesetz strafbar gemacht hätte, habe auch sie, auf den Rat ihrer mütterlichen Schwestern, sich von der *family* losgerissen und sei nach Berlin zurückgekehrt, um ihren Göttern zu dienen, nach ihrem eigenen besten Wissen und Gewissen. Dabei sei sie aber Bruder Jeremy verbunden geblieben, geistlich und auch geschäftlich, denn die Götterspiele hatten genug abgeworfen, daß Ava mit einer älteren Freundin, der in Berlin gestrandeten Missionarin Misty, eine Dreizimmerwohnung in Moabit habe anmieten und ihren Glauben selbständig leben können. Das ungleiche Paar habe auch zur Ernährung ihrer Familie in der fernen Wüste beigetragen, und Ava habe sogar für das Porto bezahlt, mit dem ihr der Prophet seine Unterweisung zukommen ließ. Denn für sie blieb er in Kraft, auch wenn er sie zur Fortpflanzung entbehren mußte.

Dafür habe er sie angewiesen, in Berlin einen Gatten zu erwählen, der auch Misty *einsiegeln* möge; der Richtige werde ihr im Gebet gezeigt werden.

Und du bist ihr gezeigt worden? fragte Suzanne und hatte die Decke über ihn gezogen. – Wo und wie?

Er sei damals grade wieder auf Wohnungssuche gewesen und vor dem Schwarzen Brett der Hochschule angesprochen worden, von einer großen, eher vollschlanken Blondine, mit langem, offenem Haar und kornblumenblauen Augen, die unmerklich zu wandern begonnen hätten, wenn sie redete, mit einer feinen, für ihren Körperbau zu hohen, fast kindlichen Stimme, die ein zögernd gedehntes Hochdeutsch sprach. Sie habe ihm mitgeteilt, daß sie gerade ein Zimmer frei hätten; ob er es nicht ansehen wolle? Er habe einer spontanen Laune zu folgen geglaubt, als er gleich eingewilligt habe. Die Wohnung lag fußläufig zur Hochschule, auch das Zimmer habe gepaßt, und über die *Zeichen* habe er hinweggesehen, den Hausaltar mit den offenen Büchern, die Bibel und Mormon, die Fotos der Propheten mit ihren Bärten, die Stühle davor, auf die man zum Beten die Stirn gelegt habe. Nun ja, in Westberlin war damals alles möglich, warum keine Sekten-WG? Auch die merkwürdige Unterwäsche der Frauen habe er ignoriert, nur das Blut auf dem Bettlaken nicht mehr übersehen können –

Hast du sie beide – *gesiegelt*? fragte Suzanne.

Um Gottes willen, nein, Misty doch nicht. Ich war kein Zuchthengst!

Und du hast Ava verlassen, fragte Suzanne, oder sie dich?

Das war eigentlich nicht möglich, sagte er, das Siegel gilt, für alle Ewigkeit.

Und doch hat sie es getan? fragte Suzanne.

Ja, sagte er, als sie schwanger geworden war.

Er spürte, wie sich Suzanne versteifte. Nach einer Weile sagte sie:

Jetzt verstehe ich gar nichts mehr. Das hat sie sich doch gewünscht.

Ja, sagte er. – Aber ich fürchtete mich davor. Ich wollte das Kind nicht, glaube ich. Und als sie das spürte, war sie fort – schon am nächsten Tag.

Weißt du, was ich glaube? fragte Suzanne. – Jetzt zeigte sich ein Lächeln an ihrem Gesicht, und dabei begannen, wie von ungefähr oder selbstvergessen, ihre Finger an seinem Zipfel zu spielen.

Ich glaube, sagte sie, du wolltest selbst ihr Kind bleiben, das einzige.

Da kamen ihm wieder die Tränen und flossen stärker, als er zum zweiten Mal über sie kam, diesmal mit einer Heftigkeit, als müsse er sie strafen, doch sie begegnete ihm mit deutlicher Teilnahme, bis er ausgewütet und sich ausgeweint hatte. Dann schlang sie die Arme um seinen Hals und flüsterte ihm ins Ohr:

Do you feel better now?

Rather, keuchte er.

Sein Leib schütterte mit, als sie lachte. – Nicht mehr reden, hatte sie gesagt. – Was hast du vor?

Nichts.

Ich bin mit einer Freundin verabredet, in Bolinas bei San Fransisco, da wollte ich Urlaub machen bei den *Beautiful People*, aber das eilt nicht. Wir könnten einen Wagen mieten und zusammen hinfahren.

Wir? hatte er gefragt.

Die Seele hätten wir schon fast geschafft, jetzt muß nur noch der Körper nachkommen.

Ich bin nicht *beautiful.*

Aber du bist mir *gezeigt* worden, hatte sie gesagt, das muß reichen. – Und als er mitlachte, zum ersten Mal, und nicht aufhören konnte, taten ihre Körper bereits den nächsten Schritt.

Das war der Anfang seiner Bekanntschaft mit Suzanne – ihre Fortsetzung wurde die gemeinsame Reise im Chrysler, Liebesmühe von einem Motel zum nächsten, und am Pazifik endlich Liebe ohne Mühe – ein Exzeß der Richtigstellung, ihr *Road Movie.* Es war eine Hochzeitsreise an die Wärme, von der Suzannes Körper immer mehr anzunehmen bereit war, bis ihre Freude darüber zum Jubel wurde.

Damals häte ich noch ein Kind bekommen können, sagte sie viel später, als es nicht mehr möglich war. – Ich hätte mich nicht angestellt wie deine Sektenfrau. – Sie brauchte nicht mehr zu sagen, ob sie sich das Kind gewünscht hätte.

Fast dreißig Jahre war der Film gelaufen, immer schwächer belichtet. Jetzt flog Paul Neuhaus nach Japan, allein.

Seine Gedanken hatten zu schwimmen begonnen. Bin ich ein Roderer, aber was ist das? Ein Nagetier, ein Nah-Getier, eine Ratte, eine Krebsmaus? Was tut ein Roderer? Erodiert er? Nein, er rodet, aber er ist nicht nur ein Roder. Er ist ein Roderer. Er räumt ab, im Komparativ, nicht im großen Stil, im größeren. Nicht verrotten, Pole Poppenspäler, roden, roderern.

Er erwachte vom Hin und Her rascher Schritte, ungedämpften Stimmen, dem Klappern von Geschirr. Er fröstelte und schob den Laden seines Fensters hinauf. Draußen war es taghell, und unter ihm lag eine graue Küste mit einem weißen Saum. Bald flogen sie über dem Meer, der Himmel war wolkenlos, bis auf einige perlmuttfarbige Streifen.

Das Frühstück.

Der Kapitän wünschte guten Morgen, auf Englisch, und guten Appetit, in 90 Minuten werde man in Tokyo-Narita landen, sogar zehn Minuten zu früh, er hoffe, daß den Gästen der Flug mit SWISS gefallen habe. Die *Maître de cabine* wiederholte den Gruß auf Deutsch, Englisch und Französisch, ihre Kollegin auf Japanisch. Dann wurde man in vier Sprachen eingeladen, unbedingt die Deklaration für den Zoll auszufüllen, falls man dies noch nicht getan habe. Paul zögerte bei der verlangten japanischen Adresse. Schließlich gab er diejenige Kens an.

Ob er ihn tatsächlich *nicht* abholen würde?

Ausgeruht fühlte er sich eben nicht, als er wieder Boden unter den Füßen hatte, den blitzsauberen Belag langer Korridore zum *Arrival*. Die ersten fremden Zeichen an der Wand. Schlangestehen vor Zollkabinen, Mäandern zwischen Seilen, dann zügige Abfertigung, bei der auch die Augen registriert wurden. Jenseits der Schranke hatten die Koffer aus Zürich das Karussell schon hinter sich, erwarteten ihre Besitzer in übersichtlicher Reihe und passierten auch die letzte Kontrolle anstandslos. Nun stand Paul in der großen Halle und blickte sich um. Kein Ken, nirgends. Gut so. Nun war der erste Beweis von Japan-Kompetenz fällig.

Zuerst gab er den Koffer am Schalter bei einem Service-Unternehmen ab, das ihn früher ins Hotel zu liefern versprach als Paul selbst dort ankam. Die erste Barzahlung mit druckfrisch wirkenden Yen-Scheinen. Dann löste er sein Busticket und war, nur noch mit der khakifarbenen Segeltuchtasche beschwert, in Japan unterwegs, nach Japan.

3 Imperial Hotel

Die Metropole hatte sich auf der Busfahrt ohne Übergang eingeschlichen. Die Häuserblocks, mit Plakatwänden verkleidet, von riesigen Schriftzeichen gekrönt, von fassadendeckenden Videos überlaufen, rückten enger zusammen, ließen erst die Grünflächen, dann auch die Verkehrswege dazwischen in der Tiefe verschwinden. Die mehrspurige Fahrbahn hatte selbst Höhe gewinnen müssen, um in der Häusermasse eine breite Schneise zu öffnen, auf der das Gefühl für die eigene Schnelligkeit verlorenging. Scheinbar gemächlich rückte der Bus inmitten einer Prozession verschiedenster Fahrzeuge vor, die ihn bald rechts überholten, bald links zurückfielen, um in eine der Abbiegungen rechtzeitig einzuspuren, die auf grünen Tableaus in weißer Schrift angezeigt waren. Rechts, in ferner Höhe, lugte immer wieder der *Sky Tree*, das neue Wahrzeichen der Stadt, zwischen wandernden Türmen hervor und wurde abgeschnitten, um im nächsten Durchblick größer wieder aufzutauchen. Der Himmel war von reinlichem Blau, jeder Umriß scharf gezeichnet und frei von Atmosphäre. Die Ansiedlung, welche die Straße jetzt von allen Seiten einzuschließen begann, kam Paul Neuhaus, mit seiner khakifarbenen Tasche auf den Knien, ungemein aufgeräumt vor und vollkommen geheimnislos.

Schließlich bog auch der Bus ab, ließ sich auf einer Rampe ins Gewimmel gewöhnlichen Straßenverkehrs nieder, bequemte sich zu einer stockenden Gangart von Ampel zu Ampel, bis, um viele Ecken und an gepflegten Grünflächen vorbei, eine verkehrsreiche Halle erreicht war und damit, wie die Mikrophonstimme angab, Tokyo Station. Von hier aus waren es nur noch ein paar Schritte zum *Imperial Hotel.* Aber erst mußte er sich vom Bushof zum Bahnhof durchfinden. Oder war er schon mitten drin?

Als er ein Dutzend Fahrspuren glücklich überwunden und das Gebäude dahinter erreicht hatte, sah drinnen alles nach Bahnhof aus, die perfekte Ordnung des hiesigen Eisenbahnwesens sprach aus jeder Anzeige. Er wurde an zahllose Destinationen verwiesen, zu jedem Gleis führte auch eine Rolltreppe hinauf oder hinab, aber keine zum *Imperial Hotel.* Und je länger er unter Ladengeschäften und Fußgängerkolonnen umherirrte, desto deutlicher wurde ihm, daß dieser Bahnhof eine Stadt für sich war. Jemanden fragen mochte er nicht, durch frühere Erfahrung gewitzigt – dann kam zum Problem der Orientierung noch dasjenige der Kommunikation hinzu, und es war zu läppisch, aus einem Bahnhof keinen Ausgang zu finden. Am Ende war ihm der erste beste recht. Zwar wußte er weniger denn je, wo er sich befand, aber die Rettung stand unmittelbar vor seinen Augen: ein Taxi.

Ein paar Schritte, von wegen! Die Fahrt zum Hotel schien ewig zu dauern, führte an einer Art Festungsanlage entlang, mit Wassergraben und zyklopisch gefügter Mauer, hinter der nur Baumwipfel zu sehen waren – der Kaiserpalast? – und endete schließlich wieder in einer gedeckten Halle mit vielen Spuren. Exakt vor ihnen stand der Bus, mit dem er vom Flughafen gekommen war, denn er erkannte den Fahrer, der vor dem geleerten Gepäckfach wartete.

Imperial Hotel? fragte Paul Neuhaus.

There, sagte sein eigener Fahrer und zeigte auf den Hintergrund der Halle. In der Tat, dort reihte sich ein ganzes Spalier lehmbrauner Uniformen, und als neben Paul die Tür aufsprang – auch an selbstöffnende Taxitüren mußte er sich gewöhnen –, eilte ein Hoteldiener sogleich auf seinen Wagen zu.

Welcome in the Imperial Hotel, Sir, sagte er. – *No bagage?*

I hope you already have it.

Paul erinnerte sich rechtzeitig daran, daß der Taxifahrer ein Trinkgeld als Beleidigung betrachtet hätte.

So viel zu seinen ersten Schritten in Japan. Aber die Tasche gab er nicht her und betrat das Hotel mit einem ehrlichen *No thanks* und einem falschen Lächeln.

Hinter der Drehtür prüfte er seine Fingernägel, fuhr sich mit dem Kamm durchs Haar und erfrischte seinen Atem aus der Spraydose. Die ebenerdige Halle war ohne Tageslicht, leuchtete aber wie Bernstein. Als erstes sprang ein Rondell ins Auge, bestehend aus einem Hügel weißer Schnittblumen. Darüber hing, als Gegengewicht, ein mit weißem Pergament verkleideter Leuchter. Die goldbraune Halle war von gleichfarbigen Säulen getragen, die zuoberst in quadratisch geschnittenen Öffnungen verschwanden, Kapitellen aus reinem Licht. Dunkle Sessel verteilten sich weitläufig auf viele Nischen, und an der linken Wand lief über die ganze Länge ein Spektrum textiler Streifen von Goldgelb bis Tiefbraun. Die rechte Wand war durch eine Flucht von Tresen belegt, und beim vordersten erwartete ihn bereits sein Koffer. Aber wo blieben seine Freunde?

Plötzlich stand ein Herr im schwarzen Habit vor ihm, hob erst die Hände und griff dann mit beiden nach denjenigen Pauls, um sie bebend lange zu drücken.

War das Ken-ichi Tenma, *Ken*? Das einst üppig gewesene Haar war dünn geworden, wich über den Schläfen zurück und gab, als er sich Paul zuneigte, den Anfang einer Tonsur zu erkennen. Aber die großen Augen blickten bohrend wie eh und je, vibrierten gewissermaßen von Festigkeit unter schief erhobenen Brauen. Auch wenn er nicht redete, zuckten seine Lippen, als stehe der ganze Mann unter Strom; der Tic war neu. Zu fortgesetzter Witzigkeit hatte er sich schon verdammt, als er noch in Jeans aufgetreten war; dazu gehörte der Satz: *I don't al-*

low anybody to believe that I am Japanese. Doch sein dunkles Outfit war nur auf den ersten Blick konventionell, auf den zweiten gestylt und zeigte am Hals einen fast priesterlichen Schnitt.

Willkommen in Japan! hatte er gerufen und zugleich, wie ein Schausteller, schwunghaft einen Arm ausfahren lassen, zum Sessel hin, von dem sich jetzt eine Frau im weißen Kimono erhob. Mitsuko war Paul schon im Traum erschienen, aber ohne Gesicht. Jetzt sah es ihm mit scheuem Lächeln entgegen, das sogleich verschwand, als er sie mit einem vorsichtigen Händedruck begrüßte. Auch sie war älter geworden, trug das Haar zum straffen Chignon aufgesteckt, und ihr Gesicht war weiß geschminkt, die Brauen über den schmalen Augen zum Strich verdünnt, der Mund über dem stark geratenen Kinn zum Mündchen gespitzt. Im Kimono erinnerte sie nun auch Paul an die verdoppelte Harunobu-Figur über seinem Schreibtisch. Aber diesmal begann sie Deutsch zu sprechen, zögernd, aber grammatisch tadellos und der Alltagssprache viel näher als das steile Idiom ihres Mannes. Es zeigte sich, daß sie inzwischen selbst Deutschstunden gab, nachdem sie auch Kurse an einer internationalen Dolmetscher-Schule belegt hatte.

Ken ging über ihre sparsamen Äußerungen, wenn er ihr denn das Wort gönnte, wenig galant und sogar ungeduldig hinweg. Langgediente Ehepaare begegneten einander auch hier nicht zartfühlend, um so weniger, als sie im Vorzeigen des eigenen Besitzes Geringschätzigkeit zu demonstrieren haben. Daß Mitsu das *-ko* aus ihrem Vornamen hatte fallen lassen, bemerkte Paul erst später, noch war erst die Höflichkeitsform gebraucht worden. Als sie sich verbeugte, ließ ihr Kimono-Rücken den silbernen Umriß eines Kranichs sehen.

Ken benützte das *Conversation piece* gleich zur Korrektur. Es sei der Phoenix, der Tezuka Osamus Lebenswerk begleitet habe, sein Symbol der Wiedergeburt im Feuer. – Ob er immer noch

Manga zeichne? – Dafür sei er nicht mehr unschuldig genug. Er habe einst davon geträumt, Bücher zu machen, und Manga seien bald die letzten gedruckten; ob sie ihr Papier auch wert seien, frage man besser nicht.

Aber bevor wir Wiedersehen feiern: wollen Sie nicht Ihr Zimmer beziehen? Es liegt im 29. Stock, ich kann Sie begleiten: der Weg ist etwas umständlich.

Erst wolle er doch mit ihnen anstoßen, wehrte sich Paul. Der Koffer finde den Weg ins Zimmer wohl auch allein.

Ken gab dem Portier eine entsprechende Anweisung; dann schlug er die Bar im hintersten, etwas erhöhten Teil der Halle vor, sie sei noch ruhig, da könne man auch rauchen. – Ich muß nicht rauchen, sagte Paul. – Ich muß! antwortete Ken nervös auflachend. Also wurde Pauls Koffer zum Aufzug gefahren, während sich die Freunde auf die fast leere Bühne hinter dem – noch stummen – Orchesterpodium zurückzogen. Sie fanden einen Eckplatz an der Balustrade, von dem sich der Jugendstil der Halle und die Bewegungen der Gäste überblicken ließen. Ken studierte die Getränkekarte ausgiebig, und bis der richtige Champagner im Kübel kam, herrschte Schweigen am Tisch. Sie stießen an, nachdem Paul gebeten hatte, wieder zum Du zurückzukehren: vertraut wurde es noch nicht.

Sehr zum Wohl, allerseits! Ken verstand, daß Paul bei Frank Lloyd Wright einzukehren wünschte. Sein Hotel habe ja sogar die Flächenbombardements überstanden. Die Amerikaner hätten es vorsorglich verschont, schließlich hätten sie als Sieger ein standesgemäßes Quartier gebraucht. Schon 1923, in seinem Baujahr, sei das Haus dem großen Kantō-Erdbeben glücklich entgangen, dank der schwimmenden Basis, auf welcher Mr. Wright sein monumentales H im vorkolumbianischen Maya-Stil errichtet habe. Erst das japanische Wirtschaftswunder habe es nicht mehr überlebt. Man hätte die Betten nicht mehr bezahlen können, wäre der Luftraum ungenützt geblieben, den Wrights flacher Palast verschmäht hatte. Also habe man sein Denkmal abgerissen und in einem Freilichtmuseum bei Nagoya wieder aufgebaut, während in Tokyo das obligate Hochhaus aufgezogen worden sei – mit der Dekoration hier als Feigenblatt.

Du bist in einem Schwindel einlogiert, erklärte Ken mit der räuchelnden Papirossa zwischen zwei Fingern, er soll dich vor unserem nächsten Aufschwung schwindeln machen, in den wir selbstverständlich auch Fukushima einbeziehen. Die Frist bis zu den Olympischen Spielen 2020 wird zum Saubermachen etwas knapp, wenn man an die Halbwertszeiten von Trivium, Strontium, Cäsium und Konsorten denkt, aber unsere Regierung erklärt: wir schaffen das! Und zehn Kilometer von unserem Großen Werk entfernt sei die Strahlung heute schon fast gesund.

Oder zweifelst du, daß unsere Tüchtigkeit aus dem Ende eines Atomwerks gleich die nächste Zukunftsindustrie entwickelt? *Dai-Ichi* ist ein Laboratorium, eine Versuchsstation für Techniken, die wir ohnehin brauchen, aber jetzt ganz schnell. Zum Beispiel Roboter, die vor keiner Strahlung schlappmachen. Jetzt müssen sie die Masse geschmolzenen Urans nur noch finden, damit wir sie entsorgen können – bis dahin werden wir auch wissen, wohin. Wozu haben die Russen so viel Platz? Da bietet sich doch ein *Deal* an. Vielleicht läßt sich die Strahlung auch zum Heizen verwenden, dafür hat die Hölle immer Bedarf, und warum soll uns der Teufel keinen guten Preis machen? Seit Hiroshima und Nagasaki sind wir doch im Geschäft und haben unsere Meiler nicht umsonst mit buddhistischer Weisheit dekoriert. Prinzipiell ist Energie aus der Kernspaltung immer noch die günstigste, der Mensch muß ihr nur sein Fassungsvermögen anpassen, vielleicht für eine Mutation sorgen, die damit umgehen kann. Aber brauchen wir noch einen Organismus, wenn es Computer besser können? Wenn sie für ihre Reproduktion noch irgendwelche Gefühle brauchen: die wird man ihnen einprogrammieren. Und warum soll der *Bot* die Kettenreaktion fürchten, wenn er sich von ihr ernähren kann? Dann hätten wir endlich das Perpetuum mobile geschaffen – danach spielt die Zeit keine Rolle mehr, denn jeder Tag ist der jüngste!

Ken ist etwas bitter, warnte Mitsu, doch er beachtete sie nicht.

Gut, das kann noch etwas dauern. Zum Glück stinkt die Kernmasse so wenig wie das Geld, das man bereits in ihre Entsorgung investiert. Und bis sie ausgestunken hat, kommt es nur darauf an, sie profitabel zu machen. Größer als das Leben! Und wann gelingt uns die Entsorgung perfekt? Ganz einfach: wenn wir andere Sorgen haben! Warum müssen wir *Dai-ichi* so eng sehen? Warum soll der Tsunami nicht die Initialzündung geliefert haben für einen ganz neuen Kreislauf der Elemente? Meerwasser rein, Kernkraft raus! Wozu schwemmen wir die Ruine unaufhörlich mit Wasser, das sie doch nicht kühlt? Warum tun wir nicht selbst einen kognitiven Sprung und betrachten Löschwasser als Fruchtwasser einer neuen Schöpfung? Warum holen wir nicht zum Gegenschlag aus: ein technischer Tsunami gegen den maritimen? Bitte sehr: nur ein kleiner Quantensprung planetarischer Evolution! Dann wird die *No-go*-Area, wo irrende Kühe Gras fressen, bis sie daran eingehen, wo das gepflegte Eigenheim von Wildschweinen gestürmt wird, wo Parkflächen voller Neuwagen vergrasen – dann wird die Wüste der Zivilisation zum Vorgeschmack einer Zukunft, die größer ist als jede Vernunft! Aus *No-go* mach *Go-go,* dann hat die Menschheit ausgesorgt, und ihr könnt sagen, ihr seid dabei gewesen!

Das Gespräch am Tresen war verstummt, auch Neuankömmlinge warfen unsichere Blicke auf den japanischen Gentleman, der einem älteren Westler offenbar den Tarif erklärte, auf Deutsch und in Gegenwart einer förmlich gekleideten, peinlich berührten Japanerin – und er war noch nicht zu Ende.

Aber aller Anfang sei schwer, und was Japan jetzt am nötigsten brauche, seien Rücksiedler in verstrahlte Gebiete, Versuchsmenschen, die man, versteht sich, für ihr Versuchsleben anständig entschädigen müsse.

Denn Hand aufs Herz: was wissen wir *wirklich* über Langzeitfolgen der Verstrahlung? Von tragischen Einzelschicksalen darf man sich nicht verwirren lassen. Man muß sie, durch richtige Behandlung der Öffentlichkeit, neu figurieren, wie man digitale Bilder nachbehandelt. Dafür gibt es keine Grenze – warum sollte es für die menschliche Resilienz eine geben? Das hat man bisher nur *behaupten* können; der Störfall bietet endlich die Chance, es auszuprobieren. Wer wird nach ein paar Jahren in der sogernannten *No-go-*Area noch da sein? In welchem Zustand, mit wie viel Bewußtsein? Was wird aus Familien, aus Beziehungen? Könnte sich da nicht ein neues Erfolgsmodell des Homo sapiens abzeichnen, in dem die Menschheit – nach einer bestimmten Transformation ihrer Werte – Wiedergeburt feiert? Vielleicht mit ein wenig Nachhilfe unserer Freunde, der Gentechnologen? Man weiß es nicht – aber warum sollte man's nicht darauf ankommen lassen, und wäre es nur, weil man doch keine andere Wahl mehr hat?

Natürlich funktioniere das Szenario nur, wenn man sich hüte, es öffentlich zu machen – jedenfalls, bis diese Öffentlichkeit endgültig formbar sei und eine Behauptung so gut und so nichtig wie die andere. Dahin seien wir auf dem besten Weg. Morgen schon könne der Störfall zum Glücksfall werden, und Japan zum ersten Land, das ihn gepackt hat – zum wahren *Kernland* globalisierter Zivilisation!

Ken war von einer grimmigen und nervösen Energie angetrieben, die Paul sprachlos machte. Da mußte etwas *heraus*, aber es war nicht deutlich, warum hier und jetzt – wenn Ken es nicht geradezu darauf abgesehen hatte, den Gast zu erschüttern und seine Frau zu foltern. Aber Mitsu saß jetzt so gefaßt, als gehe sie der Ausbruch ihres Mannes nichts mehr an.

Er rauchte fortgesetzt, seine Finger zitterten, aber betrunken wirkte er nicht.

Weißt du, daß Premier Kan die Stadt Tokyo im März 2011 evakuieren wollte?

Ja, sagte Paul. – Damals sind wir ja grade nach Japan geflogen, Suzanne und ich. *Gai-jin, Fly-jin,* das waren wir nicht.

Das war euer Besuch bei Tadao Ando, sagte Ken. – Ja, diese todesmutigen Architekten!

Schade, daß Ihre Frau nicht mitkommen konnte, sagte Mitsu.

Sehr schade, echote Ken. – Dann müssen jetzt *wir* uns um Paul kümmern. Du mußt früh schlafen und nochmal ordentlich essen. Ich habe im Sushi-Restaurant reserviert, hier im Souterrain. Frischer als im Flieger ist der Fisch allemal. Oder hättest du's lieber chinesisch?

Wir müssen ja auch noch unsere Reise besprechen, sagte Paul. – Dann packe ich vorher mal im Zimmer das Nötigste aus.

Du nimmst den Lift da, zum Zwischengeschoß, und gehst dann geradeaus nach hinten durch die Ladengasse, fünfzig Meter, bis du zu einer Glastür kommst. Die öffnest du mit der Karte und stehst schon vor den Liften zum 29. Stock. Wir warten hier. Laß dir Zeit.

Als Paul vor der Tür des Zimmers 2917 stand und mit der Karte über den Sensor wischte, hatte er ein *Déjà-vu:* das *Swiss Hotel* in Chicago, als er sich in der Tür geirrt hatte. Er trat in den kleinen, auf den ersten Blick praktisch ausgestatteten Raum und suchte, am bereits wartenden Koffer vorbei, den Blick aus dem Fenster. Er fühlte sich erschöpft und atemlos zugleich, als hätte Kens Suada dem Wiedersehen mit Japan die Luft entzogen. Natürlich ließ sich hier oben kein Fenster öffnen. Zum Glück war die Ventilation geräuschlos.

Paul starrte an den benachbarten Wolkenkratzern vorbei auf die Grünanlage unter seinen Füßen, in welcher da und dort ein niederes Dach zu erraten war. Das also war der Kaiserpalast. Er war noch nie in Tokyo gewesen, aber ihm schien, diesen Blick auf Straßenschneisen und Bahnkörper kenne er schon aus dem Film «Lost in Translation». Eigentlich war ihm heute jede soziale Pflicht zu viel. Wie gern hätte er sich nur noch aufs Bett gelegt und die Augen geschlossen.

4 Sushi-Bar

Zum Glück war der Tresor im Schrankfuß leicht zu bedienen. Er wählte als Code-Zahl 1648, das Ende des Dreißigjährigen Kriegs, für den Einschluß von Geld und Dokumenten. Die Salbschüssel paßte nicht hinein, und er fragte sich, ob er das Kunstwerk nicht gleich überreichen sollte. Aber dann schien es ihm besser geeignet zum Abschied, als Zeichen des Danks.

Als er, notdürftig frisch gemacht, wieder in der Halle erschien, erhob sich Ken wie erlöst. Sie gingen durch den Ladenkorridor, an dessen Ende eine Treppe zum Souterrain führte, schlugen einen Bogen um die – frei nach Brancusi – auf weißem Kies errichtete Plastik, gerieten in die nächste Ladenwelt und an ihrem Ende zu den Restaurants.

Als sie die Vorhang-Girlande mit weißen Zeichen passiert hatten, wurden sie gleich durch Zuruf willkommen geheißen. Sie waren die einzigen Gäste und ließen sich auf erhöhten Hockern nieder, die Herren einander schräg gegenüber. Vier Männer in weißen Schürzen waren hinter dem Tresen zugange.

Ken, blaß, aber wieder ruhig, bestritt den Diskurs mit einem Koch, der die Sushi in der gewünschten Folge herrichtete und auf Plättchen über den Tresen schob. Auf diesem standen auch zwei Aquarien mit lebenden Hummern und Krabben. Kens Kommentare mußten kennerhaft sein, wie ihm der Koch durch bald zustimmendes, bald ungläubiges Auflachen bescheinigte. Die Konversation ging an Paul vorbei, wofür er dankbar war. Ken fragte ihn auch gar nicht nach seinen Wünschen, während die verstummte Mitsu ihre Augen niedergeschlagen hielt. *Kanpai, kanpai*, es war wieder Ken, der nach beiden Seiten, aber auch für sich selbst, warmen Sake nachschenkte. Allmählich erwärmte sich auch die Atmosphäre.

Paul wollte wissen, wie Ken sich die merkwürdige Wehrlosigkeit der Japaner gegenüber der Atomenergie erkläre, deren katastrophale Wirkung sie als erstes Volk erfahren hatten, und jetzt zum zweiten Mal, diesmal ohne Fremdeinwirkung.

Wenn dir das Geschäft mit *General Electric* als Fremdeinwirkung nicht genügt, ist alles doch ganz einfach. Wir Japaner wollen es doppelt so schwer haben wie die andern. Das gibt uns Gelegenheit, es dreimal so gut zu machen. Wir sind mit unseren Katastrophen im Bunde, und wenn es ein Erdbeben der Stärke 9 nicht tut, und ein Tsunami der Extraklasse auch nicht, dann müssen eben noch ein paar Atommeiler hochgehen. Sollen wir deswegen auf diese Energie einfach verzichten? *Dürfen* wir das noch, nachdem so viele brave Mitbürger ihr alles geopfert haben, auch Gesundheit und Leben?

Als Paul einwandte, an der japanischen Küche schmecke gar nichts nach Masochismus, kam Kens grelles Lachen. Ja, unser Essen! Wenn wir glücklich sind, essen wir, wenn wir traurig sind, auch, und wenn wir verzweifeln, erst recht. Das ist deine japanische Küche! Wir haben für unser Unglück keinen Masochismus nötig! Uns genügen die stumme Leistungsbereitschaft – und die gebotene Rücksicht auf Mitbürger. Wir finden immer Japaner, denen es noch schlechter geht. Dann wäre es ja noch schöner, wenn wir das Maul aufrissen, um uns zu beklagen. Wir jammern nicht, schließlich ist unser Unglück gottgesandt, wie unsere Erzieher, das Erdbeben, der Bergsturz, der Vulkanausbruch. Warum soll die atomare Katastrophe aus ganz anderem Stoff sein? Dahinter steht doch auch Natur, und sind wir selbst denn etwas anderes? Wir wollen doch nicht nur das Beste, sondern das Bessere. Und wenn das zu weit geht, können wir immer noch sterben. Auch dann gebietet die Höflichkeit, davon kein Aufhebens zu machen, und schon gar niemanden dafür verantwortlich. Wenn Verantwortung, dann für alle gleichmäßig – für Japaner, versteht sich, die andern haben wir gar nicht auf dem Schirm.

Wie sagte unser Premier Noda? *We all share a grave responsibilty.* Wir alle! Da ist auch schon fast alles gut – wir können das gemeinsame Tragen der Regierung überlassen und rechnen ihr dafür ihre Irrtümer nicht an. Haben sogar Mitleid mit der *Tepco*. Weißt du, was die Zuschauer sagten, als ihnen der Regierungssprecher eine schlechte Nachricht nach der andern ins Haus brachte? Man verstand ja sehr gut, daß er sie beschönigen mußte – der Euphemismus, Paul, ist unser Heilmittel gegen alles, was man doch nicht ändern kann. Und da man seinem Gesicht ansah, wie schwer sich der Gute tat, wünschte man ihm, daß er doch wieder einmal *ausschlafen* möge.

In jedem andern Land bräche ein Volksaufstand aus: bei uns würde man das für nackten Egoismus halten. Zuerst ist *Rücksicht* geboten, Paul: wieder einmal ausschlafen soll er, der Unglücksmann! Und weil Scham und Rücksicht unwiderstehlich sind, widersteht bei uns auch niemand der Atomkraft – jedenfalls reicht der Widerstand nicht aus, die Werke ganz einfach abzuschalten, wie bei euch. Weil so viele Arbeitsplätze dran hängen? Nein, weil sich so viele Leute so viel Mühe damit gegeben haben! Sollen die nur, weil unser Leben draufgeht, auch noch ihr Gesicht verlieren? Warum sollte ein Unglück unvergänglicher sein als unsere Kultur? *Dagegen* kann ein braves Volk etwas tun – gegen das Unglück nicht. Seine Opfer heiligen es gewissermaßen, und kein Japaner versteht, warum andere das nicht verstehen wollen. Das findet er undelikat und muß sich Mühe geben, seine Geringschätzung zu verbergen. Wenn wir Glück haben, kommen wir dem Rest der Welt wie Helden vor – sonst wie Idioten. Es ist zu komisch, Paul, daß uns ausgerechnet unsere Rücksicht auf andere wie Monster aussehen läßt. Nächstenliebe? Man muß den Nächsten nicht lieben, um sein Gesicht zu schonen. Es gehört einfach zum Minimum von Lebensart, wie Schuhe ausziehen, wenn man eine Wohnung betritt. Unser Pech, daß wir damit allein bleiben. Wir fassen es nicht, denn so gering von andern zu denken, wie wir müßten, um es zu fassen, trauen wir uns denn doch nicht. Und wo wir uns nicht selbst helfen können, ist uns eben gar nicht zu helfen, dann bleibt immer noch ein würdiger Tod. Uns ist nicht zu helfen, Paul. So einfach ist das und so unfaßbar für euch.

Aber du lieferst doch selbst den Gegenbeweis zu deiner Theorie.

Weil ich gern rede, sagte Ken, und immer zu viel. Wo es ernst gilt, reden Japaner nicht. Oder nur in Formen, die kluge Westler geringschätzen, melancholischen oder sentimentalen. Am liebsten essen wir gut, das hilft immer. Wir sind Kinder, und mit denen könnt ihr nichts anfangen, darum müßt ihr sie belehren.

Und in Japan wird nicht belehrt?

Nein, da wird diszipliniert. Und wenn man damit nicht hinkommt, wird gesprungen, in den Tod, oder die Erleuchtung. Und die besteht darin, daß uns auf der andern Seite nichts mehr passieren kann. *Nichts* – ganz groß geschrieben oder ganz klein. Als Japaner leben, heißt, dieses Zeichen überall lesen, in jedem Grashalm, jedem abgetragenen Kleid, mit offenen Augen, auch mit geschlossenen. Nichts weiter. Nichts Geringeres. Das lernen auch die Ärmsten.

Jetzt legte Mitsu ihre Hand auf seine.

Ja, diesen Fisch mußt du versuchen, sagte er und lud das Sushi auf Pauls Tellerchen ab. – Aber nimm Wasabi dazu. Sonst schmeckt er – nach nichts. Und statt einer Delikatesse ist es nur ein toter Fisch.

Er lachte hellauf.

Nach längerem Schweigen begannen sie sich über Tezuka Osamu zu unterhalten, den einzigen Manga-Autor, mit dem Paul etwas bekannt war. Suzanne und er hatten 2011 in Takarazuka das Tezuka-Museum besucht, dessen gerundete Glasfront an einen Schiffsbug erinnerte. Es lag fast bescheiden neben einer klosterähnlichen Anlage, in denen der Nachwuchs für ein rein weibliches Theater nachgezogen wurde. Hie und da wandelte, unter dem Raunen der Besucher, einer der Stars vorüber, die gestylte Nonne einer Bühne, auf der, wie er sich sagen ließ, auch König Lear als Damen-Revue aufgeführt wurde. Das Gebäude atmete den Geist verewigter zwanziger oder fünfziger Jahre, einer Hochkunst disziplinierter Pikanterie. Sie gehörte zum Repertoire weiblicher Dressur, als hohe Schule höherer Töchter. Der Hinweg vom Bahnhof zu Theater und Museum war als mediterrane Promenade gestaltet, mit britischem *Touch.*

Bei dieser Erinnerung sah Paul Neuhaus Suzannes Gesicht vor sich und empfand einen Augenblick durchdringenden Heimwehs.

Wie gefiel dir «Nachricht für Adolf»? fragte Ken.

Suzanne fand es ein wenig naiv, antwortete Paul.

Das war milde gesagt. Sie hatte die Bildergeschichte unerträglich genannt, nicht nur, weil die Behandlung des Tabus allem widersprach, was korrekte Erinnerungskultur vorschrieb. Sie ertrug keine Trivialisierung Hitlers, keine treuherzige Behandlung des Unerträglichen.

Dann muß sie mir erklären, sagte Ken, wie man ungeteiltes Entsetzen über eine Figur verbreiten kann, ohne die Faszination für sie zu nähren. Tezuka hatte eine solidere Anthropologie. Als Buddhist weiß er, daß Wahrheiten nur daran zu erkennen sind, daß das Gegenteil genau so wahr ist. Als Satan in

Person habt ihr Hitler zur theologischen Größe gemacht, und euer Tabu hat euch gezwungen, auf jeden rationalen Diskurs über ihn hysterisch zu reagieren, ein wenig wie Hitler selbst. So hat er euch immer noch im Griff. Auch gut Gemeint hat seinen Fluch.

Tezuka war ein Gutmensch, wie er im Buche steht. Aber nur in *seinem* Buch, leider, denn im Manga *nach* ihm bleiben geteilte Bösewichte, geteilte Helden die Ausnahme. Seine Geschichten aber leben von ihrer Ambivalenz und sind nicht trotzdem spannend, sondern *darum.* Als Dichter muß einer Shakespeare heißen, um die Widersprüche des Menschen unter einen Hut zu kriegen – normale Widersprüche, die Einfältige nicht kennen, nur leben. Und die Klügeren vielleicht einräumen, aber nicht danach zu leben glauben. Natürlich tun sie es trotzdem, und dann schämen sie sich dafür blind und blöde. Oder soll ich gleich sagen: braun?

Und wieder das grelle Lachen.

Tezuka könnte ein Lehrer der Menschheit sein, sagte Ken, wenn er kein Japaner wäre – ein Kind, das jede Wahrheit daraufhin ansieht, ob sie zum Manga taugt. Nur Märchen machen die Wahrheit erträglich.

Und was wäre die Wahrheit? fragte Paul.

Fukushima, sagte Ken. – Das Ende der Bilder. Übrigens: «Adolf» war nur ein Nebenwerk. Was Tezuka ein Leben lang beschäftigte, war der Phönix – der Vogel auf Mitsus Rücken. Der muß immer wieder Asche werden, um sich daraus verjüngt wieder zu erheben. Ich mag ein kleines *Anime* Tezukas, mit dem Titel «Zittern». Da beginnen die Bilder einer Straße wie bei unaufhörlichen Erdstößen zu beben. Man sieht alles, was Gestalt hat, unterwegs ins Nichts, und nichts daran ist schrecklich – oder eben alles. Weißt du, was seine letzten Worte waren? *I beg you, let me work.* Das ist Japan. Unser Leben ist Arbeit, und sie soll länger leben als wir. Weil sie unsterblich ist? Im Gegenteil, mein Freund. Weil sie vergeht wie wir.

Seine Zunge stieß jetzt häufig an. Er hatte sich immer noch eingeschenkt, wenn Mitsuko und Paul abgelehnt hatten.

Du solltest auch etwas essen, sagte sie.

Sie will mir den Mund stopfen, sagte Ken.

«Sie werden sehr wahrscheinlich einmal zu malen aufhören und dann nie mehr einen Pinsel anrühren.» Ich schaute ihn mit den größten Augen, die in meiner Macht waren, an und sagte: «Das wäre das seltsamste Ding, ich finde dazu noch gar keinen Anfang in meinem Wesen. Und was werde ich denn dann tun, wenn ich nicht mehr male?»
«Das weiß ich noch nicht», antwortete er, «aber tun werden Sie gewiß etwas.»
«Ja, gewiß etwas tun», sagte ich, «und Sie können mir wohl nicht verargen, wenn ich Sie frage, was Sie zu diesem Ausspruche über mich berechtigt, der so tief in meine Tätigkeit eingeht.»
«Gewiß kann ich Ihnen die Sache nicht sagen», antwortete er, «aber sie ist mir sehr wahrscheinlich, und wenn mein Ausspruch zur schnelleren Entwicklung Ihres Laufes etwas beitragen kann, so wird es mich sehr freuen, und wenn ich mich irre und Sie ein Maler bleiben, so werden Sie durch meinen Ausspruch und mein Benehmen erst ein rechter Maler.»

Man hörte das Hackemesser des Kochs wie ein Maschinengewehr, als er einen Rettich in dünne Scheiben schnitt.

Wer ist Seizō Irie, fragte Paul, was für ein Mensch?

Das muß Mitsuko beantworten, sagte Ken.

Wir sehen ihn morgen, antwortete sie.

Gegen die Evakuierung hat er sich lange gesträubt, sagte Ken. – Sein Dorf liegt über 30 Kilometer von *Dai Ichi* entfernt und hat im März viele Flüchtlinge aufgenommen, die vom

Werk vorher gut gelebt haben. Er nicht, er gehörte sogar zu seinen Gegnern. Darum will er jetzt zurück und fühlt sich im Recht.

Yoneuchi ist dekontaminiert, sagte Mitsu.

O ja, sagte Ken, wenn nur Wind und Wasser nicht wären, kein Wald, und am besten auch gar kein Erdboden.

So solltest du nicht reden, sagte Mitsuko.

Richtig, sagte Ken, schließlich bringen wir himmlische Hilfe. Wir setzen die Gesetze der Physik außer Kraft. Wozu bist du mit dem Onkel dreißig Tage durch die Wüste gereist, wenn du sein gelobtes Land nicht erkennst?

Nun sagte Mitsu mehrere Sätze auf Japanisch.

Gewiß, gewiß, sagte Ken, Fukushima braucht Hoffnung. Ich habe keine und fahre besser nicht mit.

Ken! sagte Paul nach kurzer Stille bestürzt. – Ich rechne fest mit dir!

Wie wir mit Suzanne gerechnet haben, erwiderte Ken wieder leiser, da siehst du, wohin man mit Rechnen kommt. Wenn ich dir einen Rat geben darf: trau keiner Zahl, die dir unterwegs begegnet, in Becquerel, Curie, Sievert oder was immer. Sie muß gar nicht gelogen sein oder beschönigt, aber sie bleibt die reine Willkür. Wir können nur behaupten und beten, ich kann nur meckern. Darum bitte ich um Entschuldigung.

Paul suchte den Blick Mitsus, aber sie hatte die Augen niedergeschlagen. Kens Entschluß, wenn es denn dabei blieb, mußte auch ihr unerwartet gekommen sein. Er hatte die Augen geschlossen, und plötzlich wirkte sein Gesicht alt.

Ich habe zu tun, aber das ist unerheblich. Du bist mit Mitsu besser bedient. Sie *kann* mit Seizō, ich nicht. Und sogar wenn ich ihm viel Glück wünschte … ich würde es nur stören.

Worauf hatte Paul sich eingelassen?

Was meinst denn du, Mitsu-san? fragte er.

Ken weiß, was er sagt, antwortete sie ruhig, dann ist es so, wie er sagt.

Du wirst bald schlafen wollen, Paul, fuhr Ken leichthin fort, dann habe ich noch eine Gutenachtgeschichte für dich. Kennst du *Astro Boy?*

Die Figur mit dem geknickten Ohr?

Und mit Bambi-Augen, und mit schwarzem Flattermäntelchen, und mit roten Stiefeln. Sie lassen sich als Raketen brauchen. *Astro Boy* war Tezukas Welterfolg, aber er war nicht stolz darauf.

Er will immer nur das Gute, sagte Paul.

Und dann tut er es auch noch. Er ist eben ein Roboter, sollte seinem Erfinder den leiblichen Sohn ersetzen, der tödlich verunglückt war. Und dann warf er dem kleinen *Bot* vor, daß er einfach nicht größer werden wollte. Er blieb ein Kind, wie Peter Pan. Da verkaufte er ihn an den Schausteller *Hamegg*. *Astro Boy* mußte im Zirkus auftreten, mit andern Robotern, aber auch wenn er nur die bösen besiegte, es machte ihm keinen Spaß. Da adoptierte ihn der gute Doktor *Ochanomizu*, das heißt Teewasser, und von da ging es aufwärts. Er durfte nicht nur Menschen retten, sondern die ganze Welt. Er war nicht geteilt wie Adolf. Aber er blieb ein Ersatz. Ohne den Verlust eines wirklichen Menschen hätte es ihn nie gegeben.

Der Trauerfall ist Hiroshima. Auf Japanisch heißt *Astro Boy* «Atom Iron Arm». Das gestiefelte Kunstkind verkörpert die Geschichte der japanischen Atomindustrie. Und besiegt ihr Dilemma. Seine Sklaverei im Zirkus schnellen Profits soll man ihm nicht mehr ansehen. Das Atom wurde von Professor Teewasser adoptiert, und hinter ihm verbirgt sich die Teekunst und alles Schöne und Wahre der japanischen Kultur. Wie kann *Mighty Atom* da noch fehlgehen? Hiroshima, das war einmal. Die Atomenergie wird zum Garanten des Friedens mit sich selbst.

Wie darf Fukushima diesen Frieden stören? *Mighty Atom* ist auch der Heilige Seizōs. Du bist zum Gottesdienst eingeladen, Paul, hoffentlich fällt dir etwas Erbauliches dazu ein. Alles andere wäre ein Unrecht an seiner Gastlichkeit.

Was meinst du, Mitsuko-san? fragte Paul.

Sie sah ihm nicht in die Augen, als sie sagte: Ich kann für Sie dolmetschen.

Soll ich besser nicht reisen?

Sie müssen, glaube ich.

Sie müssen, glaube ich, wiederholte Ken. – Das Hotel ist bestellt. Du bist Seizōs Gast im «Eisvogel», da kannst du dich jeden Abend reinwaschen. Fahren wird euch Onkel Irie selbst, und er weiß auch, daß du dich nachher in Hakone erholen willst.

In diesem Augenblick glaubte Paul klarer zu sehen. Ken war eifersüchtig auf Mitsus Kontakt mit dem Bürgermeister.

Ich glaube, ich muß jetzt schlafen, sagte er.

Der Zug fährt um 10 Uhr 36, sagte Mitsu. – Wäre es zu früh, wenn ich Sie um halb zehn im Hotel abholte? Zum Bahnhof ist es zu Fuß nur eine Viertelstunde, aber ich muß noch Tickets besorgen.

Ich hoffe immer noch: für drei. Ich habe mich so sehr auf euch beide gefreut.

Ken verbeugte sich etwas, im Sitzen.

Und bitte sagt dem Wirt, dies hier geht auf meine Rechnung.

Leider schon geregelt, lächelte Ken.

In seinem Zimmer kam Paul in den Sinn, daß er sich, unter diesen Umständen, von Ken ganz anders hätte verabschieden müssen. Es war immer noch nicht zu fassen, daß er nicht mitkam.

Paul war todmüde und überwach zugleich. Er nahm noch ein Bad, und als er das Licht gelöscht hatte, betete er noch einmal die Namen aller Dörfer herunter, die von der Havarie *Daiichis* betroffen waren. Endlich dämmerte er weg.

Das Nächste, was er sah, war sein alter Reisewecker, dessen matt leuchtende Zeiger auf halb elf standen. Hatte er schon den Zug verpaßt?

Mit zitternden Fingern fand er den Knopf für das Leselicht; auch die Armbanduhr, die er auf den Nachttisch gelegt hatte, zeigte halb elf. Aber das Fenster war dunkel. Hatte er die Uhr überhaupt umgestellt? Im Flugzeug hatte er es sich vorgenommen, aber hatte er es auch getan?

Die digitale Anzeige im Nachttisch zeigte 05:32. Er atmete auf, wollte aber sicher sein und tippte auf der Telefontastatur C für Concierge.

Yes?

Can you give me the exact time?

It's five thirty-five, Sir.

In the morning?

Yessir. Do you need anything?

Thank you, no. Good night.

Good morning, Sir.

Paul stellt seine Armbanduhr um, dann den Reisewecker. Jetzt konnte er im Fenster den Morgen grauen sehen, über einem erbleichenden Lichtermeer. Es war zu spät, eine neue Weckzeit einzustellen. Der Schlaf war kurz gewesen, doch die Aussicht auf die Reise mit Mitsu ließ ihn keine Ruhe mehr finden.

Da nahm er das Buch zur Hand, das sich bei den «Nachkommenschaften» von selbst öffnete, und begann zu lesen, noch einmal den ersten Satz:

So bin ich unversehens ein Landschaftsmaler geworden. Es ist entsetzlich.

5 Shinkansen

Nun saß er neben Mitsu in einem *Green Car* des «Yamabiko» («Berg-Echo») genannten Shinkansen, der, auf die Sekunde genau, von seiner Rampe abgelegt und sich fast unmerklich in Bewegung gesetzt hatte, nordwärts, Erste Klasse nach Fukushima, zu deutsch: Insel des Glücks.

Er hatte bei sich gewettet, ob sie doch noch zu dritt fuhren. Das sagte er ihr, nach dem ersten längeren Schweigen, als der Zug Fahrt aufzunehmen begann.

Wäre es Ihnen lieber gewesen? fragte sie.

«Ja» hätte unhöflich gewirkt, «nein» unverfroren. – Du siezt mich ja wieder, bemerkte er, ein kleiner Gegenangriff. Und fügte bei: Es ist sicher gut, wie es ist.

Tatsächlich hatte ihm das Herz gestockt, als er Mitsuko allein durch die Drehtür des «Imperial» kommen sah. Auch sie hatte ihn sofort ausgemacht, blickte sich aber um, als suche sie ihn noch. Diesmal blieb es bei einer kleinen Verbeugung ohne Handschlag. Sie wirkte zart in ihrem kobaltblauen Plisseekleid, den Regenmantel hatte sie über den Bügel des Koffers gelegt. Nun zog er den seinen neben ihr her, und stumm erreichten sie, vom Rollgeräusch begleitet, diesmal ohne Umweg den Bahnhof und tauchten ins Gewimmel seiner Unterwelt. Sie bat ihn, kurz zu warten und hinterließ ihm ihren Koffer und eine Spur Wärme am Bügelgriff, den er festhielt wie ein Pfand.

An einem Fensterpfosten war mein Fernrohr angeschraubt, und sobald ich einen Wagen am rechten Ufer des Moores mittagwärts fahren sah, richtete ich das Rohr auf ihn, ob er die bekannten Braunen habe. Und hatte er sie, so warf ich Pinsel und Malerbrett weg und eilte

> auf meinem linken Moorufer in den Wald und begegnete ihr auf dem Waldwege. Unser Begegnen war immer gleich. Wir gingen in mäßigen Schritten gegeneinander. Und als wir uns trafen, richtete ich meine Augen gegen ihre großen feurigen Augen, die mich anblickten, grüßte sie ehrerbietig, sie neigte sich freundlich, und wir waren vorüber.

Als sie, zuerst unbemerkt, wieder neben ihm stand, trug sie einen Beutel in der Hand. *O-bentō*, sagte sie. Die Tickets? Hatte sie gestern noch ausgedruckt. Er folgte ihr durch die bediente Stelle der Schleuse, wo von Hand gestempelt wurde, während die Tickets aller übrigen Fahrgäste blitzschnell durch den Automaten der Schranke fuhren.

Glatt und verschlossen stand der gedehnte grüne Zugkörper schon bereit, und Mitsu steuerte ohne Zögern den Punkt an, wo sie sich hinter dem Schutzgitter anzustellen hatten; da standen schon drei Personen in der Reihe. Durch die Fenster des Zugs sah man die Putzmannschaft werken, und als sich die Türen öffneten, verabschiedete sie sich mit einer Verbeugung. Jetzt erst ging die Gittertür auf, man betrat den Wagen, deponierte die Koffer hinter dem Eingang im Gestell und suchte mit leichtem Gepäck seine Plätze, die sich in Fahrtrichtung umgestellt hatten.

Noch hatten sie nur das Nötigste gesprochen und saßen jetzt, der Gast am Fenster, nebeneinander wie in der Schule, geplusterte Hosen- neben feinen Strumpfbeinen. Die Situation hatte etwas Irreales, und der Hauch eines unbekannten, doch aparten Parfüms wehte zu Paul hinüber.

Konversation war angesagt, ein Kompliment zur hiesigen Eisenbahnkultur, und Mitsu erklärte, nach dem Krieg sei dem Land der Bau von Flugzeugen verboten worden, weshalb das Know-how in denjenigen von Hochgeschwindigkeitszügen geflossen sei. Bei U-Booten habe es eine ähnliche Entwicklung gegeben. Kens Vater sei als Arzt dieser Waffe zugeteilt gewesen und erst, nachdem er als einziger seiner Crew überlebt hatte, auch auf dem Land zum Einsatz gekommen, zum Beispiel schon einen Tag nach dem Fall der Bombe in Hiroshima, mit einer stotternden Ordonnanz und einem hinkenden Pferd, und ein paar Tage später auch in Nagasaki. Darüber habe er aber erst kurz vor seinem Tod gesprochen, mit 53 an Leukämie, und nur mit Ken. Über Strahlung sei in keiner betroffenen Familie gesprochen worden.

Es war doch keine Schande, entgegnete Paul.

Japan hatte den Krieg verloren, das war eine Schande. Es hatte diesen Krieg angefangen, das war die größere Schande. Es konnte sich darüber nicht schämen, das war die größte. Denn damit hätte es die Opfer fallen lassen. Sie hätten nicht nur ihr Leben verloren, sondern auch ihr Gesicht.

Paul hörte zum ersten Mal Mitsus analytischen Verstand reden und war voller Respekt.

Ich bin nicht einverstanden, wenn Ken Seizōs Arbeit geringschätzt. Er will etwas Unmögliches wiedergutmachen, und wenn es vielleicht nicht gelingt: *das* ist keine Schande.

In seinem Brief klang Ken auch noch ganz anders, sagte Paul.

Seither hat er schlechte Nachrichten über seine Gesundheit, lächelte sie.

Paul verstand sogleich, daß er dem Lächeln nicht trauen durfte. Wenn Ken sehr krank war – warum verließ sie ihn und reiste mit dem Gast nach Fukushima? Aber nicht weniger glaubte er zu verstehen, daß er sie darauf nicht ansprechen durfte. Kaum in Japan, wurde er schon Teil einer sehr japanischen Situation.

Mitsu schien seine Gedanken erraten zu haben, als sie fortfuhr:

Sie verstehen gewiß nicht, daß man in Japan die Opfer der Atombombe gemieden hat, und das Schweigen darüber kommt

Ihnen unmenschlich vor. Aber Kens Vater hat gefürchtet, daß sein Sohn, wenn es bekannt wird, keine Freunde findet, und vielleicht nicht einmal eine Frau.

Hat er Ihnen seine Geschichte vorher erzählt?

Er ja, sagte sie. – Er war sicher, seine erste Ehe sei auch gescheitert, weil er daraus ein Geheimnis machen mußte. Seine Eltern hatten es gewünscht, und es hat sich gerächt.

Und Sie hatten keine Angst.

Ich habe ihn geliebt.

Und wenn er es Ihnen nicht gesagt hätte?

Ich hätte ja gewußt, warum.

Sie erzählte, daß Kens Vater ihm und seiner Schwester regelmäßig Jodtabletten verschrieben habe. – Ich bin dankbar, daß er den Tod seiner Tochter nicht mehr erlebt hat. Er hat noch operiert, als ihm sein Assistenzarzt den Hintern stützen mußte.

Mitsu verwendete das Wort ohne Scheu, wartete übrigens für jedes Stück ihrer Erzählung Pauls Nachfrage ab, und jedesmal bekam die Landschaft viel Zeit, hinter den Fenstern vorüberzufliegen. Für ihre Unauffälligkeit entschuldigte sich Mitsu, die Berge zeigten sich auf der andern Zugsseite. Auf der ihren wäre man früher dem Meer entlang gefahren, hatte aber jetzt für den Shinkansen eine schnurgerade Trasse bauen müssen. In der Tat fuhr man oft auf Dachhöhe durch dichtbesiedeltes Gebiet und überblickte das frische Grün der Bambushaine und abgezirkelten Reisfelder fast aus der Vogelschau.

Mein Übersetzer wohnte an dieser Küste, sagte Paul.

Mitsu erklärte, die Übersetzung von «Hier und Jetzt» zu bewundern, auch wenn ihr der Inhalt zu hoch gewesen sei. Also hatte er in Japan doch eine Leserin gehabt. Paul fragte vorsichtig, wie alt sie denn damals gewesen sei. – Zwölf, lachte sie, nein, gelesen habe sie es natürlich erst vor kurzem, in ihrem Goethe-Institut. Pauls schnelle Nachrechnung ergab, daß sie dann hier und heute 37 Jahre alt sein mußte. Denn beim Besuch in Güldenau war sie gerade 20 gewesen, ein scheues Kind, während Ken, wie sie ungefragt erwähnte, im Mai 68 geboren wurde. Darauf sei er stolz.

Paul war jetzt so frei, sich auch nach *ihrem* Geburtstag zu erkundigen, und siehe da: der war ausgerechnet gestern gewesen. Als er sagte, das müssen wir aber noch feiern, hätte er sich hinterher auf die Zunge beißen können. Das war ja wohl nicht *seine* Sache. Dafür wunderte er sich nicht, daß sie *seinen* Geburtstag kannte. Sie hatte sich über den Besucher informiert.

Sie redeten einstweilen vom Tsunami weiter, der den Übersetzer Bansetsu Ishihara – *ihr* war der Name geläufig – weggerafft hatte, und ließen der dramatischen Sturzflut den Vortritt vor dem *Störfall*, um den sie einstweilen einen Bogen machten.

Sie erzählte, daß sie die Enkelin eines Pharmakologen war. Er war vor zwölf Jahren gestorben und zuvor mit ihr nach Pearl Harbour gefahren. Es war seine letzte Reise, aber nicht einmal dort hatte er vom Krieg gesprochen. Er wollte den Ort nur einmal gesehen haben. Aber auf dem Sterbebett hatte er ihr ein Geheimnis anvertraut, ihr allein. Im Juli 1945 hatte er als junger Offizier den Befehl erhalten, in einem Teil der Insel Kyushu Quellen zu vergiften. Stattdessen vergrub er das Zyankali an einem bestimmten Ort, und als er Mitsu die Koordinaten mitgeteilt hatte, starb er in der Gewißheit, daß das Gift unschädlich gemacht werde. Sie hatte die Stelle sogleich den Behörden gemeldet, aber die Suche war erfolglos geblieben.

Nein, auch Ken kannte diese Geschichte nicht.

Und ihre Eltern, wo leben sie?

Sie leben leider nicht mehr.

Mehrmals kam der Trolley mit Erfrischungen vorbei. Das Girl, das ihn schob, kündigte sich mit einer zwitschernden Litanei an. Ihre Uniform erinnerte an die einer Krankenschwester.

Sie kauften ihr, gegen trockenen Mund, zwei Fläschchen Wasser ab. Ihr Essen war ja schon vorhanden und wurde, bei der kurzen Reisezeit, fällig.

Ihren Onkel Seizō, den man heute sehen würde, hatte Mitsu noch nicht erwähnt, sich aber, wie Paul feststellte, für die Begegnung fein gemacht. Übrigens hatte sie gleich, nachdem sie Platz genommen hatte, ein Büchlein aus der eleganten schwarzen Tasche geholt. Als sie, nach der Zyankali-Geschichte, stumm in die geräuschlos fliehende Landschaft hinausgeblickt hatte, erlaubte er sich die Frage, was sie denn lese.

Stifters «Bunte Steine». Sie arbeiten doch darüber.

Wer hat das gesagt?

Ihre Frau.

Er staunte noch mehr. – Wann denn?

Als wir Sie besuchten durften.

Hatte er sich damals schon mit Stifter beschäftigt? Es war nicht ganz unmöglich. Und diese damals ganz junge, stumme Frau hatte es behalten?

Warum lesen Sie ihn auf Japanisch? Sie können so gut deutsch.

O nein. Aber Stifter schreibt fast wie ein Japaner.

Sie meinen sein Verhältnis zur Natur?

Künstler und Dichter wie ihn gab es bei uns auch, und viele haben sich umgebracht wie er.

Haben Sie mit Ken darüber gesprochen?

Sie lächelte. – Mit ihm muß man über Schopenhauer oder Heidegger sprechen können. Aber auch über Stifter weiß ich fast nichts.

Was möchten Sie denn wissen? fragte er ungeschickt und bemerkte, daß auch er zum Sie zurückgekehrt war.

Zum Beispiel die zwei Kinder in «Bergkristall», sagte sie. – Konrad und Sanna. Sie begeben sich in Lebensgefahr, ohne daß sie es wissen, und sind vollkommen unschuldig. Aber sie leben auch im Paradies. Es gibt im tiefen Schnee niemanden mehr als sie. So habe ich mir das erste Menschenpaar vorgestellt, Adam und Eva.

Sind Sie Christin?

Nur getauft. Mein Großvater mochte einen Nachbarn sehr gut, nicht, weil er Pfarrer war, sondern weil er die Regierung offen kritisierte, als sie Atomwerke baute, und dafür wäre sich mein Großvater zu fein gewesen. Doch bei seinem Begräbnis habe ich den Pfarrer wiedergesehen, und er erzählte, mein Großvater habe sich manchmal in seine Sonntagsschule gesetzt. Die Geschichten aus dem Alten Testament hätten ihm gefallen. Da ging ich auch hin, und mir gefielen sie auch. Damals war ich schon an einer christlichen Universität, aber Jesus sagte mir nichts. Ich habe mich nur dem Pfarrer zuliebe taufen lassen. Und weil Großvater seiner Kirche Geld gegeben hatte, damit er für seine Sünden bete.

Er war selbst kein Christ? fragte Paul.

Ein Hoshi wird kein Christ, sagte sie, und seit der Pfarrer tot ist, bin ich in keine Kirche mehr gegangen. Aber für meine Mutter bete ich immer noch.

Und Ihre Großmutter?

Habe ich nie gekannt. Sie hat sich zu Tode gefastet, als ihr einziges Kind den falschen Mann wählte. Sie soll eine sehr zarte Frau gewesen sein. Im Brief, den sie hinterließ, schrieb sie: Ich habe nie gelebt, ich bin immer nur da gewesen und bitte meine Familie um Entschuldigung.

Könnten Sie mir diesen Satz auf Japanisch sagen?

Ikitenanka inakatta. Tada ita dake nano.

Ikitenanka inakatta, wiederholte er. – Unsere Geschichten haben etwas Verwandtes. Ich war auch ein Einzelkind und habe die Mutter früh verloren.

Haben Sie auch früh geheiratet, mit Suzanne?

Verheiratet sind wir nicht, wir leben zusammen und haben spät damit angefangen. Als junger Student ging ich nach Berlin und lernte eine Mormonin kennen – es war ein Mißverständnis, aber eine große Liebe.

Können Mormonen nicht mehrere Frauen haben?

Früher ja. Aber jede Frau nur einen Mann.

Das hat Ihre Freundin gestört?

Ich war die Störung. Weil ich gar nicht wußte, was das ist: Liebe und Ehe.

Und jetzt haben Sie es erfahren.

Was Liebe sein könnte, ja. Aber ich bin nicht gut darin.

Muß man in der Liebe gut sein?

Nein, aber anwesend.

Das schreiben Sie ja auch in Ihrem Buch. Dann sollten wir jetzt essen. In einer halben Stunde kommen wir an.

Sie reichte hinüber, um sein Tischchen herunterzuklappen, dabei streifte ihr Haar sein Gesicht. Auf ihrem eigenen Tisch zog sie aus der Tüte zwei Kästchen, schälte das Papier ab und öffnete die Deckel, Holzimitat. Jedes enthielt eine hübsche Komposition meist unbekannter Häppchen. Mitsuko begann sie zu erläutern. – Geht es mit Stäbchen? fragte sie.

Hoffentlich, nickte er, und führte ihr gleich, in Gestalt eines Stücks Tintenfisch, den Beweis vor. Als er fertiggekaut hatte, reichte sie ihm eine Kastanie, die er unbedingt kosten mußte, direkt auf die Lippen. Gefüttert zu werden, machte ihn einen Augenblick fassungslos, und er spürte, wie seine Augen feucht wurden.

6 Eisvogel

Ein Dorf zog vorbei, mit einem großen Tempeldach, umstanden von hellem Grün. Dann eine lange Reihe von Kirschbäumen in voller Blüte, rosa und weiß vor zartblauem Wolkenhimmel.

> Geht nur auch öfter hinaus und geht nur auch recht unter die Leute. Ihr seid schon jünger und viel schöner seit der Zeit geworden, und Eure Augen sind ganz lustig. Und wenn Susanna Hochzeit macht, müßt Ihr zugegen sein, müßt fröhlich sein und einen Segen trinken, wenn Euch dann auch Herr Roderer nach Hause fahren lassen müßte. Einmal ist keinmal –

Stifter war auch Maler, sagte Paul, und kein ganz unbedeutender. Vielleicht wüßte man noch etwas von seinen Bildern, wenn seine Erzählungen sie nicht verdunkelt hätten. Lange hat man auch die geringgeschätzt, und seine Romane erst recht. Ein Kollege Stifters hat jedem die Krone von Polen versprochen, der den «Nachsommer» zu Ende lesen könne. Dabei gab es Polen damals gar nicht mehr. Von meinem Großvater habe ich ein Lied gelernt: *Noch ist Polen nicht verloren.* Das Land wurde immer wieder von Großmächten geteilt, aber dann erhob es sich zum Aufstand, und seine Toten wurden als Helden gefeiert. Und in Europa erkannten freie Menschen einander daran, daß sie Polen nicht verloren gaben.

Wie Seizō sein Dorf, sagte sie.

Daran habe ich gar nicht gedacht, sagte Paul.

Ich habe auch keinen Roman Stifters gelesen, sagte sie, nur «Bunte Steine.»

Im Vorwort steht, was er jenem Kollegen – dem mit der

Krone von Polen – geantwortet hat. Der hatte auch ein Gedicht gegen ihn geschrieben. «Wißt ihr, warum euch die Käfer, die Butterblumen so glücken? Weil ihr die Menschen nicht kennt! Weil ihr die Sterne nicht seht. Schautet ihr tief in die Herzen, wie könntet ihr schwärmen für Käfer? Säht ihr das Sonnensystem, sagt doch, was wär' euch ein Strauß?» Stifter hat ihm in den «Bunten Steinen» erklärt, warum es in der Natur nichts Großes gebe, aber ebenso wenig etwas Kleines.

Das Mus im Topf der armen Frau und die Lava im Vulkan gehorchen derselben Kraft.

Nun war das Staunen an ihm. – Stifters Antwort war freundlich, denn er wußte, daß sein Gegner ein armer Teufel war, der Feinde nötig hatte. Er hat über seinen Vater Sätze geschrieben wie diesen: «Die Armut hatte die Stelle seiner Seele eingenommen.»

Stifter hatte auch kein leichtes Leben, sagte sie, aber eine treue Frau. Ich habe Briefe gelesen, in dem er sie «meine teuerste Gattin» nannte.

Ginge das auf Japanisch auch?

Mitsu kicherte. – Zu *Goethe* kam regelmäßig ein deutscher Lektor, der gut Japanisch sprach. Aber er sagte immer *okusan*, wenn er seine Frau meinte. Er könne sie unmöglich *kanai* oder *gusai* nennen wie die Japaner, das heiße ja: dumme Frau. Aber so nennt ein Mann nur die eigene. Die verkleinert man, wie alles, was zu einem selbst gehört. Das wisse er schon, sagte der Lektor, und eben das finde er unerträglich. Kein Mensch «gehöre», schon gar nicht seinem Allernächsten. Da hatte er wohl recht, aber wir fanden es trotzdem lustig. Bei uns würde nur die Frau eines andern «Gattin» genannt.

Auf Deutsch auch, sagte Paul, jedenfalls zu Stifters Zeit. Wenn er seine Amalie «Gattin» nannte, deutete er damit nicht nur Respekt an, sondern Schuldgefühle.

Warum?

Er hat sie nur geheiratet, nicht geliebt.

Wie ist das möglich?

Um seine Jugendliebe zu verschmerzen, und weil Amalie sinnlich war. Sie kam – aus dem Kosmetik-Business, würde man heute sagen. Mit ihr zu schlafen, machte die verlorene Geliebte noch heiliger, und ihr früher Tod im Kindbett verklärte sie für immer.

Was bedeutet «verklärte»?

Er schmückte die Lücke, die sie hinterließ, mit seiner Natur, und von da an war sie das Versteck seiner wahren Person. Nur sein Körper war noch draußen in der Welt und trieb es mit einer andern, bis zum bitteren Ende. Zur Strafe war ihm dieser Körper nicht mehr der Rede wert. In seinen Erzählungen gibt es jede Schattierung von Liebe, aber keinen Sex. Er nannte sie «Studien», wie ein Wissenschaftler oder Zeichner. Aber zu seiner Zeit hieß die Kunst immer noch «Nachahmung der Natur», und sie mußte vollkommen sein, und das war sie nur, wenn sie ganz und gar Gegenstand werden durfte, auch der menschliche Körper. Stifters eigener Körper aber durfte sich in Stifters Welt nicht zeigen. Er ist auch der blinde Fleck seiner Kunst – und zugleich das Auge, mit dem sie *sieht*. Jedenfalls ist das meine Theorie.

Ich glaube nicht, daß ich das verstehe, sagte Mitsu.

Ich auch nicht, aber es macht die Lektüre – er zögerte – atemberaubend.

Er hat sich umgebracht, sagte sie.

Ja und nein, antwortete Paul.

Mitsu lachte, sehr wider Willen, und zupfte ein *Tissue-paper* aus der Tasche, um schneuzend ihr Gesicht zu bedecken, und Paul fühlte den Impuls, sie in die Arme zu nehmen.

Er hatte Leberkrebs und starke Schmerzen, sagte er, da griff er zum Rasiermesser. Aber er verblutete nicht gleich und hätte sich beim Rasieren geschnitten haben können. So bekam er die letzte Ölung und ein christliches Begräbnis.

Ich verstehe zu wenig, sagte sie, und darum oft zu viel.

Der Satz hätte von Stifter sein können, aber das verschwieg Paul, um Mitsus Verlegenheit nicht noch größer zu machen. – Hatte er keine Kinder? fragte sie.

Leibliche nicht. Eine Stieftochter, Juliane, eine Verwandte der Gattin. Der Herr Studiendirektor hatte die Waise ins Haus genommen, ein schönes Mädchen, und offenbar eine verzweifelte junge Frau. Eines Tages war sie verschwunden, dann hat man ihre Leiche aus der Donau gefischt.

Wir haben Wien besucht, nachdem wir bei Ihnen waren, sagte Mitsu, auch den Friedhof der Namenlosen. Meist waren es Frauen, die ins Wasser gegangen sind. Wir sind auch im Zentralfriedhof gewesen, in der Kapuzinergruft, im medizin-historischen Museum bei den Mißgeburten im Glas. Ken hat sie gezeichnet. Ein Manga hieß: «Lieber in Wien tot als anderswo lebendig.». Er hat sich im Bestattungsmuseum selbst in den Sarg gelegt. «Probeliegen» hieß das. – Unbefangen fuhr sie fort: Stifters Juliane starb wirklich, und er hatte schon wieder Schuldgefühle? Er war doch ihr Erzieher.

Vielleicht hat er es ihr angetan.

Und wenn sie davon wieder lebendig geworden wäre?

Er musterte sie verblüfft.

Viele suchen ihre Tsunami-Toten noch immer, sagte sie. – Sie wissen, daß sie nie wiederkommen. Aber so lange sie suchen, sind sie nicht ganz tot. Haben Sie den Film «Grüße aus Fukushima» gesehen?

Das gehörte zu meiner Vorbereitung. «Fukushima, mon amour» hätte die Regisseurin den Film gern genannt, nach «Hiroshima, mon amour» – mit diesem Film bin ich groß geworden, und die Frau darin war meine erste Liebe, Emmanuelle Riva, *Elle*. «Ich habe alles gesehen in Hiroshima», sagt sie, und *Lui*, Eiji Okada: «Du hast nichts gesehen in Hiroshima». Und der Film zeigt, beide haben recht, und keiner. Erinnern und Vergessen gehören zusammen. Erst beim Abschied beginnen sie sich zu verstehen. Der Film ist auch ein Abschied der Filmgeschichte. Die Bar, in der sich das Paar trennt, heißt «Casablanca». Sie rauchen eine Marke, die es nicht mehr gibt – jedenfalls 2011 nicht mehr, als ich in Japan war.

Die Marke hieß «Ikoi», sagte sie. – Nicht «Izu», wie Sie geschrieben haben.

Er musterte Sie verblüfft. Und was bedeutet «Ikoi»?

Ruhe, vielleicht im Schatten eines Baums. «*No stress*».

«No stress», wiederholte er. – Sie haben mein Zeug gelesen, Sie kennen es besser als ich selbst, warum lassen Sie mich so viel reden?

Ich lerne immer etwas.

Ich bin nicht Ken, sagte er. – Und ich werde ein alter Mann.

Sie lachte. – Das sagt Ken jeden Tag. Das hat er von seinem Vater.

War sein Vater wirklich Arzt in Hiroshima? fragte Paul.

Das war sein Familiengeheimnis, er hat es erst auf dem Sterbebett erzählt. Er hätte im Feld sterben müssen, fand Ken, und als ich ihm sagte: Aber dann gäbe es dich ja nicht! antwortete er: Dafür könntest du mich auch nicht vermissen.

Das ist Ken! sagte Paul. – Ich hoffe, es geht ihm gut.

In diesem Augenblick meldete der Lautsprecher. *Fukushima. Fukushima desu.*

Mitsu räumte die leeren Bento-Kästchen und Wasserflaschen zusammen und steckte sie in eine Plastiktasche. Die Kulisse draußen war dichter geworden und verlangsamte sich immer mehr. Mitsu stand auf, um den Abfall zu entsorgen, und machte sich mit den Koffern zu schaffen. Paul eilte zu Hilfe und trug ihr zugleich ihr Büchlein nach, das zwischen die Sessel gerutscht war. Auf der Rückseite ein Porträt Stifters, das massige Gesicht eines Völlers. Sein Bart glich demjenigen eines amerikanischen Gründervaters.

Sie bedankte sich sichtlich beschämt. – Welches ist Ihre Lieblingsgeschichte? fragte sie schon an der Tür.

Das erzähle ich Ihnen später, sagte er, der Zug hielt, und er bugsierte beide Koffer durch die offene Tür.

Wir müssen umsteigen, in die Trambahn, es ist nur eine kurze Fahrt.

Während die windschlüpfige Wand des Shinkansen davonglitt, warteten sie auf dem Nebengleise die Ankunft des Iisaka-Onzen-Bähnchens ab, das sich mit Scheinwerfern ankündigte, und stiegen hinter der Führerkabine ein. Bald ratterten sie zwischen Hochhäusern, Garagen, Parkplätzen und Industriebauten, vor jeder Station von höflichen Lautsprecheransagen begleitet, und erreichten dünner besiedeltes Land, mit der Geometrie gewässerter Reisfelder unter dem zartblauen, von kleinen Kumuluswolken bevölkerten Aprilhimmel. Die Mitpassagiere, viele uniformierte Schulkinder, hielten ihr iPhone in der Hand, ohne es zu benützen. Mitsu erklärte, daß Telefonieren in öffentlichen Verkehrsmitteln nicht erlaubt sei. So plauderten und lachten die meisten oder tupften auf ihren digitalen Spiegelchen, während andere in ihre Kopfhörer vertieft saßen.

Paul sah, wie der Beamte auf dem Führerstand vor jedem Signal die Hand hob und etwas vor sich hinsprach. Das gehöre zum Training der Zugführer, erklärte Mitsu, und diene ihrer Konzentration. Paul wunderte sich nicht zum ersten Mal über ihren Wortschatz und die annähernde Fehlerlosigkeit ihrer Grammatik. Das unterschied sie auffällig vom Fremdsprachengebrauch ihrer Landsleute, der eigensinnig hilflos zu sein pflegte, im Kontrast zu anderen Ländern Asiens, die von ihrer Kolonisation jedenfalls eine Art geläufiges Englisch mitgenommen hatten. Aber auch Japan war amerikanisch besetzt gewesen, nur hatte es sich nie als Teil Asiens verstanden. Mitsu nickte beim Sprechen, auch auf Deutsch. Es war die japanische Art, jede Äußerung des anderen zu quittieren, ohne sie gleich billigen zu müssen.

Als sie in Iisaka ausstiegen, einer ländlichen Kleinstadt, erwartete sie ein Fahrer vor einem schwarzen Toyota Prius mit weißen Handschuhen und Dienstmütze. Ihr Gepäck verschwand im Kofferraum, die Fahrt ging, mit Richtungswechseln, über freies Feld und endete schließlich vor einem einzelnen Gebäude mit ausladendem Dach unter hohen Kiefern. Das war ihr Gasthaus *Kawasemi*, zu deutsch: Eisvogel. Hinter dem Eingang verbeugte sich eine Reihe traditionell gekleideter Frauen, kniend, bis auf eine. Sie war eine ältere Frau mit zerfurchtem Gesicht, das Paul anlächelte, aber erst bei Mitsu begann es zu leben. Die Frauen mußten Bekannte sein und begannen gleich ein angeregtes Gespräch. Es bedurfte ja der Erklärung, warum die Gäste nur zu zweit kamen, aber nicht als Paar. Für die Zuteilung der Zimmer ergab sich keine Änderung.

Die Kimono-Mädchen plackten sich schon mit den Koffern. Im Innern des Hauses rollte man sie nicht, auch wenn das Vestibül – mit Teichblick – noch einen Steinboden hatte. Außer Sitzgruppen gab es auch ein bühnenartiges Podest und vor dem gezogenen Vorhang einen Videoschirm mit Computer und Tonregler.

Der Herr Bürgermeister, erklärte die Wirtin, werde sich um 17 Uhr die Ehre geben und habe den verehrten Gast und seine Begleitung danach zum Nachtessen eingeladen. Zuvor wünsche man nach der anstrengenden Reise gewiß noch ein Bad.

Das teilte Mitsu diesem Gast beim Schuhwechsel in graue Pantoffeln mit, während die Wirtin jedes Wort benickte. Dann folgten sie den Koffern auf Holzboden um zwei Ecken herum zu ihren nebeneinander liegenden Tatami-Zimmern und verabredeten sich unter der kniend geöffneten Tür zum Bad. Mitsu würde ihn in einer Viertelstunde abholen.

Paul Neuhaus hatte die Pantoffeln wieder ausgezogen, bevor er eingetreten war, benötigte aber gleich hinter der Tür die nächsten, aus grünem Plastik, um sich auf der Toilette zu erleichtern. Das Räumchen war von bestechender Sauberkeit, das mächtige Klo versprach den landesüblichen Luxus an Intimhygiene, für den er nur noch die richtigen Knöpfe treffen mußte. Endlich trat er mit sauberen Händen wieder auf die glatte Fläche der Reisstrohmatten und hinaus auf die holzbelegte Plattform, seinen Anteil des Stegs, welcher der ganzen Hausfront entlanglief und durch Stellwändchen gegliedert war.

Hier gab es wieder einen Blick auf Wasser, freilich ein kleines, zwischen malerisch getürmten Felsen gefangenes, das sich ebenfalls dem ganzen Haus entlangzog und jedem Gast eine veränderte Landschaft zu bieten hatte. Sie war von blühenden Azaleen und viel beschnittenem Nadelgrün besetzt, über das sich ein Kirschbaum als weiße Wolke erhob. Kleine Föhren setzten dunkle Tupfer in die Steinkulisse, während junges Laubholz seinen beweglichen Schatten auf den gerechten Kies des Umlaufs warf.

Auch auf dem flachen Trittstein ins Freie stand Schuhwerk bereit für den Fall, daß der Gast das Bild eines Gartens auch zu betreten wünschte. Im Zimmer nebenan hörte er Schritte, Kofferklicken, das Schnarren der Reißverschlüsse. Draußen war eine Ente herangeschwommen und musterte ihn gebieterisch bald mit dem einen, bald mit dem andern ihrer gelben Augen.

Ja, sagte er laut. Er fühlte sich angekommen. Dann ging er hinein, um sich aus- und umzuziehen, bis er den zu knappen

Bademantel über seinem nackten Leib zusammenbinden konnte.

Endlich hörte er auch Mitsus Stimme vor der Tür. Beide verwandelt, in ungleiche weiße Mantelzwillinge, gingen sie den Weg zum Bad. – Schon bevor er sie wieder trennte, hatte Paul festgestellt, daß sie im Hotel fast allein waren. Mitsu bestätigte, daß es seit der Katastrophe Ausfälle beklage, welche die Regierung nur teilweise ersetzen wolle, da sie hier keinen nuklearen Störfall annahm. Dann wünschten sie einander ein schönes Bad.

Im ersten Vorraum deponierte er den Mantel und begann sich im zweiten, gekachelten, zeremonieller Reinigung zu widmen. Auf einem Holzschemel kauernd, hatte er unter einer Batterie flüssiger Seifen zu wählen, alle gleich unlesbar angeschrieben, betätigte danach die Wasserhähne an der Wand nach dem Prinzip Versuch und Irrtum und schließlich erfolgreich, so daß er sich ausgiebig mit überaus reinlich aussehenden Holzkübeln begießen konnte. Endlich glaubte er sich sauber genug, um erst das innere, warme Becken zu besteigen, und, nachdem er sich genußvoll und zugleich angespannt darin verweilt hatte, das äußere, in die freie Luft dampfende zu betreten. Auch davor lag ein dichter Garten, der diesmal aus Palmen und tropischen Blütenstauden bestand, und als Paul wohlig eintauchte, vernahm er dasselbe Plätschern auf der andern Seite der hohen Holzwand.

Mitsu nackt zu *hören*, war nicht verboten. Als es drüben still wurde, stieg auch er aus dem Wasser, um sich drinnen kalt abzuduschen. Sie vor dem Bad zu erwarten, schien ihm dann nicht recht passend. Den Rückweg fand er auch allein.

In seinem Zimmer zog er sich für die Begegnung mit dem Bürgermeister an, wobei ihm zum Bewußtsein kam, wie unscharf seine Vorstellung dessen war, was er ihm eigentlich antworten wollte. Beim ärgerlichen Lachen – Monte Verità oder Villa Massimo in Fukushima! – war es nicht geblieben, sonst hätte er gar nicht nach Japan zu reisen brauchen. Doch gewiß mußte er heute weder Ja noch Nein sagen und durfte sich auf höfliches Anhören beschränken – und die Dinge, die zu entscheiden waren, auf sich zukommen lassen.

Es war vier, nur seine innere Uhr war immer noch außer Rand und Band. Das würde sich bald geben, und die Aussicht, die letzten Tage in Japan noch allein zu verbringen, machte ihm die Zeit der Prüfung jetzt schon erträglich. Um fünf wollte man sich im Vestibül zum *Briefing* treffen. Bis dahin lüftete er sich in der angenehmen Frische, die durch die offene Glastür auf die Sitzgruppe dahinter hereinwehte, und widmete sich noch ein wenig seinem Stifter.

Er hatte eben die «Nachkommenschaften» aufgeschlagen, als er es im Nebenzimmer rappeln hörte. Sie war zurück, und *es ist entsetzlich*. Er lächelte, denn der Satz zuvor, der erste der Studie, klang ja harmlos genug: *So bin ich unversehens ein Landschaftsmaler geworden.*

Er schlug das Buch zu und streckte sich auf dem Tatami flach aus. Die geschmeidige Festigkeit der Unterlage bekam seinen Gliedern gut, und einschlafen würde er gewiß nicht.

Plötzlich hörte er draußen ihre Stimme: *Sensei! Irie-shichō ga oide ni narimashita!*

Wie sollte er das verstehen?

Der Bürgermeister läßt bitten, sagte die Stimme.

Er schob die Tür auf. Davor kniete eine Hotelbedienstete, dahinter stand – Mitsu? Sie trug ein schneeweißes One-piece, dessen ganz leicht schiefer Schnitt vom diagonalen Plissee-Muster auszugehen und sich über die ganze federleichte Figur auszudehnen schien, als raffe es nicht nur den Stoff, sondern den schlanken Leib nach einer Seite und zeige darum vom einen Bein etwas mehr als vom andern. Ihre Erscheinung war elegant, während ihre Füßchen in Pantoffeln steckten, grauen Puschen mit dem Logo des Hotels. Eine japanische Braut in den Schuhen Donald Ducks! Ihr Gesicht war blaß gepudert, und ihr pechschwarzes Toupee mit den sichtbaren Haarnadeln hatte etwas wundersam Morbides – ja, es war die Harunobu-Figur. Sie ließ ihren schweren Kopf etwas zur Seite sinken, während sie eine schlanke Hand hob, und er folgte der Einladung in den Korridor, erstaunt und ein wenig besinnungslos.

Im Saal mit der Bühne erwarteten sie zwei Männer, wobei der Kleinere schon auf den ersten Blick der Große war. Er erinnerte Paul Neuhaus an eine Figur aus Großvaters Bilderbibel. Baal? Oder Pharao? Seizō Irie stand wie ein Brocken, während sich der andere über den Computer beugte. Jetzt richtete er sich auf, und Paul Neuhaus erschrak. Er sah den leibhaften Tod.

7 Seizō

Der Bürgermeister ging ihnen drei Schritte entgegen und verbeugte sich tief, andeutungsweise auch gegen Mitsu, die leise zu sprechen begonnen hatte. Paul verstand nur seinen eigenen Namen, der offenbar mit ehrenvollen Attributen geschmückt wurde, denn Herr Irie verharrte in halb gebeugter Stellung, bis sie geendet hatte. Dann streckte er die Hand aus, um diejenige Pauls lange und herzhaft zu schütteln. Er hatte einen festen Griff, dem er immer neuen Nachdruck folgen ließ. Ich spreche leider kein Deutsch, sagte er auf Deutsch, obwohl ich in Deutschland gute Freunde habe. Es ist mir eine große Ehre, Sie bei uns zu begrüßen.

Er dementierte seine vorsorglich erklärte Inkompetenz später immer wieder, wenn er in Mitsus Übersetzung eingriff, um ein Wort zu korrigieren und eine längere Erklärung auf Japanisch folgen zu lassen. Er bestätigte aber auch gern, daß sie es getroffen habe, mit einem emphatischen *So! So! so!* oder einem deutschen *Ja!* wenn ihm ihre selbständige Erläuterung besonders zusagte. Aber sie bekam viel zu tun.

Herr Seizō Irie war vielleicht ein später Fünfziger, fest, etwas unter Mittelgröße, und hatte ein massiges Untergesicht mit einem ausdrucksvollen Mund. Er war Brillenträger und zeigte unter schütter gewordenem, aber immer noch dunklem Haar in der Tat jene senkrechte Kante durch die Stirn, die Paul im Prospekt aufgefallen war. Er war dunkel und maßgeschneidert gekleidet, mit Weste und silberner Krawatte, hatte jetzt aber ebenfalls Pantoffeln an den Füßen. Den Begleiter, einen hohen, alterslos wirkenden Mann mit fast ganz entfleischten Gesichtszügen, hatte er beiläufig als seinen Chauffeur, Herrn Usui, vorgestellt. Und nachdem sich dieser verneigt und gehüstelt hatte, blieb er nur noch praktisch tätig und ließ nichts mehr von sich hören, und doch war seine Gegenwart immer fühlbar. Paul nannte ihn bei sich «Gevatter Tod», denn er glich demjenigen in Großvaters Märchenbuch, nur war sein Schädel nicht kahl, sondern trug eine graue Bürste. Der Bürgermeister bat, Platz zu nehmen, und Usui blieb am Computer, als darauf ein Satz erschien:

Everybody must share the pain of responsibility.
Prime Minster Yoshihiko Noda, March 3, 2012

Dann folgte eine Serie von Bildern dessen, was man sich unter Herrn Iries Verantwortlichkeit vorzustellen hatte. Es war sein Dorf wie in der Broschüre, die Paul schon gesehen hatte, nur bewegt, und peinvoll wurde die Betrachtung durch das tiefe Schweigen, mit dem Irie das Video begleitete. So hatte das «schönste Dorf Japans» *vor* dem Störfall ausgesehen: stolze Bauernhöfe mit Türmen für die Silage, Pfirsichplantagen, schimmernde Treibhaus-Fluchten, generöse Kuhweiden, ein Paddock mit nickenden Pferdehäuptern, ein Schrein mit gerafftem weißem Tuch über dem Eingang, davor sein lachender Priester, ein lauschiger Flußlauf zwischen bewaldeten Hügeln, ein nostalgischer Bahnhof mit Schienenstrang, ein Fest mit buntem Volksgemenge, aber auch die Beton-Moderne seines eigenen Amtssitzes, eines weitläufigen Zentrums, der Komplex einer Klinik mit Pflegestation, die von Kindern bevölkerte Schule. Alles wunderbar, begann der Bürgermeister seinen Vortrag, und alles immer noch wohlerhalten. Es fehlten nur die Menschen. *Menschen*, auch die Dolmetscherin wiederholte es mit Emphase.

Dann warf *Powerpoint* Statistiken, Kurven, Tabellen auf die Leinwand, die den Menschenschwund Yoneuchis seit 2011 durch Zahlen belegten. Herr Irie klagte nicht, er klagte nicht an. Keine Auflistung von Versäumnissen der Regierung, Vortäuschungen oder gar Lügen der *Tokyo Electric Power Company.* Er vermerkte die harten Tatsachen ohne Vorwurf. Dafür summierten sie sich allmählich zum Gesamtbild einer verlorenen Welt. Jetzt wurde sie sichtbar in einer neuen Reihe von Bildern, ebenso lange wie zuvor diejenigen der blühenden Landschaften. Sie zeigten Notunterkünfte, Barackenfluchten, Lager, Menschen, die trotzdem lachten, Kinder, die spielten, auch fast ohne Raum. Hier waren sie geblieben, die Menschen, hier waren sie noch immer. Ihre Lage war nicht unmenschlich, sie war verzweifelt. Man konnte die Verhältnisse ordentlich nennen. Der Bürgermeister nannte sie trostlos. Dies waren Zwangsemigranten, Flüchtlinge auf Lebenszeit.

Inzwischen waren einige Hotelgäste stehen geblieben, um dem Vortrag zu folgen. Nach einer Weile gesellte sich auch die Wirtin dazu. Sie wirkte bestürzt. In einem stillen Augenblick rief sie den Bürgermeister beim Namen und bat ihn mit heftiger Geste, die Präsentation zu unterbrechen. Als die Leinwand erloschen war, trat sie dicht an ihn heran und flüsterte lange.

Er bat Neuhaus-*sensei* herzlich um Entschuldigung; gleich werde er zurück sein. Aber es dauerte Minuten, bis er wiederkam. Dann bat er um Erlaubnis, in Mitsu-sans Zimmer fortfahren zu dürfen.

Diese erklärte leise, die Wirtin habe Einspruch gegen die Vorstellung in der Halle erhoben. Ein Gast habe sich über die Bilder beschwert, so etwas gehöre nicht hierher, damit stoße man Touristen vor den Kopf. Wenn sich das Thema herumspreche, blieben sie aus.

Der Bürgermeister fragte, ob der *Sensei* diese Vorbehalte teile. Andernfalls würde man in Mitsu-*sans* Zimmer weiterreden. Die Wirtin offerierte ihre Hilfe, um die Stellung zu räumen, aber der Bürgermeister packte selbst mit an, und Gevatter Tod erwies sich als sehr lastbar und hatte in Mitsus Zimmer die Apparatur neben dem Fernseher im Nu wieder aufgebaut.

Bald zeigte sich, daß sie gar nicht mehr benötigt wurde. Nachdem man sich auf Sitzkissen niedergelassen hatte, bestritt der Bürgermeister, kniend, aber immer noch hoch aufgerichtet und die Hände vor dem Bauch gefaltet, die Fortsetzung ganz allein, und nun erst wurde sie beredt und erhob sich immer mehr ins Grundsätzliche.

Ja, er trat für die Rücksiedlung ein, aber nicht, weil sie die Regierung wünschte. Auch nicht, weil seine Mitbürger sonst riskierten, ihre Unterstützung zu verlieren, und schon gar nicht, weil es darum ginge, eine katastrophale Situation wenigstens kosmetisch zu korrigieren. Es gehe hier um keinen schönen Schein, sondern um die Seele.

Mitsu kam mit Dolmetschen kaum nach, als sie den Flug des Bürgermeisters begleiten mußte; oft redeten sie im Duett. Und während Paul seine Beine als leidender Bodenakrobat fortwährend umlagern mußte, blieben ihre zur Seite gelegten ganz ruhig, nur daß ihre Bewegung sie immer stärker enthüllte.

War der Bürgermeister eine Marionette der Regierung, ein Vasall der *Tepco*, weil auch er – im Widerspruch gegen seine Amtsbrüder – unbedingt für die Rückkehr nach Yoneuchi eintrat – in *alle* betroffenen Dörfer, bis zu denen vor den Toren des Werks? War er ein Verächter der Gefühle seiner eigenen Mitbürger, welche diese Rückkehr verweigerten? Da wäre er auch politisch ein Idiot, denn schließlich seien sie seine Wähler. Sei er ein blindgläubiger Anhänger der jeweils neuesten Technologie, die jeden Schaden schon richten werde? Im Gegenteil! Es werde nie eine Technologie geben, die unfehlbarer sein könnte als ihr Erfinder – und der bleibe ein Mensch, also fehlbar, und am meisten, wenn er glaube, die Technik werde ihm seine Fehler abnehmen. Dann werde *sie* unmenschlich, und er immer mehr ihr Gefangener oder ihre Kreatur. Dann sei er nicht einmal mehr so frei, seine Unfreiheit zu bemerken und seine Fehlerhaftigkeit gelten zu lassen.

Behauptete der Bürgermeister, daß die Strahlenwerte Yoneuchis unbedenklich seien? Das seien sie so wenig, wie an jedem andern Ort Japans. Und daß sie in seinem Dorf *messbar* seien, habe den Vorteil, daß man hier gar nicht mehr darum herumkomme, die Belastung zu *bemerken.* Damit sei es zwar schwieriger geworden, im Sinne dieser Einsicht zu handeln, aber nicht ganz unmöglich. Und glücklicherweise fange es auch ganz einfach damit an: vor der Einsicht nicht länger zu fliehen. In diesen Grenzen zu *wohnen.* Und wenn wir aus ihnen vertrieben werden, zurückkommen. Sich nicht wieder, sondern zum ersten Mal ansiedeln im *Hier und Jetzt*, genau wie es der *Sensei* in seinem Buch gefordert habe.

Darum habe er sich erlaubt, ihn einzuladen, damit er ihm und seinen Mitbürgern bei dieser Rückkehr behilflich sei.

Nichts hätte Paul Neuhaus weniger erwartet, als der Sprache seines verflossenen Traktats im Mund eines japanischen Bürgermeisters zu begegnen. Plötzlich lag seine Berliner Trotzleistung gegen eine verlorene Liebe wieder auf dem Tisch, vom Pochen eines Ehrenmanns begleitet, vom Beifall einer aparten Frau. Hier und Jetzt waren auch ihr aus dem Herzen gesprochen. Sie betrachtete das alte Mißverständnis seiner selbst mit Respekt, ihn selbst fast mit Andacht.

War er ein Held oder vollends zum Witz geworden? War er einmal ein Gott gewesen, ohne es zu bemerken, oder hatte durch ihn einer gesprochen, wie Moroni zu Joseph Smith jun.? Aber mit dem Hauch von Begeisterung, der von Mitsu herüberwehte, erfüllte ihn zugleich eine bodenlose Müdigkeit. Der *Jetlag* meldete sich endlich mit Macht. Am liebsten hätte er sich

Mitsu um den Hals gelegt und wäre eingeschlafen für immer. Aber der Bürgermeister war noch nicht fertig.

> «Der Herr weiß es, daß wir dankbar sind, weil seinethalben Leute zu uns kommen», sagte der Wirt. «Unsere Worte sind nicht so geschickt; aber er sieht wohl, daß wir es gut mit ihm meinen.»

Die Zivilisation selbst sei ein Produkt jener Strahlung geworden, vor der sie sich fürchte, und diese habe längst vor Fukushima nicht nur das Weltmeer und alle Kontinente, sondern auch die Seelen vergiftet. Mit Fukushima habe sie nur eine neue Stufe der *Unsichtbarkeit* erreicht. Die Neutronenbombe, die von allem Leben nur die Kulisse stehen lasse, sei längst gezündet, nur daß sie nicht in Gestalt eines *Big Bang* erschienen sei, sondern als fortschreitender bösartiger Prozeß der Desintegration und fortschreitenden Entdifferenzierung, nach der Art von Krebszellen. Genau wie Sie es beschrieben haben, Herr Professor!

Wieder fuhr Paul zusammen wie ein Schüler, der unverhofft aufgerufen wird.

Frau Mitsu Tenma sah ihn jetzt sehr besorgt an, wie ihm schien. Sie sagte: Seizō-sama lädt Sie ein, morgen eine Notunterkunft zu besuchen und mit den Menschen dort zu sprechen. Sie leben sehr eingeschränkt, und da die alten Nachbarschaften zerrissen sind, kennen sie nicht einmal die Leute, mit denen sie Wand an Wand leben. Sie haben auch keine menschenwürdige Beschäftigung mehr. Einheimische meiden die Notlager, sie halten die Verstrahlung, der die Opfer ausgesetzt waren, für ansteckend. Darum haben die Männer zu trinken begonnen, und viele nehmen Drogen. An Geld fehlt es einstweilen nicht, die Regierung zahlt jedem Evakuierten 100 000 Yen im Monat, plus Kindergeld, das ist mehr, als die meisten früher verdient haben. Diese Hilfe wird gestrichen, wenn sie nicht im nächsten Jahr zurückkehren, aber die Mehrzahl weigert sich, und Herrn Iries Kollegen bestärken sie noch darin. Dabei leiden sie an ihrem Leben, sie haben Heimweh -

HEIMWEH! rief Herr Irie auf Deutsch dazwischen und hob den Zeigefinger.

Aber noch mehr haben sie Angst, fuhr Mitsu fort, besonders Eltern mit Kindern. Sie glauben der Regierung nicht, daß ihr Dorf sicher ist. Zu oft sind sie enttäuscht worden. Er sage nicht, daß Yoneuchi sicher sei. Aber kein Dorf, keine Stadt in Japan sei sicher. Kein Ort auf der Welt ist sicher, kein Mensch. Darum sagt er, daß sie zurückkommen sollen –

ZURÜCKKOMMEN! dröhnte der Bürgermeister.

Er möchte, daß sein Dorf das erste ist, das Pionierdorf einer andern Welt, wenn nicht das schönste Dorf Japans, so doch das mutigste. Keinem Gewinn zuliebe, sondern aus Selbstachtung, aus Sorge um die Zukunft des Menschen. Wie wir handeln, wird ein Vorbild dafür sein, wie alle Menschen handeln müssen. Und sie *können* es auch, sie brauchen nur ein wenig Zuspruch dabei. Die wahre Katastrophe ist nicht die nukleare, es ist die soziale. Sie zerstört den Kern der Menschen.

So! so! so!

Herr Usui, Gevatter Tod, war eingeschlafen, mit offenem Mund, aber hielt sich immer noch aufrecht. So hatte Paul Neuhaus Menschen in der U-Bahn schlafen sehen. Sie waren eingenickt, aber keiner verpaßte je die Station, wo er aussteigen mußte. Als Irie *So!* sagte, war der Tod wieder ganz da.

HEIMAT! rief der Bürgermeister und schloß kurz die Augen wie einer, der sein letztes Wort gesprochen hat.

Draußen plätscherte, von einer versteckten Pumpe getrieben, ein kleiner Wasserfall in den Teich, und man hörte eine Ente das Gefieder schütteln; dann quakte sie und flog knatternd auf.

Ein Stimmchen hinter der Tür, die alsbald aufgeschoben wurde; darin kniete eine Angestellte des Hotels.

Sie fragt, ob sie das Nachtessen auftragen dürfe, übersetzte Mitsu, und der Bürgermeister sagte ohne weiteres: *Hai, dōzo.* –

An nichts hatte Paul jetzt weniger gedacht als an Essen, aber Irie erklärte, wieder lächelnd auf Deutsch: Wir haben großen Appetit.

Beim folgenden Hin und Her, Herein und Hinaus lockerte sich die Stimmung weiter. Man konnte sie fast behaglich nennen, als sie um ein Quadrat aus vier Tischchen saßen, das sich fortgesetzt mit Schälchen und Plättchen deckte. Beinahe so zwanglos, wie man jedes Häppchen, Süppchen oder Splitterchen rühmte, bevor und nachdem es im Munde verschwand, hörte man dem Bürgermeister zu, und er hörte auch sich selbst mit erkennbarem Vergnügen.

Jetzt bestritt er das Tischgespräch fast allein. Kauen fördert das Wachbleiben, wie Paul feststellte, nur darf man das Schlukken nicht vergessen. Die Munterkeit, die ihm der Sake einflößte, war trügerisch, und das häufige *Kanpai!,* mit dem Herr Seizō mit ihm anstieß, schon fast ein Weckruf. Seine Beine waren schon eingeschlafen, dafür taten sie kaum noch weh. Viel mühsamer war es, die Augen weit aufzureißen, ohne den Bürgermeister anzuglotzen wie ein Kalb; aber der schien gar nicht mehr empfindlich. Lustvoll lieferte er den Beweis, daß Erzählen nicht am Genießen hindert, Kauen nicht am Mitteilen.

Und alles für mich allein, dachte Paul in lichten Momenten, welche Verschwendung! Der Dolmetscherin sagte der Bürgermeister sichtlich nichts Neues, sie war in seinem Diskurs gewissermaßen inbegriffen, dafür übersetzte sie jetzt auch nicht mehr jeden Satz. Gevatter Tod war ohnehin nur dem Leibe nach anwesend, obwohl er den Speisen ausgiebig zusprach. Aber er lachte zum ersten Mal mit, als der Bürgermeister einen Geigerzähler herauskramte, den Sensor über seine Plättchen fahren ließ und den Wert eines jeden in Millisievert verkündete. Sie waren alle im grünen Bereich, bis auf den Hummer, der 2,8 zu melden hatte, aber damit verdarb er dem Tod weder den Appetit noch der Runde die gute Laune.

Draußen war es dunkel geworden, bis auf malerische Details der Szenerie, die kleine Spots scharf exponierten. Irie berichtete von seinen Exkursionen in andere schwer betroffene Gegenden der Welt. Er war in Tschernobyl gewesen, auch in den anstoßenden Provinzen Weißrußlands, über das er des Lobes voll war. Die Tradition der Kolchose hatte dort, anders als in der Ukraine oder Rußland, eine intelligente Reaktion auf den GAU begünstigt. Unter Anleitung eines französischen Forschers hatte sich eine Topographie der *Gangbarkeit* entwickelt, für welche der Dosimeter die nötigen Anhaltspunkte lieferte. Das Gerät gehörte dort ebenso zum Alltag wie das Smartphone, nur daß es im Gegensatz zu diesem der lebenswichtigen Orientierung diente. Die Meßdaten, die schon Kinder an jedem Busch, jeder Ecke, aber auch in der eigenen Küche, sogar im Bett sammelten, würden an einen zentralen Rechner gemeldet und in eine Karte der Tages umgesetzt, die das Netz an jeden Haushalt zurückspeise, so daß die Bürger immer genau wüßten, welche Wege heute zu gehen, welche zu meiden seien. Das seien morgen nicht mehr die gleichen, doch das oft stündliche *Updating* sei nicht nur obligatorisch, es sorge auch für Abwechslung und ersetze in gottverlassenen Dörfern geradezu das kulturelle Leben, ja es entwickle eine zivile Gesellschaft.

Von einer Stadt Almanya meldete Seizō, daß sie nicht nur zu einer neuen Normalität zurückgekehrt sei, sondern auch das Gefühl für gegenseitige Verantwortung und damit den Zusammenhalt der Gemeinschaft gestärkt habe. Der Alkoholkonsum sei zurückgegangen, die Selbstmorde ebenso, sogar die Scheidungen. Wenn man wisse, daß man der Strahlung nicht entgehen könne, hänge alles am Mehr oder Weniger, am rechten Maß, das den Unterschied mache zwischen Gift und Gabe.

Das aber sei doch genau wie überall! Es sei das wahre Leben unter den Bedingungen der Katastrophe, zu dem die japanische Gesellschaft eine sauer erworbene Begabung mitbringe. Zusammenhalt müsse man ihr nicht einprügeln, und wenn er leider nachgelassen habe, so nicht wegen der nuklearen Belastung, sondern aus Furcht vor ihr. Schon nach Hiroshima seien die Überlebenden zwar in Sonntagsreden gefeiert, in der Praxis aber isoliert worden, als trügen sie die Pest. Dieser fatale Reflex habe sich auch nach Fukushima wiederholt. Das sogenannte *temporary housing* sei eine Quarantäne auf Lebenszeit, eine geputzte Hölle des Verdachts und des schlechten Gewissens auf beiden Seiten der Schranke, die verschwiegen, aber eben darum wirksam sei. Hier würden sozial Tote gelagert. Dabei könnten sie, wie Almanya zeige, Lehrer der Menschheit sein.

Aber den sozialen Kitt, den kostbarsten Rohstoff gesellschaftlichen Lebens, habe die zerstreuungswütige Zivilisation leider auch in Japan trocken und hart werden lassen. Fukushima sei die große Chance, ihn durch Recycling wieder dehnbar und geschmeidig zu machen. Zurückkommen! Zurückkommen vom Virtuellen auf das Reelle, das sei die Devise, auf die man nochmal anstoßen müsse – *Kanpai!* Irie erlaube sich, dem großen Lehrer Neuhaus und seiner verehrten Dolmetscherin einen kleinen Glücksbringer zu verehren – einen Schutzengel für ihre Reise durch Fukushima.

Er kramte aus seiner Geschäftstasche ein längliches Paket und wollte es Paul Neuhaus stehend überreichen; aber als dieser nicht auf die Beine kam, nahm es Mitsu an seiner Stelle entgegen und befreite es feierlich von seiner Verpackung.

Dosimeter! rief sie. – Geigerzähler, zwei! – Und Geber und

Nehmerin fielen in eine tiefe Verbeugung gegeneinander, die der sitzen gebliebene Paul wenigstens anzudeuten suchte. Von der Müdigkeit war ihm buchstäblich übel geworden. Sogar die Eßstäbchen waren ihm zu schwer. Als man sich wieder gesetzt und Mitsu das Packpapier sorgfältig zusammengefaltet hatte, sah Paul, wie durch einen Nebel, ihre Verlegenheit, als sie Iries nächste Rede übersetzen sollte.

Samen?

So hießen die Ureinwohner des nördlichen Skandinavien, die man nicht mehr «Lappen» nannte, so wenig wie Inuits «Eskimos» oder die ältesten Amerikaner «Indianer». Die Deutschen schätzten ja auch nicht, wenn man sie «Teutonen» nenne.

Nach diesem völkerpsychologischen Exkurs berichtete Seizō, daß er auch bei den *Samen* gewesen sei, im nördlichen Norwegen, das von Tschernobyl besonders betroffen war – zum Zeichen, daß die Verstrahlung hinweht, wo sie will. Tragisch nur, daß die Lappen eine Monokultur sind: sie haben Rentiere, sonst nichts, und diese zwingen sie auch noch zum ständigen Wandern.

Wie die *Samen* das Problem verstrahlter Rentiere gelöst hatten, von deren Fleisch, Milch und Fell sie leben mußten, originell wie die Leute von Almanya, nur ganz anders, bekam Paul Neuhaus leider nicht mehr mit. Er wunderte sich kaum noch, warum er von Haselnüssen träumte. Man sollte sie nach Tschernobyl nicht mehr genießen, denn sie speicherten Radioaktivität für eine halbe Ewigkeit, namentlich Haselnüsse aus der Türkei, und in den Großverteilern stammten sie alle von dort. Man hatte damals vieles nicht mehr zu sich nehmen dürfen, auch Milch, Eier, namentlich keine Pfifferlinge. Der Schwarzwald, das Paradies der Pilzsucher, war durch und durch verseucht gewesen, danach hieß es, man dürfe sie doch genießen, wenn man sie zehnmal wässere und das Wasser wegschütte. Nur schmeckten sie danach nicht mehr. Seither ließ man sie sich längst wieder munden, auch Haselnüsse, von denen Suzanne süchtig naschte, und niemand fragte mehr nach ihrer Herkunft. Schon zwei Jahre nach Tschernobyl waren Erinnern und Vergessen alles eins. *Ich habe alles gesehen in Hiroshima – ich habe nichts gesehen.* Paul dachte an die ordentliche Lage Zeitungspapier, die in seiner Kindheit noch gegen die Strahlung der Atombombe geholfen hatte.

Wieder schreckte ihn Iries Stimme auf. Hatte man nicht genug evakuiert? tönte er, und Mitsu ein paar Atemzüge hinterher. Sehr wohl, übergenug, aber wenn man Messungen ernst nehmen müßte, noch lange nicht genug. Dann konnte man mit Evakuieren gar nicht mehr aufhören. Wann man den Planeten evakuieren wolle, und wohin? Also Schluß mit dem Unfug! Habe es denn in der Vergangenheit sichere Wege gegeben? Habe man sich nicht auf jedem Weg am Ende den Tod geholt? *Verhältnismäßig* sichere Wege seien alles, was man sich wünschen dürfe, darauf aber habe man auch ein Recht. Am meisten Recht auf Heimat hätten die Menschen von Fukushima, wenn man ihre so oft tragische Geschichte betrachte. Seit der Meiji-Restauration hätten sie auf der Seite der Verlierer gestanden, sie hätten am wenigsten verdient, um das Werk ihres Fleißes gebracht zu werden und ihrer Opferbereitschaft für die Atomenergie, die ihnen endlich ein wenig Luft verschafft hatte. Die Welt verlassen müsse jeder Mensch über kurz oder lang, also halte man sich am besten an die Maximen von Professor Neuhaus: das einzige, was sich nicht rechnen muß, sei das Hier und Jetzt, im Augenblick ist Ewigkeit, und jeder verdient genossen zu werden, wie wir diesen Abend genießen – mögen wir vorübergehen! Was wir lieben, das bleibt!

Bei der Nennung seines Namens war Paul wieder aufgefahren, wie bei einem militärischen Appell. Er hörte eine Uhr tikken, aber es war ein Dosimeter, und er sah, wie ihn Mitsus Hand, von Onkel Seizōs Hand geleitet, über die Reste auf Pauls Tellern führte, und sah, wie sie ihm zulächelte: Einskommaneun, alles in Ordnung. *Kanpai!* Es war alles gut so, alles war gut.

Er fühlte sich von starken Armen getragen, von feinen Händen ausgekleidet. Er lag warm, im Gefühl umfassender Nähe; alles andere war ferne von ihm, auch Zweifel und Scham. *Der Jetlag*, mumelte er, als er eine Hand auf seiner Stirn fühlte; ja, der *Jetlag* antwortete eine bräutliche Stimme, und er brauchte nicht die Augen zu öffnen, um sicher zu sein, daß *sie* es war. Dann hörte er noch eine Weile japanisch flüstern, halblaut lachen; er glaubte jedes Wort zu verstehen, ja, er war in seinem Zimmer und durfte wieder zurücksinken ins Gefieder des Eisvogels, sich gehen lassen für immer. *Fukushima mon amour. J'ai tout vu a Fukushima.*

Da bin ich in dem Lüpfinger Tale, an das mich auch eine Hexe gebannt hat. Es ist gar nicht schön und hat ein langes Moor, von dem man das Fieber bekommt. Ich bekomme aber nicht das Fieber, denn ich war schon einmal da und bekam kein Fieber, sondern ich suchte das Moor und den daranstoßenden einfarbigen Fichtenwald und die gegenüberliegenden Weidenhügel und den hinter ihm liegenden ebenfalls einfarbigen Fichtenwald und die hinter diesem Fichtenwalde emporstehenden blauen und mit grauen Lichtern glitzernden Berge zu malen. Ich male jetzt wieder daran, weil ich das frühere verbrannt habe. Aber es ist nicht viel zu malen, denn da hat ein unbillig reicher Mann das Schloß Firnberg gekauft und läßt so viele Steine und Erde in das Moor führen und so viele Gräben von ihm wegziehen, daß das Moor kleiner und das Fieber weniger geworden ist. Er hat dann ein bißchen Gras und sehr schlechten Hafer auf dem Moore geerntet.

> Meine Frau Wirtin auf der Lüpf sagt, es sei jetzt gar nicht mehr der Rede wert, was an Fiebern erkranke, und ich sage, es sei nicht der Rede wert, was man an dem Moore malen könne – aber ich muß es malen, denn der reiche Mann vernichtet es am Ende ganz, und dann ist gar nichts mehr zu malen.

In dieser Nacht begegnete ihm die Wahrheit. Er blickte ins Gesicht eines jungen Arztes, den er nicht kannte. Der Arzt war sachlich, dabei leicht verschämt. Was er mitteilen mußte, war der GAU für Herrn Neuhaus, der ihn sogleich lehrhaft richtigstellte: von einem GAU dürfte man erst sprechen, wenn eine Atombombe auf Zähringen gefallen wäre. Dann aber fragte er selbst: ein Tumor? Ja, im Gehirn.

Es war vollkommen klar. So klar, daß er fast erstaunt erwachte. Daß es noch ein Erwachen gab!

Der Traum redete Klartext, mit dem er sich, noch im Traum, abzufinden angefangen hatte.

Seltsam, daß er mit seiner Mutter zusammengelegen hatte, deren Tod in Wirklichkeit längst eingetreten war, aber im Traum noch nicht. Sie lag im Nebenbett und hatte ihn nicht gleich erkannt. Wie gut, sagte er, daß wir noch einmal zusammentreffen.

Im Wachen aber stand eines schon gleich fest: der Traum GILT.

Zugleich aber galt, daß er die Diagnose für sich tragen und auf keinen Fall weitersagen wollte, am wenigsten Mitsu. Aber er machte Licht, suchte sein Notizbuch aus der Segeltuchtasche und schrieb.

Mein Erwachen ist nur noch ein Nachgedanke dieses Traums. Der ganze Ernst will einziehen, wie mir scheint.

Er war in keinem japanischen Zimmer. Er war in Güldenau, hörte Suzannes Zähneknirschen an seinem Ohr und stahl sich lautlos aus dem Bett. Ohne Licht zu machen, setzte er sich im

Nebenzimmer in die Sofaecke und dachte: was tue ich hier? – Wo bist du, Paul? hörte er Suzanne rufen. Nirgends, dachte er. Aber er sagte: Ich will nur etwas aufschreiben.

Er machte Licht und holte seinen Notizblock. Aber es fiel ihm nichts ein.

8 Testfahrt

Was sollte das?

Tote erstarren, aber doch nicht nur an *einem* Glied.

Wo war er denn? In einem Matratzenlager? Nein oder ja, er war bequem, fühlte sich flaumenleicht zugedeckt und warm. Die Zimmerdecke, unbekannt, bestand aus quadratischen Paneelen, links und rechts dehnten sich Tatamimatten – Japan. Fukushima. Iisaka. Eisvogel. Der Zoom kam hin. Das Plätschern draußen, die Sitzgruppe vor der Glastür, die Shōji – so hießen die Papiertüren. Alles ungewohnt, aber es fügte sich zu einem Bild, das er lesen konnte.

Er stützte sich auf den Ellbogen und sah gerade über den niedrigen Tisch. Darauf stand sein Wecker, lag seine Uhr. Seins. Und ein Tablett mit Teebecher, blau und weiß. Fremd. Er überprüfte die Zifferblätter: beide zeigten an, daß es zehn vor acht sein mußte. Am Morgen – keine Frage. Wie spät war es dann zu Hause? Sein Test gegen Demenz. Der Jetlag war auf dem Rückzug, das Zeitgefühl in geordnetem Vormarsch. Bald würde er wieder mit ihm zusammentreffen, wie zu Hause.

Zu Hause – wo?

Jedenfalls war es Zeit für die Toilette. Als er aufstand, stellte er zum ersten Mal fest, was er anhatte. Einen leichten japanischen Schlafmantel, vorne zugebunden, sonst nichts.

Er ging in den kleinen Vorraum, barfuß, ohne die Schuhe vor der Toilette anzuziehen. Sie waren ohnehin zu klein. Wer hatte ihn in dieses Tuch gewickelt? *Wer sonst?* Aber wer ihn angezogen hatte, mußte ihn zuvor ausgezogen haben – und man hatte ihm nicht einmal die Unterwäsche gelassen.

Er wusch sich die Hände, setzte sich an den Tisch und versuchte sich den gestrigen Abend zu vergegenwärtigen. Dazu ergriff er gedankenlos den blauweißen Becher und schnupperte daran. Auf der Zunge schmeckte es nach Getreide, nur noch lau, aber nicht unangenehm. Er sah noch, wie der Bürgermeister auf «Hier und Jetzt» anstieß und Mitsu ihm zulächelte; als er getrunken hatte, erlosch seine Erinnerung. Hatte man ihm etwas in den Sake getan? Aber sein Verstand sagte ihm, daß er längst mehr als reif gewesen war – und seine Bewußtlosigkeit die triviale Folge von zu wenig Schlaf und zu viel Alkohol, sonst hätten sie die Freunde als Ernstfall behandelt. Aber Freunde – waren sie das denn? Der pharaonische Bürgermeister, sein Gevatter Tod – für ihn verantwortlich fühlten sie sich jedenfalls und Mitsu ganz bestimmt. Aber ihn allein in sein Zimmer schaffen, ihn nackt aus- und wieder anziehen – ? Einen betrunkenen Gast schleppt man ab, aber ganz bestimmt mit Kleidern – bis er imstande ist, sich selbst auszuziehen.

Und wo waren die Kleider überhaupt? Wo er sie normalerweise hingeworfen hätte, etwa auf die Stühle beim Fensterplatz, fand er sie nicht. Er öffnete den Schrank im Vorräumchen – und da hing sie ja, seine zivile Rüstung, das weiße Hemd separat und die Hose, perfekt gefaltet, an einem dritten Bügel. Im Plastikkorb darunter die Leibwäsche, säuberlich gefaltet, auch der Slip. Er berührte nichts, als dürfe er keine Spur verwischen, kniete sich wieder vor den Tisch und nippte am Tee, horchte angestrengt in die Richtung des nächsten Zimmers. Kein Laut, auch keine Stimmen im Korridor. Das Hotel schien über Nacht menschenleer geworden zu sein.

Sein Zustand war ihm noch nie so rätselhaft gewesen. Er fröstelte. War er dement? Es wäre logisch gewesen, sich anzukleiden und draußen Umschau zu halten, aber dann beschloß er, alles Weitere auf sich zukommen zu lassen. Er hatte an der Badezimmertür einen braungelben Mantel aus festem Tuch hängen sehen, der ihn hoffentlich zusammenhielt. Er schlüpfte hinein und band ihn zu, die Größe war passend, zum Erstaunen. Dann setzte er sich auf einen Sessel beim offenen Fenster, Mitsus Terrassenteil halb im Blick, beobachtete eine Weile die beiden *Koi*, der eine schwarzweiß, der andere rotweiß gefleckt, die, auf Futter hoffend, fast unter seinen Füßen gondelten; und gerade als er *Stifter* auf dem Tisch aufschlagen wollte, hörte er das Stimmchen auf dem Korridor.

Hai! dōzo! rief er in den Raum hinein. Eine junge Angestellte schob die Tür zu seinem Raum von außen auf und kniete auf der Schwelle.

Ōhayō gozaimasu! sagte er.

Good morning, Sir, antwortete die Frau. – *Would you care for breakfast?*

Thank you, yes. Did you see my neighbour, Ms. Tenma?

I think she went for a walk.

I see. Yes, I would like my breakfast.

Japanese or western?

Western, I think.

Coffee or tea?

Er hatte gehört, daß man gerade diese Frage in Japan nicht stellen dürfe. Sie könnte den Gastgeber in Verlegenheit bringen, wenn er für das Gewünschte nicht gerüstet war. Aber das galt wohl für Haus-, nicht für Hotelgäste.

Coffee, please.

How do like your eggs?

Er gab seine Wünsche auch für Saft, Yoghurt und *kein* Fleisch bekannt, und sie war kaum verschwunden, da hörte er vor der Tür wieder eine Stimme – unzweifelhaft Mitsu, denn sie wünschte einen guten Morgen auf Deutsch. Herein! rief er, da erschien sie schon im Vorraum, bevor er sich berappelt hatte, in einem weiten dunkelblauen Hosenanzug, wie er ihn an

Gärtnerinnen gesehen hatte, doch ohne Kopftuch. Sie wirkte ungemein frisch und aufgeräumt, war aber beladen wie ein Weihnachtsmann, mit zwei großen Plastiktüten und einer geflochtenen Einkaufstasche.

Oh, Sie haben den Mantel gefunden. Wie haben Sie geschlafen?

Ich denke, gut, sagte er, das war auch nötig, nach dem Abend gestern. Ich kann mich nur entschuldigen. Ich muß Sie schrecklich blamiert haben.

Mich? lachte sie. – Onkel Seizō fand Sie großartig.

Das ist nicht Ihr Ernst.

Er machte sich nur Vorwürfe, weil er Sie strapaziert habe, nach einer so langen Reise und so wenig Schlaf.

Können Sie mir sagen, wie ich auf mein Zimmer gekommen bin?

Sie haben sich entschuldigt, Sie seien nicht mehr aufnahmefähig. Und Herr Usui hat Sie ein wenig gestützt, das ist alles.

Hat er mich ausgezogen?

Sie lachte, ein wenig betreten. – Ich glaube nicht.

Hier mußte das Verhör ein Ende finden, das spürte er deutlich. Das Rätsel blieb, aber auch ein Wort aus tiefer Nacht: ES GILT. – Haben Sie schon gefrühstückt?

Leider ja, sagte sie. – Ich war schon um sechs Uhr wach und habe in der Halle einen Kaffee getrunken. Dann bin ich noch ein wenig gelaufen –

Ist das Ihr Jogging-Suit?

Nein, mein Arbeitsanzug fürs Feld.

In diesem Augenblick wurde, mit Stimmchen-Ansage, ein Tablett hereingetragen, aber die Serviererin versäumte nicht, es zum Knien in der Tür kurz abzustellen.

Essen Sie doch etwas mit? fragte er. – Das ist zu viel für mich.

Es war ihm, als Einzelkind, immer peinlich gewesen, einem

andern Menschen vorzuessen; wenn schon allein, dann ungestört. Schließlich ließ sie sich erweichen, für sich noch einen Yoghurt zu ordern, *nature*.

Beim Frühstück berührten sie den vergangenen Abend nicht mehr. Als er früher die erste Zigarette geraucht hätte, war es halb elf, und er fragte: Wann treffen wir den Bürgermeister?

Heute wohl gar nicht.

Dann ist gestern ja doch ein Unglück passiert.

Das Unglück ist nur, daß Sie mit mir vorliebnehmen müssen.

Ist er krank? fragte Paul.

Er hat einen Termin. Aber er will Sie später sehen, vielleicht in drei Tagen.

Und der Fahrer? fragte Paul Neuhaus zunehmend verwirrt.

Ich fahre, wenn es Sie nicht stört. Ich bin so oft draußen gewesen, daß ich die Wege kenne, die Personen zum Ansprechen auch. Heute Abend um halb sechs besuchen wir die Familie Umehara.

Darf ich fragen, wozu? Ich hatte gestern Abend nicht das Gefühl, von Herrn Irie irgendein Mandat bekommen zu haben.

Er meint, Ihren Auftrag definieren Sie selbst. Sagt man so?

So sagt man wohl, aber dann sollte man auch wissen, wofür und wozu.

Erst machen wir nur einen *Augenschein*, wenn es Ihnen recht ist. Ich habe den Wagen schon geholt.

War das Ihr Spaziergang heute morgen?

Und ich habe noch etwas für Sie, hier in der Tüte.

Er blickte hinein. – Das ist ja auch ein Schutzanzug. Genau wie Ihrer.

Kein Schutzanzug, den bekommen wir, wenn wir ihn nötig haben. Sie werden ja nicht mit den besten Kleidern ins Feld wollen. Hoffentlich paßt die Größe.

Er schüttelte das Arbeitskleid aus der Tüte und hielt es vor sich hin. – Sieht gut aus, wenn auch nicht chic, wie bei Ihnen. Und Handschuhe? Eine Gesichtsmaske?

Brauchen wir vielleicht morgen, nicht bei den Umeharas. Wir bringen auch ein kleines Geschenk mit.

Ich habe keins. Aber vielleicht kann ich unterwegs noch etwas einkaufen.

Keine Sorge, ich habe ein großes Paket von Seizō. Ich ziehe mich noch um. In einer Viertelstunde beim Auto?

Vor dem Eingang stand sie schon, wieder im kobaltblauen Plissé. Die Garderobe im Rollkoffer war nicht unbeschränkt.

Ein Mietwagen? fragte er. Es war ein heller Toyota Yaris.

Er gehört Onkel Seizōs Tochter Nagako. Sie studiert in Amerika. Bitte steigen Sie ein.

Sie hatte ihr Gepäck schon auf dem Rücksitz abgelegt. Auf dem Armaturenbrett knisterte ein gelbes Gerät, etwas größer als ein Handy.

Er zeigt 1,8, sagte er.

2,3 Millisievert sind erlaubt, sagte sie. – Aber erschrecken Sie nicht, manchmal spielt er verrückt, es hat nichts zu bedeuten.

Ken sagte, wir sollen das Messen bleiben lassen.

Man gewöhnt sich daran.

Aber es war schwierig, den Blick von dem kleinen Display zu lösen, so lange der elektrische Antrieb das Brutzeln des Geräts nicht übertönte. Erst als der Wagen Fahrt aufnahm, schien die Kraft des Motors der Strahlung davonzufahren. 1,6, 2,8, 0,9. Sie waren inzwischen in offenem Feld, die Straße wirkte normal belebt, der Himmel war schwach blau, die Hügel vor ihnen lagen in leichtem Dunst. 3,2, 1,7, 0,6 – Wo wohnt er eigentlich, der Bürgermeister? fragte Paul.

Er hat eine Holzfabrik in Yoneuchi und darin eine kleine Wohnung. Da übernachtet er wochentags. Die Arbeit wurde ja teilweise wieder aufgenommen. Die Angestellten pendeln zwischen der Fabrik und ihren Notunterkünften hin und her.

2,3, 4,7. Hat er keine Familie?

Seine Frau lebt in ihrem Haus in Fukushima City, und er besucht sie am Wochenende. Die beiden Töchter studieren, die ältere in den USA, Forstwirtschaft, die jüngere in Tokyo slawische Sprachen. Er hat sie nach Tschernobyl mitgenommen, damals war sie noch ein Kind.

0,6. – Dividiere nicht durch Null! hatte Paul im Mathematikunterricht gelernt. Die Gegenprobe durch Multiplikation ergibt immer Null, ob jemand mit Peanuts rechnet oder mit Milchstraßen. Von nichts kommt nichts, nichts bleibt nichts, und doch war von der Warnung ein Gefühl des Ominösen hängengeblieben.

Dividierte der Geigenzähler diese Landschaft durch Null? Ohne seine Anwesenheit hinter dem Scheibenwischer, ohne sein Knistern und Keckern, das sich da oder dort, immer unvorhergesehen, zum Piepen verstärkte und entsprechende Zahlen abwarf, immer noch unter 3,0 Millisievert in der Stunde – ohne Geiger wäre die Gegend, die durch die Windschutzscheibe leuchtete, nichts als *malerisch* gewesen. Aber sie waren noch keine halbe Stunde unterwegs, da wurde die Landschaft immer unübersehbarer von *Land Art* unterwandert. Da kamen die *Säcke*, und sie gingen nicht mehr weg.

Die Fahrt in die *Zone* – das blieb das Kürzel, so lange sie noch zu reden gab – war eine Reise gegen den Augenschein. Null ist weder zu sehen noch zu hören oder zu riechen. Es hat keine Gegenwart. Strahlung ist nicht erkennbar aktiv. Aber sie nimmt sich aus jeder bekannten oder gefühlten Zeit ihre eigene heraus. Wenn man sie sieht und fühlt, ist es zu spät. Nichts als alles Sinnliche, Sinnfällige oder Sinntragende fehlt ihr zur Allgegenwart.

Aber von allem, was wir sehen können, abgesehen, zeigt sich die Null in ihren Folgen als invasive Kraft. Sie bricht Chromosomen auf oder stellt die Produktion des Rückenmarks um: statt rote Blutkörperchen bildet sie Fett. Einmal von menschlicher Technik entfesselt, entlarvt sie menschliche Kontrolle als Illusion. Die Natur mache keine Sprünge, sagte eine alte Weisheit, aber sie entstammt einer anderen Zeitrechnung, der, wie unbewußt immer, die menschliche Lebenserwartung zugrunde lag. In der Tat brauchte ein Mensch, der von einer Zwischeneiszeit profitierte, die nächste Eiszeit nicht persönlich zu erfahren, und es war hinreichend Verlaß auf die ungeheuren Abstände zwischen den Gliedern jener Kette von Ursache und Wirkung, die Stifter mit den Blumen guten Sinns geschmückt sehen wollte. Aber als der Mensch lernte, die Kerne von Materie zu spalten und ihre Teilchen eigenmächtig zu beschleunigen, löste er eine Kettenreaktion aus, deren Glieder plötzlich im Millisekundentakt herunterrasselten. Und damit hatte er in der für ganz andere Zeit-Räume konditionierten Natur eine plötzliche Veränderung der Gewohnheiten losgetreten, eine Mutation ihres Energiehaushalts, deren Folgen auf ihn, das raumzeitlich bedingte Geschöpf, zurückschlugen. Es zeigte sich, daß er der Geschwindigkeit, mit der er seine Energiesucht zu befriedigen glaubte, selbst nicht gewachsen war. Er hatte sich die Ketten, von denen er sich befreien wollte, beim Herunterreißen um den Hals geschlungen. Zum Notfall, dem er ein für allemal ein Ende machen wollte, wurde er selbst.

Hier kann man das Treiben gut übersehen, und ein Maler könnte kaum einen bessern Platz wählen, wenn er es malen wollte.

Paul und Mitsu begegneten einem weitläufigen, fast flächendeckenden Versuch, zwei verschmolzene Realitäten, die unsichtbar tödliche und die sichtbar schöne, voneinander zu trennen, so sauber wie menschenmöglich, in Gestalt dieser schwarzen Säcke, ordentlich gereiht, zu Hügeln, Bergen, Hochebenen aufgeschichtet. Manchmal waren sie von großen Planen zugedeckt, grünlich, weißlich, gräulich abgedichtet gegen das zerstörende Wasser aus Himmel und Erde, aber es blieben bedeckte Blößen, Leerstellen, mit denen das Bild das Unmögliche seiner Restauration verriet. Säcke und aber Säcke, geschart zu riesigen, regelmäßigen Herden, die ihre Schwäche in ihrer Masse verbargen. Dabei drohte mancher Sack schon an seinem eigenen Gewicht zu bersten. Endlose Fluchten, aber wohin? In Millionen Säkken war verstrahlte Erde gefangen, auf der kein Mensch, auch kein Sack mehr stehen durfte, denn ihre Grundlage mußte sauber bleiben, auch wenn sie dann nicht mehr bepflanzt werden konnte. Die Menschen, die mit Baggern und Harken das Menschenmögliche für die Säuberung ihrer Erde taten, würden von ihr nicht mehr leben können, wie sie es seit Jahrtausenden gewohnt waren. Denn auf diesem Boden wuchs nichts mehr, was man essen oder fressen durfte, und was trotzdem gedieh, blieb vergiftet. Die nährende Erde ist weg, abgekratzt und eingesackt. Nur Boden, der tot ist wie die Wüste, tötet nicht mehr.

Nicht zu leben, um nicht zu sterben – die schwarzen Säcke demonstrierten immer noch den guten Willen, aus einer roten Null eine schwarze zu machen. Schon der Versuch dazu ist so herzzerreißend, daß man über die sackstarke Häßlichkeit seines Resultats nur hinwegsehen kann. Fort und fort, tausende schwarzer Kubikmetertonnen weit muß man darüber hinwegsehen. Aber man müßte auch noch ein schwarzes Herz haben, um diesen Versuch vergeblich zu nennen, nur weil er nicht umfassend sein kann, weil er Berg und Busch, Wald und Fels unverpackt stehen lassen muß, wie sie nun einmal sind: strahlend, aber vergiftet; wie sie immer noch sind, verstrahlt, aber zauberhaft.

Inzwischen sehen die Sackkolonien, größer als die Dörfer, schon wie schwarze Plantagen aus, simulieren bestellte Felder, erinnern an die vorbildliche Landwirtschaft Fukushimas, auch wenn sie den Boden dafür eingesackt haben. Und wenn auch hier nichts mehr wachsen sollte, und wenn es doch wächst, von niemandem gekauft und genossen wird: geschürft kann hier noch lange werden, insofern auch produziert, auch wenn es nur weitere Plastiksäcke sind. Wir stehen vor einem japanischen Kunstwerk der Verzweiflung, einem flächendeckenden Tagebau des reinigenden Wahns.

Aber auch was nicht, was nie wieder gesäubert werden kann, Busch und Wald, Baum und Gras, Berg und Tal: alles blüht und gedeiht, wuchert und wildert in diesem *Silent Spring*, je naturbelassener, desto üppiger. Fukushima ist schon fast beängstigend malerisch. Nie, so darf es dem unerschrockenen Gast hinter dem Windschutz erscheinen, noch in keinem Frühling sind die Bäche fröhlicher gesprungen als jetzt, wo sie liebliche Täler durchziehen und dabei ihre radioaktive Belastung auffrischen, mit jedem Aprilregen, jedem Sommersturm, jedem neuen Schnee.

War was? Hier und jetzt leuchtet sie von jungem Grün, die verstrahlte Erde, und wenn Fukushima immer von der Natur gesegnet war, jetzt hat es sich zu einer fast atemberaubenden Idylle ausgewachsen. Darum atmet man ja auch besser durch eine Maske, wenn man sich nicht den Tod holen will. Aber was soll's? Ein entsprechender Befund wird sich, statistisch gesehen, erst in zwanzig, dreißig Jahren zeigen. Und in alter Zeit, der großen Zeit der Idylle, sind die Menschen nicht einmal so alt geworden. Man durfte auch einen frühen Tod als natürlich betrachten, «krank» nannte man damals nur junge Menschen, Alte waren naturgemäß altersschwach und konnten von Glück reden, daß sie lange genug gelebt hatten, um es zu werden.

Was denken Sie? fragte Mitsu.

Nichts.

Mitsu und Paul fuhren, im kleinen gelben Yaris, schweigend durch die durch Null dividierte Hügellandschaft und begegneten fast ununterbrochen ihresgleichen, jedenfalls was die Farbe betraf, nicht aber das Format. Ganze Kolonnen gelber Nutzfahrzeuge aller Art, gelbe, auf Lastern gefaltete Kräne oder Raupenbagger aller Größen kamen ihnen entgegen, oder, wenn das Pech es wollte, fuhren sie auf eine Kolonne auf und dann lange hinterher. Aber auch an beladenen Pickups, Transportern aller Größen war kein Mangel, die *Exclusion Zone* war eine einzige Baustelle, die auch von vielen Bussen befahren wurde, gefüllt mit Belegschaften in gelben Arbeitskleidern und mit gelben Helmen, aber auch mit Zivilpersonen, wobei die Touristen durch Bewegung am Fenster leicht von Einheimischen zu unterscheiden waren. Diese rührten sich kaum auf ihren Sitzen.

Die Warnfarbe Gelb erschien auch, oft rot gestreift, auf zahlreichen Abschrankungen, aufgehobenen, aber am Straßenrand stehen gelassenen Sperren; über Kreuzungen flackerte nur ausnahmsweise Gelb. Fast alle Verkehrsampeln hatten den normalen Dreifarben-Betrieb wieder aufgenommen, auffallend nur dann, wenn die Kreuzung leer war – und das war sie, wenn sie Nebenstraßen befuhren, regelmäßig. Denn die Siedlungen waren leer.

Darauf war Paul gefaßt gewesen, aber nicht auf das damit verbundene Gefühl. Die Leere war erschreckend, weil die Häuser immer noch intakt aussahen, denn bis in die Hügel war die Große Welle nicht gekommen, und auch die sichtbaren Schäden des Erdbebens hielten sich in Grenzen. Die Häuser waren verschlossen und die Gärten, sogar die Vorgärten, verwahrlost; vor vielen standen geparkte Autos, erkennbar seit Monaten, Jahren unberührt. Die Geschäfte, Läden, immer noch mit gefüllten Regalen, kaum beschädigter Reklame, großen Fenstern, starrten auf vergraste Parkplätze, unbesucht, nie mehr betreten. Hie und da lehnte ein fast neuer Wagen im Straßengraben, niemand machte sich die Mühe, ihn wieder aufzurichten. Niemand war überall, so daß man fast erschrak, hie und da einen einzelnen Fußgänger zu sehen. Was bewegte ihn, wie hatte er sich hierher verloren? Was gab es für ihn immer noch zu finden? Nein, es waren *keine* Geisterstädte, sie hielten das brüchige Bild ihrer Wohlbehaltenheit fest – das war das wahrhaft Unheimliche. Diese Dörfer waren stillgelegt, nicht tot. Sie waren untot. Und sie waren, wie im Märchen, von Tieren besiedelt. Mitsu war sicher, daß sie Wildschweinen begegnen würden, Füchsen, Rehen. Vorerst blieb es bei streunenden Hunden, und hie und da einer Katzengruppe, die gerade von ihrer Herrin gefüttert wurde, deren Wagen schräg vor der Haustür stand. Sie besuche ihre *Pets* jeden zweiten Tag.

Mitsu kannte sich in der Zone aus, hatte jede Kreuzung im Kopf. Aber auch sie blieb schweigsam. Sie hatten noch nie länger zusammen geschwiegen als auf dieser Fahrt. – Ein Affe, sagte sie. – Er schritt mit großer Würde, wie ein pompöser Akrobat, den Giebel eines Hauses ab.

Es ist sein Haus. Das hier war einmal eine Seidenweberei. Haben Sie Hunger?

Nein.

Aber wir sollten etwas essen, bevor wir nach Kōriyama fahren.

Plötzlich bog sie von der Straße ab und hielt auf eine Plantage niedriger Bäume zu, die in voller Blüte standen.

Pfirsiche, sagte sie, eine spezielle Art. Wenn sie blüht, trägt sie immer noch Früchte vom Vorjahr. Sie trocknen am Baum. Wollen Sie kosten?

Wenn Sie meinen, daß es sicher ist.

Sie lächelte nur.

Sie stiegen aus, und er folgte ihr unter die Blütenpracht, von der einzelne Blättchen abflogen wie kleine weiße Schmetterlinge. An vielen Zweigen hafteten noch ledrig geschrumpfte Früchte, gelb wie Honig und ebenso süß.

Sie hatte eine in seinen Mund gesteckt und lutschte die andere. Sie sahen einer alten Frau zu, die auf dem nahen Feld mit einem Behälter am Rücken zugange war und eine Düse durchs halbhohe Gras führte.

Sie haben versprochen, mir die «Nachkommenschaften» zu erzählen.

Einmal möchte ich gern Ihre eigene Geschichte hören.

Das lohnt sich nicht. Was macht die Frau dort?

Unkraut spritzen.

Sie ist doch nicht verrückt.

Als sie zu der alten Frau hinüberging, erschrak diese sichtlich, dann verbeugte sie sich viele Male hintereinander. Während Paul stehen blieb, begann Mitsu mit der Frau ein Gespräch. Am Ende trennten sie sich mit wiederholten Bücklingen, und auf dem Rückweg zum Auto sagte Mitsu:

Sie und ihr Mann haben vier Jahre in der Notunterkunft gelebt. Vor einem Jahr haben sie sich zur Rückkehr entschlossen und das Haus mit Mühe wieder hergerichtet. Als auch der Garten fertig war, ist ihr Mann an einem Herzschlag gestorben. Sie ist fünfundsiebzig, allein kann sie das große Haus nicht unterhalten, und die Kinder wollen nicht mehr zurück. Also sucht sie wieder einen Platz in der Notunterkunft. Aber erst möchte sie noch das Unkraut entfernen, damit es nicht ins Reisfeld hinauswächst.

Welches Reisfeld? fragte er.

Eben, sagte Mitsu. – Aber Unkraut spritzen war das Letzte, was ihr Mann sich vorgenommen hatte. Das muß sie seinem Geist noch zuliebe tun.

Sie sahen der unter ihrem Kopftuch tief gebeugten Frau zu, wie sie sorgsam ein verwildertes Stück Boden besprühte, auf dem alles Unkraut war, oder nichts.

Nach Yoneuchi reicht es heute nicht, sagte Mitsu. – Aber da gehen wir hin, wenn wir bei Umeharas gewesen sind. Und jetzt fahren wir nach Minamisōma, dort kann man gut essen.

Ist es freigegeben?

Das Restaurant ja. Es war eine bekannte Sake-Brennerei. Man fährt noch ein Stück. Erzählen Sie mir jetzt die «Nachkommenschaften»?

Doch zuerst mußte er Stifters Blumen loswerden, die Stelle über den Zusammenhang zwischen Ursache und Wirkung, das Kettengleichnis aus «Abdias».

Es gibt Menschen, auf welche eine solche Reihe Ungemach aus heiterm Himmel fällt, daß sie endlich dastehen und das hagelnde Gewitter über sich ergehen lassen: so wie es andere gibt, die das Glück mit solchem Eigensinne heimsucht, daß es scheint, als kehrten sich in einem gegebenen Falle die Naturgesetze um, damit es nur zu ihrem Heile ausschlage.

Aber eigentlich mag es weder ein Fatum geben, als letzte Unvernunft des Seins, noch auch wird das einzelne auf uns gesendet; sondern eine heitre Blumenkette hängt durch die Unendlichkeit des Alls und sendet ihren Schimmer in die Herzen – die Kette der Ursachen und Wirkungen – und in das Haupt des Menschen ward die schönste dieser Blumen geworfen, die Vernunft, das Auge der Seele, die Kette daran anzuknüpfen und an ihr Blume um Blume, Glied um Glied hinabzuzählen bis zuletzt zu jener Hand, in der das Ende ruht. Und haben wir dereinst recht gezählt und können wir die Zählung überschauen: dann wird sie für uns kein Zufall mehr erscheinen, sondern Folgen, kein Unglück mehr, sondern Verschulden: denn die Lücken, die jetzt sind, erzeugen das Unerwartete, und der Mißbrauch das Unglückselige.

Glauben Sie das auch? fragte Mitsu.

Wohl zählt das menschliche Geschlecht aus einem Jahrtausend in das andere, aber von der großen Kette der Blumen sind nur erst einzelne Blätter aufgedeckt, noch fließt das Geschehen wie ein heiliges Rätsel an uns vorbei, noch zieht der Schmerz im Menschenherzen aus und ein – ob er aber nicht zuletzt selber eine Blume in jener Kette ist, wer kann das ergründen?

Vielleicht ist das Ende ja schon lange eingetreten, sagte Mitsu, wir merken nur nichts davon, und es tut gar nicht so weh, wie wir immer gedacht haben.

Der Komplex der alten Brennerei bestand aus einer Fabrik, einer ehrwürdigen Halle, die als Museum eingerichtet war, und einem einfachen Restaurant. Es stand ein Bus davor, darum war es gut besetzt. Sie ließen sich im Gartenteil nieder. Die Gäste, sagte Mitsu, seien Einheimische, die ihre Häuser regelmäßig besuchten.

Sie wirkten aufgeräumt. Man servierte eine Miso-Suppe mit leichtem Treber-Geschmack und eine Sammelplatte ländlicher Leckerbissen für jeden Gast, die alle Gänge auf einmal umfaßte, von Plätzchen rohen Lachses bis zum ölgebackenen Tempura. Der Besitzer kam an ihren Tisch, um zu versichern, daß alles, was auf den Tisch komme, sorgfältig geprüft sei.

Beim Dessert – einem Bohnen-Cake – machte Paul einen Vorschlag. – Wir stellen den Geiger ab, und morgen lassen wir ihn zu Hause.

Ich höre ihn gar nicht mehr, und wenn wir richtig ins Feld gehen, könnten wir ihn nötig haben. Und jetzt bitte die «Nachkommenschaften». Sie gehen doch gut aus?

Jedenfalls enden sie mit einer Hochzeit, sagte Paul Neuhaus.

9 Die Umeharas

Die Roderer-Saga reichte bis vor Kōriyama; Paul kannte sie so gut wie auswendig, hatte nur beim Namen der Braut gestockt: Susanna. Für Mitsu war das seine Frau. Über Ken sprechen sie nicht.

In der ländlichen Stadt mußten sie zweimal anhalten, um sich nach dem *Temporary Housing* durchzufragen. Schließlich fanden sie die Notsiedlung am Rand einer riesigen Parkfläche im Niemandsland. Die Baracke der Umehara war die hinterste einer langen Gasse, in der Kinder rannten und lärmten.

Sie waren zehn Minuten zu früh, wurden aber schon erwartet, von einem Mann mittleren Alters im Nadelstreifenanzug, der sich, als er sie von weitem kommen sah, sogleich zu verbeugen begann,. In dienernder Haltung ließ er eine lange Begrüßungslitanei sprudeln, bis er sich halb aufrichtete, Paul Neustadt zugekehrt.

Be very welcome, sagte er und reichte ihm eine schlaffe Hand. *I am afraid we don't speak English. And we don't have too much room here.*

You speak very well, erwiderte Paul, *and we have Ms. Tenma. She speaks German, because my Japanese is so poor.*

My name is Umehara Hikaru, sagte der Mann. *I shall introduce you to my family. They are expecting you in the house.*

Mehrere Personen standen hinter ihren Stühlen gedrängt um einen Tisch herum, der nur vier Plätze zu bieten hatte. Zwei waren frei geblieben. Als die Gäste eintraten, verbeugte sich die Familie, so gut es ging, und begann ein mehrstimmiges Grußgemurmel. An einer jungen Frau hielt sich ein Junge von vielleicht fünf Jahren fest; in der Ecke saß ein kleineres Mädchen auf einem

Kinderstuhl und hielt die Hand der zweiten jungen Frau, die vom Tisch weiter entfernt stand. Sie trug einen plissierten Minirock, darüber ein rosa T-Shirt mit dem Aufdruck *Let's be free*, ganz kurzgeschnittenes Haar und je ein *Piercing* in der Unterlippe und am Nasenflügel. Die übrigen waren unauffällig gekleidet, auch die Frau mit dem Jungen am Bein, aber sie trug eine blondierte Dauerwelle, und ihr Gesicht war auf den ersten Blick anmutig, verriet erst auf den zweiten etwas wie Bitterkeit um den starken, aber durch Falten scharf abgegrenzten Mund. Der vierte Erwachsene war ein älterer, gebeugter Herr mit einer starken Brille im runden Gesicht und dünnem, straff zurückgekämmtem Haar von unbestimmtem Grau.

Der Begrüßende nahm von Mitsu formlos das zierlich verpackte Paket entgegen und stellte es mitten auf dem Tisch ab. Dann führte er Paul zum Platz neben dem älteren Herrn, der sofort einknickte. *This is Mr. Daisaku Ōkura, the father of my wife. She is over there, Ayumu-san. The children you see are our children, Sasuke, who is five, and Hime, who is three years old. They were both born after we had to evacuate Yoneuchi where Ayumu and myself lived in her father's house. It has been out of use since 2011. After this time we had to live in this place. The girl next to Hime is Aiko-san, a daughter from my earlier marriage. She has been with us in this housing for one year.*

Wenn die Anwesenden vorgestellt wurden, buckelten sie noch einmal kurz und lächelten schwach: nur der Großvater hatte Paul die Hand gereicht und ließ sie dann drucklos so lange liegen, daß Paul nicht wußte, wie er sie loswerden sollte. Nun kam die Vorstellung an ihn, der sich entschlossen hatte, Deutsch zu sprechen.

Frau Tenma hat mich bei Ihnen eingeführt, es ist mir eine große Ehre. Ich bin aus Deutschland, heiße Paul Neuhaus und bin Architekt und Schriftsteller. Frau Tenma zeigt mir ihre von drei Katastrophen betroffene Heimat, und ich bin sehr beeindruckt, wie Sie hier leben.

Die Leute nickten sparsam, und es war ihm bewußt, daß er hier vorläufig nichts zu erklären hatte; die Situation blieb für ihn selbst erklärungsbedürftig. Mitsu hatte seine Worte übersetzt, dann redete sie weiter, ohne Platz zu nehmen, während die Hausfrau den Jungen von sich löste und im Hintergrund verschwand. Nach einem Augenblick folgte ihr der Junge doch. Die Enge ließ nach, aber der Stuhl neben Paul blieb immer noch leer.

Aus Mitsus Erläuterungen schloß Paul, daß der Bürgermeister erwartet worden war. Sein Name fiel wiederholt, auch in den Antworten des Hausherrn, und immer mehr beschränkte sich der Dialog auf diesen und Mitsu.

Nach einigen Minuten erschien seine Frau mit einem Tablett. Man rückte, damit sie es auf dem Tisch abstellen konnte. Drei Täßchen und eine Kanne kamen auf Lackbrettchen und gingen nur auf Pauls Tischseite. Die Frau schenkte Paul ein, dann dem älteren Herrn. Das dritte Täßchen neben Paul blieb so leer wie der Stuhl. Sie trat etwas zurück, um hie und da einen Zwischenruf in das Gespräch ihres Mannes mit Mitsu einzuwerfen. Öfters sprach sie nur noch mit ihm, deutlich gereizt. Dann beschränkte sich Mitsu aufs Zuhören, und an Dolmetschen dachte sie gar nicht mehr.

Paul erhob sein Täßchen, um dem alten Herrn neben ihm zuzutrinken, der ihm die Bewegung nachtat. Allerdings stellte er die Tasse wieder ab, ohne zu trinken. Paul fühlte sich ungut, denn die Unterhaltung der Eheleute war streitbar geworden. Einen Augenblick der Stille benützte Mitsu, um ihm die Sachlage zu erläutern.

Es gehe um das Elternhaus der Frau Umehara in Yoneuchi, wo die Familie der Ōkura seit Generationen gelebt und eine Obstkultur betrieben habe, die wichtigste der Gegend. Dahin würde ihr Vater, als Witwer, wohl gerne zurückkehren, aber seine Tochter habe große Bedenken wegen ihrer Kinder. Ihr Mann, dessen Familie aus Sendai stamme, erwäge den Kauf eines Hauses in Kōriyama, wo er eine Stelle als Verkaufsleiter in einem Warenhaus angenommen habe.

Als sie den Namen des Warenhauses nannte, fiel ihr der Ehemann ins Wort und gab eine Erklärung ab, die immer wieder von seiner Frau unterbrochen wurde.

Die Sache sei die, bemerkte Mitsu, die sich nur mühsam Gehör verschaffte, daß die Ehefrau nur in ihr altes Elternhaus zurückkehren würde, wenn es sicher wäre. Aber sie habe in Yoneuchi in der Holzfabrik Irie eine Teilzeitstelle angetreten, fahre mit den Kindern täglich hin und her und gebe sie dort in der Tagesstätte ab, um abends mit ihnen wieder ins *Temporary Housing* zurückzukehren.

Offenbar verstand die Hausfrau von der deutschen Zusammenfassung gerade so viel, daß sie an dieser Stelle Einspruch erhob, worauf das kleine Mädchen laut zu weinen begann. Es dauerte, bis die Frau es auf den Arm nahm, aber es heulte weiter, bis sie mit ihm den Raum verließ. Der Junge war gar nicht wiedergekommen. Der Ehemann benützte sogleich die Gelegenheit zu einer Erörterung und machte offenbar seinem Groll Luft. Der Teenager mit dem kurzen Haar aber setzte sich jetzt auf den leergebliebenen Stuhl, und als ihr Paul höflich einschenkte, tat sie ihm desgleichen, hob ihr Täßchen, als wäre es ein Schnapsglas, stieß mit ihm an und sagte: *Cheers! I am Aiko! This is a terrible place! I want to learn German and go to Europe. I am a dancer.*

Der Hausherr fuhr ungerührt fort, auf die sichtlich verlegene Mitsu einzureden, während im Nebenzimmer die Mutter mit dem Jungen zankte, und zum ersten Mal war auch seine grelle Stimme zu hören.

Oh, are you? sagte Paul. – *How long are you staying in Japan?* fragte Aiko, *I can show you the house! – Which house?* fragte er. – *The one you're gonna buy, but you must change a lot!*

Aiko-chan! intervenierte Mitsu, und fuhr in energischem Japanisch fort, wie es Paul von ihr noch nie gehört hatte. Der Hausherr schien sich zum ersten Mal zu amüsieren. – *She is still a child*, sagte er zu Paul, *you must not take her seriously,* worauf ihn Aiko mit einer Flut japanischer Wörter eindeckte, deren Sinn nicht zu mißverstehen war und die ihn immer starrer lächeln ließ.

Als Aiko den Raum verließ, stieß sie mit der Hausfrau zusammen, die ihr mit fast greifbarem Widerwillen auswich und sich gleich Mitsu zuwandte, um ihr längere Vorhaltungen zu machen.

Ihr Mann schien sich beruhigt zu haben; der Diskurs nahm etwas Geschäftsmäßiges an, und Paul glaubte Zahlen zu verstehen, die hin und her verhandelt wurden. Nun dolmetschte Mitsu gar nicht mehr. Schließlich lächelte sie mühsam zu Paul hinüber.

Ich glaube, jetzt dürfen wir gehen, sagte sie halblaut. – Bitte erklären Sie, daß Sie genug gehört haben.

Das Geschenk stand noch immer unberührt auf dem Tisch, und der ältere Mann, der noch kein Wort gesagt hatte, zog es jetzt ungeschickt an seine Brust, verneigte sich im Sitzen mit einem kleinen Ruck gegen beide Gäste und lächelte. Dabei war zu sehen, daß ihm ein Vorderzahn fehlte.

Paul stand auf und bedankte sich für die Gastlichkeit, unter so schwierigen Umständen. Er habe viel gelernt.

Als sie wieder im Wagen saßen, fragte Mitsu: Was haben Sie denn gelernt? – Sie starrte ins Leere, ohne den Zündschlüssel zu drehen.

Viel, ich weiß nur noch nicht, was.

Sie war nicht zu erheitern. – Ich möchte es wissen. Erzählen Sie bitte eine Geschichte, was Sie gehört haben.

Der Großvater will zurück und in seinem Haus sterben, es ist das Haus seiner Vorfahren. Sie sind Bauern gewesen und wohlhabend. Dort haben seine zwei Töchter ihre Kindheit erlebt. Die ältere hat studiert, die jüngere geheiratet, einen geschiedenen Mann, der in der Holzfabrik Ihres Onkels Seizō arbeitete und ins Haus seiner Frau zog, wo sie zwei Kinder bekamen. Die Großmutter starb, sie muß eine starke Frau gewesen sein.

Warum glauben Sie das? fragte Mitsu.

Ich schließe es aus dem Verhalten des Großvaters. Allein wirkt er verschüchtert und hat immer nach seiner Tochter geblickt. Sie sollte die neue Hausherrin werden. Aber 2011 kam die Katastrophe, sie wurden nach Kōriyama evakuiert, und in der Baracke hatte er nichts mehr zu sagen, auch den Enkeln nicht. Sie sind in eine andere Welt geboren, in einer andern Stadt in den Kindergarten gegangen, sie haben auch gesehen, wie ihre Freunde leben, die ein eigenes Haus haben. Die Kinder aus der Zone haben es nicht gut.

Sie werden gemobbt, bestätigte Mitsu.

Herr Umehara hat wieder eine Stelle gefunden und beginnt in Kōriyama Fuß zu fassen. Freunde, Bar-Besuche, vielleicht eine Freundin. Auch wenn man schon früher nach Yoneuchi hätte zurückkehren können, er hätte es gar nicht mehr gewollt und die Kinder haben auch kein Bild davon, schon gar kein Heimweh. Nur die Baracke finden sie alle nicht gut. Anfangs war die Familie vielleicht einverstanden, als sich der Ehemann überlegte, in Kōriyama ein eigenes Haus zu kaufen, aber die Frau hatte Bedenken, so hohe Schulden zu machen. Er fand: dann könne man doch das Haus in Yoneuchi verkaufen. Aber wer gibt ihnen etwas für einen Bauernhof in einem verseuchten Gebiet? Außerdem leben sie ganz gut von der Entschädigung der Regierung. Hunderttausend Yen pro Kopf, im Monat, und ein Kindergeld extra.

Woher wissen Sie das?

Ich habe mich schon zu Hause ein wenig kundig gemacht.

Schön, wenn man ein Zuhause hat. Der Großvater hat keines mehr. Wie hat er sich denn verhalten, als der Schwiegersohn das Gut verkaufen wollte?

Ich denke, er wurde gar nicht gefragt.

Und was hat die Tochter gesagt?

In der Baracke braucht sie wenigstens nicht zu arbeiten.

Sie ist Hausfrau mit zwei Kindern. Ist das keine Arbeit? Sie fährt jeden Tag nach Yoneuchi und hat auch den Vater zu versorgen. Damit er ein eigenes Zimmer hat, schläft sie bei den Kindern und die werden größer. Ist das keine Arbeit?

Ihr Mann hat auch kein eigenes Zimmer. Als seine Tochter aus erster Ehe einzog, brauchte sie einen Raum für sich. Ich habe nicht verstanden, warum sie überhaupt gekommen ist, aber bemerkt, daß Sie Aiko nie etwas gefragt haben. Sie ist fremd in dieser Familie, und ohne Not wäre sie lieber nicht hier.

Vielleicht wollte sie zu ihrem Vater.

Aber der hat eine neue Familie. Es muß allerhand los gewesen sein, bis sie Aiko aufnahmen.

Sie hat ihre eigene Mutter eine Hure genannt. Ich habe sie nichts gefragt, das ist wahr. Dafür hat Aiko *Sie* viel gefragt, und Sie haben geantwortet.

Sie will nach Europa, Tänzerin werden, und spricht einigermaßen Englisch.

Hat sie Ihnen gefallen? fragte Mitsu und drehte den Zündschlüssel. Als das grüne Licht «ready» meldete, legte sie den Gang ein, und der Wagen setzte sich lautlos in Bewegung. Nachdem sie Kōriyama hinter sich gelassen hatte, sagte er:

Immer noch 2,4 Millisievert. Fast fünfzig Kilometer von *Ground Zero.*

Sie haben mir nicht geantwortet.

Worauf?

Ob Sie Aiko attraktiv fanden.

Er lachte. – Für eine solche Frage bin ich zu alt, Mitsu-san.

Und wenn Sie jünger wären?

Würde Aiko mich noch weniger mögen. Die Hauptfigur bleibt die Mutter.

Was ist sie denn für eine *Figur*?

Ich glaube, sie spielt dem Bürgermeister in die Hand.

Wie meinen Sie das?

War das ein Examen? So hatte er Mitsu noch nie erlebt.

Sie ist nach Yoneuchi zurückgekehrt, Irie hat ihr dort eine Stelle in seinem Geschäft verschafft – und hat wohl auch ein Verhältnis mit ihr. Sie nimmt die Kinder jeden Morgen an ihren Arbeitsplatz mit, dort gehen sie in den Kindergarten oder zur Schule … und sind noch eine Rarität. Aber inzwischen ziehen sie andere nach, nicht wahr? Yoneuchi beginnt sich wieder zu bevölkern, nur in der Nacht kehrt man in den sicheren Bereich zurück.

Sie lächelte plötzlich. – So werden wir auch leben, in den nächsten Tagen.

Nach Iries Modell, sagte Paul, es soll Schule machen. Aus Evakuierten werden Pendler, das machen auch Jüngere mit, sogar Mütter mit Kindern, wie Frau Umehara. Die Frage ist nur, was dabei aus ihrer Ehe wird.

Warum glauben Sie, daß Ayumu Seizōs Geliebte ist?

Unser Besuch in Kōriyama war dem Bürgermeister wichtig, aber dabei sein wollte er lieber nicht. Da hat er Sie vorgeschickt.

Ich wollte ihn nicht dabei, sagte sie schroff.

In den nächsten Minuten war nur der Geiger zu hören.

Draußen begann es zu dämmern, immer wieder wurden sie von entgegenfahrenden Scheinwerfern geblendet. – Sie machen wohl besser das Licht an, sagte er. – Sie tat es stumm, und er hatte plötzlich nicht mehr das Gefühl einer sicheren Fahrt.

Ich habe Ayumu früher gut gekannt, sagte sie. – Heute versuchte sie mich zu ignorieren. Ich war die Freundin ihrer Schwester, und mit der vertrug sie sich nicht. Naoko hat nach Amerika geheiratet und verkehrt nicht mehr mit ihrer Familie.

Frau Umehara hat eine Stelle in der Holzfabrik angenommen, sagte Paul, es hätte doch näher gelegen, daß ihr Mann dorthin zurückkehrt. Nur, er möchte ein Haus auf sicherem Boden – angeblich für seine Familie. Aber Mann und Frau leben jetzt schon so getrennt wie möglich in der Baracke, fluchtbereit in entgegengesetzte Richtungen. Ich verstehe, warum Irie die sozialen Schäden der Katastrophe schlimmer findet als die biologischen. Aber ich glaube, er wirkt kräftig daran mit.

Und was wird aus den Häusern? fragte sie. –

Wenn Herr Umehara in Kōriyama baut, wird er Schulden machen müssen, und für seine Familie – getrennt oder nicht – zahlt er noch zusätzlich. Und wer will in Ōkuras Bauernhaus zurück? Soll Frau Umehara darin ihren alten Vater pflegen? Bis er stirbt, kann sie selbst alt werden. Sie würde es gern sofort verkaufen, wenn sie könnte – und wenn ihr jemand etwas dafür gäbe.

Es sind wieder Liegenschaften auf dem Markt, auch in Yoneuchi, sehr günstig.

Aber auch wenn sie gratis wären, wer nimmt sie? Eine Stiftung im Ausland vielleicht: was die nicht weiß, macht ihr nicht heiß. Das ist das Kalkül des Bürgermeisters. Er braucht nur noch einen ahnungslosen Käufer dazu – und für diesen den passenden Lockvogel.

Sie warf ihm einen bestürzten Blick zu. – Wen meinen Sie?

Zum Beispiel Aiko, die Tänzerin werden will. Vielleicht findet sie einen reichen Onkel aus Europa, mit dem sie sich eintanzen kann.

Sich eintanzen, wiederholte Mitsu. – Das Ōkura-Haus soll ein – sie zögerte – eine Absteige werden – sagt man so?

Oder ein Künstlerhaus für Japan-Stipendiaten, meint Herr Irie. Da könnte Frau Umehara doch als Verwalterin einziehen, und er wäre ihr Visitator.

Was ist das?

Ihr regelmäßiger Besucher.

Nach einer Pause sagte sie: Das ist also *Ihre* Geschichte. Vielleicht ist sie nicht ganz falsch. Aber wie würde sie Stifter erzählen?

Ich habe heute keine Stifter-Figur gesehen, sagte er. – Auch nicht den alten Ōkura. Sein Charakter ist wie erloschen. Auch er ist ein Opfer der Kettenreaktion von *Dai-ichi*. Darin ist Stifters Blumenkette mitgeschmolzen.

Sie sehen alles so scharf, sagte sie, wie sehen Sie mich?

Ich würde gern mehr über Ihre Familie wissen.

Ich habe keine Familie.

Mitsu fuhr wortlos weiter, und Paul Neuhaus fühlte sich schuldig. Sie hatte einen kranken Mann zurückgelassen und sich für Paul eine Woche frei gemacht, und nun sollte schon der erste Tag in betretenem Schweigen enden. Er sah sie verstohlen an. Sie rührte ihn mit ihrem stolzen Trotz, ihrer Verletzlichkeit, ihrem angestrengten Umgang mit der fremden Sprache. Vielleicht gab es einen einfachen Weg, sie zu versöhnen, aber es war auch der heikelste, und er hatte den Mut verloren, darauf auch nur einen Schritt zu machen.

Sie wurden von der Wirtin mit übertriebener Herzlichkeit empfangen. Er verstand so viel, daß sie sich wegen ihrer Intervention gestern entschuldigte. Wo sie ihr Nachtessen serviert wünschten? Mitsu bedankte sich; heute könne sie nichts mehr essen, sie fühle sich zu müde. Schon in Pantoffeln vor ihren

Zimmern versuchte Paul einen sanften Protest; sie werde doch noch einen Schlummerbecher mit ihm teilen? Auch dafür bedankte sie sich. Danke ja, oder danke nein? Sie schüttelte nur den Kopf; dann fragte sie plötzlich, ob er überhaupt Lust habe, die Reise morgen fortzusetzen.

Er erlaubte sich, sie einfach in die Arme zu nehmen; sie widerstand nicht, lag einen Augenblick regungslos an seiner Brust, und er fragte sich, ob er sie jetzt nicht in sein Zimmer tragen sollte; aber dann warnte ihn eine Stimme der Vorsicht.

Sie richtete sich auf. – Ich zeige Ihnen morgen das Ōkura-Haus. Aber dafür müssen wir uns ausrüsten. Wir tragen Stiefel und den Arbeitsanzug, den ich Ihnen gebracht habe. Ich nehme auch Atemschutz mit. Und den Geiger.

Dann lasse ich meinen im Hotel.

Wir sollten um acht Uhr los, sagte sie. – Ich wünsche eine gute Nacht. – Sie verbeugte sich und öffnete ihre Tür.

«Nun, ich verspreche Euch, liebe Frau Wirtin», antwortete ich, «Frau Anna, wie Euch Euer Mann immer heißt, Frau Anna, ich verspreche Euch, nicht krank zu werden; ich werde überhaupt nicht leicht krank und gehe ja viel herum und bin viel in freier Luft.»
«Ja, in freier Luft», sagte sie, «unten an dem Sumpfe, wo die Leute krank werden, und da sitzt Ihr auf einem lächerlichen, kleinen Stühlchen und malt.»

Er war hungrig und ging zur Rezeption zurück, um schlechten Gewissens ein paar Häppchen zu bestellen.

«Ein Huhn ist nicht möglich», sagte die Wirtin, «wir brauchen alle vorhandenen zum Eierlegen, aber eine Ente bekommt Ihr von der letzten Zucht, und weil die Rosenäpfel bis in den Frühling gedauert haben, stecke ich einen hinein.»

«Es ist gut», sagte ich, «und jetzt gehe ich schlafen.»

«Glückliche Ruh'», entgegnete die Wirtin und knickste.

Dann nahm er, allein auf weiter Flur, ein Bad und lauschte vergeblich nach der Frauenseite. Sie gab kein Lebenszeichen. Als er wieder im Zimmer war, kamen die Häppchen. Er ließ sich Mitsus interne Nummer geben. Aber als er anrief, telefonierte sie bereits, gewiß mit Ken. Durch die Wand hörte er deutlich ihre Stimme; sie war laut geworden, es klang nach einem Wortwechsel, und plötzlich war da eine große Stille.

Er widerstand der Versuchung, nochmals anzurufen. Stattdessen holte er den Band mit Stifters Erzählungen, schloß die Augen und schlug ihn auf. *Abdias*. Zum Fürchten. Das mußte er aushalten.

Bevor er das Leselicht anzündete, schloß er die Papierwände nach draußen, gegen Insekten, gegen die Dunkelheit.

Er las, und allmählich atmete er die tief befremdende Seltsamkeit wie reinen Sauerstoff, der ihn belebte, von Satz zu Satz.

Er sah Abdias, den afrikanischen Juden in der Ruinenstadt, der seinen Reichtum im Wüstensand vergraben hatte; sah ihn alles verlieren, seine Güter, seine Eltern, seine aus dem fernen Zweistromland hergeholte Frau. Es blieb ihm nur der Säugling, ein Mädchen, an dessen Geburt sie gestorben war, und eine Eselin, zum Stillen der mutterlosen Ditha, eigentlich Judith. Er las, wie diese Tochter das Leben ihres Vaters Abdias wurde, bis sie es verlor und ihm damit selbst das Leben nahm, ohne daß er gleich starb. Ihre Waffe war kindliche Unschuld, ihre Anmut als kleines Mädchen, der Strahl ihrer blauen Augen, in deren Licht er alles tat, um sie glücklich zu machen. Er vergaß die Rache an den Zerstörern seines Hauses, seiner Familie, die ihm alles hatten nehmen können, außer was er auf dem Leib trug, an gemünztem Geld genug, daß er Ditha, seinen einzigen Schatz, aus

Afrika über das Mittelmeer nach Europa retten konnte, bis in die engere Heimat seines Autors Adalbert Stifter. Mitten im Böhmerwald pachtete Abdias ein leeres Tal, da baute er sich eine Festung, in die er diesen Schatz vergraben konnte, wie er schon in der Wüste seine Schätze vergraben hatte. Jetzt hatte er nur noch diesen einen, Ditha, aber in Europa ließ das Kind die Wüste grünen und machte sie fruchtbar, denn er sah die Fremde durch ihre Augen, als Zukunft für sie, durch die stillen, blauen Augen der vierjährigen Tochter.

Entgangen war ihm nur, daß diese Augen gar nicht sehen konnten: das Kind war blind. Es reagierte nicht einmal auf die Nadeln, die er seinen Augen so nahebrachte, daß er sie hätte ausstechen können. Da fing er an, seine Welt für eine Blinde einzurichten, die wunderbare Welt, auf die sein Schatz, als *trotzdem* glückliche Frau, eines schönen Tages kommen sollte. Doch als ihm sein Werk zu gelingen schien, geschah eine ungeheure Blendung: aus einem schweren Gewitter schlug der Blitz in Dithas Kammer und machte sie *sehend*.

Und so geschah weiter, daß der Vater seiner Tochter das Augenlicht nicht mehr zu ersetzen, die Welt nicht zu erklären brauchte. Plötzlich offenbarte sich Ditha die Natur selbst, zeigte sich, wie sie war, und siehe, das Kind gedieh als ihre schönste Blume. Und je mehr es zur jungen Frau wurde, desto inniger enthüllte sie sich als das Herz, das er seit ihrer Geburt in ihr gesehen hatte. Auch sein übriges Werk in der Fremde gedieh immer besser. Aus dem Händler war ein Landmann, ja ein Gutsherr geworden, auch wenn er als Jude keinen Boden besitzen durfte. Sein Ertrag floß ihm dennoch zu, und nie war das Paar glücklicher, als wenn Abdias Ditha über seine reifenden Felder führen durfte. Ihre Augen blühten wie Zyanen, ihre Gestalt leuchtete wie der rote Mohn.

Einmal aber war das Paar zu weit gegangen. Ein Gewitter

drohte sie eher zu erreichen, als sie das schützende Dach. Darum baute Abdias einen Unterschlupf aus gebündelten Garben auf freiem Feld. Sturm und Donner zogen darüber hin, auch ein Blitz schlug herein, eher gelinde, wie es dem Vater vorkam. Aber Ditha war tot.

Paul Neuhaus las diese Geschichte noch einmal von vorn, als könne er damit ihren Ausgang verändern. Das Verstörende daran war das Verhalten des Abdias nach der Katastrophe und die Ewigkeit seines Fortspukens auf dem sinnlos gewordenen Hof, ein Schatten seiner selbst, als könnte der Mann ohne Herz jetzt beliebig lange weiterleben. Aber so erst wurde es zur *wahren* Geschichte, und Paul legte sie mit dem Gefühl abgründiger Befreiung aus der Hand.

Er löschte das Licht und öffnete die Papierfenster. Dann zog er sich aus und legte sich auf die Matratze. Die Kunstlandschaft draußen war erloschen; nur der Himmel zeigte, als sich die Augen gewöhnt hatten, hinter der dunklen Wolke des blühenden Kirschbaums einen Rest von Helligkeit, sternenlos. Kein Laut, außer, hie und da, ein verstohlenes Plätschern im Wasser. Auch die Wand, so nahe bei seinem Ohr, blieb stumm. Es mußte, über Abdias, Mitternacht geworden sein, und Paul Neuhaus lag wach und schwitzte, wie, vor einem halben Jahrhundert, nach dem Tod seiner Mutter. So sahen seine Tränen aus.

10 Das Ōkura-Haus

Am nächsten Morgen war wenigstens der Blick durchs Fenster erquicklich, ins Grün des plätschernden Gartens. Das gute Frühlingswetter versprach zu halten. Die Häppchen für Mitsu wurden unberührt abserviert. Während Paul frühstückte, hörte er es im Nebenzimmer rumoren. Jedenfalls war Mitsu früh auf den Beinen. Er hatte sie gestern verletzt und nahm sich für diesen Tag größere Rücksicht vor.

Jetzt mußte er das dunkelblaue Überkleid probieren und war auf das Schlimmste gefaßt. Aber der Blaumann paßte, ohne zu spannen oder zu lottern, die vielen Taschen – auch seitlich an der Hose – wirkten professionell. Zugleich gab ihm der große Reißverschluß vom Hals bis unter den Schritt etwas von einer Strampelhose. Auch die Stiefel mit Reißverschluß waren bequem anzuziehen, fehlte nur noch der Helm. Die Bänder bedurften der Nachstellung, aber der ungewohnte Kopfschmuck war verblüffend leicht. Als er sich im Spiegel des Vorraums musterte, sah er einen Werkarbeiter fast wie jeden andern in Fukushima, gelb und blau.

Er trat aus der Tür und verschloß sie; da kam ihm im Korridor seinesgleichen entgegen, nur zierlicher. Außerdem trug Mitsu noch einen schwarzen Rucksack, ihren Helm in der Hand, und einen Plastikbeutel. Ihre Taschen wirkten gut ausgestopft. Der Zwillings-Look ließ beide lächeln, als sie sich zu einem guten Morgen verbeugten. In Stiefeln trippelt man nicht mehr, da wird ein Schritt unternehmungslustig und zum gemeinsamen Marsch. Die Wirtin, immer im rechten Augenblick zur Stelle, machte ihre Abschiedskomplimente.

Dann schritt man zum Parkplatz, und bevor Mitsu den Wagen öffnete, sagte sie: Ich habe noch etwas für Sie. – Sie öffnete den Plastikbeutel und zog ein ungefüges Paar gelber, gefingerter Handschuhe heraus. Als er sie anzog, reichten die Stulpen fast bis zum Ellbogen. – Wir haben noch kleinere, sagte sie, aber die lassen wir im Wagen.

Es sieht immer mehr nach Mondlandung aus, sagte er.

Das ist es auch, sagte sie. – Damit wir heil zurückkommen.

Helme und Handschuhe wanderten einstweilen in den Kofferraum, auch der Rucksack, nachdem sie ihm ein in Plastikfolie verpacktes Papier entnommen hatte, das einer Landkarte ähnlich sah. Sie gab es ihm in die Hand, sie stiegen ein, und der Geiger knisterte an der Windscheibe.

Mein Reisebarometer, welches ich in meiner Malerstube aufgehängt hatte, zeigte achtundzwanzig Zoll und vier Linien, was Dauer des schönen Wetters bedeutete, und ich nahm meine stets bereitstehenden Malerwandersachen und ging sofort zum Malen auf das Moor hinaus.

Es gibt neue *Hotspots,* vielleicht sehen wir mal die Karte an. Sie wird von meiner NGO jeden Morgen an alle Haushalte verschickt. Das Hotel war nicht darauf abonniert, aber ich habe dafür gesorgt, daß sie es bekommen, solange wir da sind. Wir fahren nach Yoneuchi, ins Ōkura-Haus. Es liegt hier – sehen Sie? In der Nähe gibt es ein paar rote Punkte, aber die können wir vermeiden. Die Strecke, die wir nehmen, sieht sauber aus.

Im Kartenlesen war ich mal ganz gut, sagte er.

Notfalls führen Sie mich.

Bevor sie den Motor anließ, fragte sie: Habe ich Sie in der Nacht sehr gestört?

Nein. Warum denn?

Ken hat zweimal telefoniert.

Wie geht es ihm?

Sie drehte die Zündung, und sie waren schon auf offenem Feld, als sie antwortete: Ich habe ihm gesagt, wenn er nochmals anruft, erschieße ich mich.

Dazu ließ sich gar nichts mehr sagen, aber Mitsu wirkte gelöst. Wahrhaftig, Paul kannte sie noch nicht.

ES GILT, war gestern beim Erwachen, nach dem Traum mit dem ärztlichen Todesurteil, sein erster Gedanke gewesen und war es auch an diesem schönen Morgen wieder: ES GILT. Jetzt mußte sich nur noch zeigen, *was*.

Wie fühlen Sie sich heute? fragte er. – Sie waren früh auf.

Ich habe noch Obentō gekauft, für unser Picknick. Paßt der Overall?

Wie angegossen.

Hoffentlich sind Sie darunter nicht zu warm angezogen. Der Stoff atmet schlecht, und es könnte heiß werden.

Er zog sich den Reißverschluß herunter und zeigte seine Brust im Unterhemd fast bis zum Nabel. Sie lächelte. Plötzlich fuhr sie an die Bordkante.

Mit Stiefeln geht es nicht, sagte sie. – Man kann die Pedale verwechseln.

Moment, sagte er, schnallte sich ab und verließ den Wagen und ging um den Kühler herum, um ihr beim Ausziehen des Schuhwerks behilflich zu sein. Erst der eine, dann der andere ihrer nackten kleinen Füße wurde befreit. Dann legte er die Stiefel, die ungebraucht aussahen, vor die Hintersitze und sagte:

Das war ein *Hotspot*. Soll ich ihn auf der Karte eintragen? Aber ich habe keinen Rotstift.

Ah. Barfuß, das ist eine andere Welt. Wie Orgel spielen. – Sie rührte die Zehen auf den Pedalen.

ES GILT.

Es gibt eine Geschichte von André Breton, sagte Paul, dem

Häuptling der Surrealisten. Er fährt mit seiner Freundin im Auto, und plötzlich drückt sie in voller Fahrt ihren Fuß auf den seinen, der auf dem Gaspedal liegt. Dann hält sie ihm die Augen zu und drückt seinen Fuß weiter. – Jetzt fahr. Zeig mir, wer du bist.

Und hat er es getan?

Er schreibt, er habe versagt.

Wie hieß die Freundin?

Nadja.

Nadja, wiederholte sie.

Paul versuchte die Karte zu lesen. Die unterschiedliche Belastung der *Zone* war in verschiedenen Farben angezeigt, die Umgebung von *Dai-Ichi* ein brandroter Fleck, aber auch die Flußläufe verzweigten sich wie Arterien über das Land, in das die Spitzenbelastung wie ein entzündeter Pfropf eingriff. Er hatte etwas Gynäkologisches. Aber auch die schwächer gefärbten Schichten waren, selbst im hellgelben Bereich, mit roten Punkten gespickt. Sie glichen Krankheitserregern, durch ein Mikroskop betrachtet.

Paul konsultierte immer wieder das Display des Geigerzählers. Dabei streifte er eine Strähne von Mitsus Haar.

Nehmen Sie ihn doch zu sich hinüber.

Es geht auch so. Einskommafünf. Einskommasieben. Zweikommanull.

Hier begann bis gestern die Zone, jetzt sind die Barrikaden alle weg.

Die Geigerpfosten noch nicht. Die Werte sind immer tiefer als unsere.

Das machen sie zur Beruhigung, sagte Mitsu.

Sie fuhren durch den Ort Kawamata, wo reger Schwerverkehr herrschte; Menschen sahen sie kaum. Auch in Namie hatten die Ampeln zu tun; ein Teil der Ortschaft war durch eine

Schranke mit Waffelgitter definitiv gesperrt. Von da ging es, immer an großen Sackfeldern vorbei, gegen Yoneuchi weiter, wo sich die Hügel in aller Frühlingsschönheit zeigten. Doch die Häuser an der Straße waren verschlossen und unaufgeräumt. Immer wieder mußten sie bremsen, um eine Katze nicht zu überfahren oder Hunde passieren zu lassen. Eine Bulldogge, die allein mitten auf der Straße stand, hielt sie auf. Sie wirkte wohlgenährt, aber blickte herzzerreißend. Die Flucht gelang ihnen erst, als sich das Tier der Wagenseite genähert hatte.

Das Dorf Yoneuchi bestand aus Weilern; einzelne Höfe entfernten sich von der Straße und zogen sich gegen bewaldete Höhen hinauf. Der Geiger auf dem Armaturenbrett zeigte auf dem Plateau, das sie erreichten, 2,3 an, den Grenzwert des offiziell Erlaubten. Mitsu hielt auf dem Parkplatz vor dem modernen Gemeindehaus, in dem Seizō residieren mußte, legte aber keinen Wert darauf, ihn zu besuchen. Was sie durch den Windschutz sahen, war Paul bereits aus der Broschüre bekannt. Der Komplex des Alters- und Pflegeheims neben dem Rathaus war von Fahrzeugen belebt, einzelne Menschen bewegten sich im Rollstuhl, während die Schule am Hang gegenüber und ihre weitläufigen Sportanlagen verlassen wirkten.

Jetzt fahren wir zum Ōkura-Haus.

Mitsu war ihres Weges sicher. Der Geiger zeigte eine hohe Alarmstufe an, als sie ein langes Karree dreistöckig geschichteter grauer Säcke passierten und von der markierten Landstraße in einen Nebenweg abbogen, wo das Piepen leiser wurde, aber auch plötzlich wieder in größte Aufregung geriet. Die Verstrahlung war auch hier unregelmäßig. Am Ende des Tälchens maß sie wieder 2,8 Millisievert.

Vor ihnen lag ein stattliches Gehöft, eigentlich eine ganze Häusergruppe inmitten blühender Obstbäume, die den südwärts geneigten Hang besetzten. Mitsu parkte den Wagen am

Straßenrand, sie zogen Stiefel und Handschuhe an, Mitsu auch ihren Rucksack. Beim Helm zögerte sie, dann blieb er im Wagen.

Dem Haupthaus war ein dreistöckiges Gebäude vorgelagert, dessen Fassade mit raumhohen Fensterzeilen gegliedert war, zuoberst auch durch ein Klebedach, ganz unten durch den vorgelagerten gedeckten Umlauf.

Das ist das Vorhaus, in dem früher Knechte und Mägde gewohnt haben, sagte Mitsu. – Später die Umeharas, bis 2011.

Das ganze Haus wirkte sehr wohnlich. Intakt waren auch die Ökonomiegebäude auf beiden Seiten, zwei gedeckte Silotürme rechts standen wie neu. Aber alles lag in vollkommener Stille, die, als sie sich näherten, noch tiefer zu werden schien.

Auch sie redeten nicht. Plötzlich schien sich hinter dem verwilderten Gemüse- und Kräutergarten etwas zu rühren. Als alles wieder ruhig war, näherten sie sich dem Gebäude vorsichtig, stiegen an der linken Seite des vorderen Hauses vorbei über eine gedeckte Holztreppe auf das Niveau des hinteren und gelangten auf einen sandbedeckten Hof. Das Haupthaus lagerte in Tempelgröße mit einem strohgedeckten Dach wie ein Riegel gleich vor der Felswand. Der Hof zwischen den Gebäuden bildete, mit dem Sodbrunnen in der Mitte, ein Karree, das auf drei Seiten von einem gedeckten Wandelgang umlaufen war, und ein frisch ergrünter Ahorn warf seinen Schatten darauf. Die Großzügigkeit der Architektur hatte etwas Feierliches und erinnerte an einen Kreuzgang. Hinter der holzbelegten Vorbühne sorgten die Fluchten der verglasten Papierwände für den Eindruck räumlicher Einheit.

Dann aber fiel ihnen in der hintersten Ecke die Lücke, das Loch auf, mit dem sich jemand, das Glas zerbrechend und die Shōji-Tür zerfetzend, gewaltsam Zutritt in das Haus verschafft hatte.

Wildschweine, flüsterte Mitsu.

Sie legte den Rucksack ab und entnahm ihm einen Schlüsselbund. Paul folgte ihr über vier polierte Holzstufen zum Türbau am linken Hof-Ende, und schon der erste Schlüssel paßte. Sie entledigten sich der Stiefel, die Mitsu säuberlich zu Paaren stellte, und waren den ersten Schritt in Socken weitergegangen, als ihnen ein viehischer Geruch entgegenschlug, von Exkrementen, Gärung und Ammoniak. Der Vorraum war verwüstet, das Rollbild, eine Landschaft im chinesischen Stil, halb heruntergerissen, Vasen und Geschirr zerbrochen und durcheinandergeworfen. Als sie in die Weite des Erdgeschoßes traten, fanden sie die Trennwände aus bemaltem Papier niedergetrampelt, die Bildernischen eingestürzt, die Pfeiler zerbrochen, auch die Paneele der Schränke gelöchert und die Bretter über den Tatami-Boden zerstreut, der an vielen Stellen aufgewühlt war. Der Zutritt, den sich die Tiere verschafft hatten, zog sich als Spur der Verwüstung durch das weitere Parterre. Auch von der Küche hinter der Stiege war nichts Ganzes mehr übrig, der Fußboden mit Teller- und Glasscherben übersät, die Tablare heruntergerissen, die Schränke offen, alle Schubladen auf der Erde.

Stumm erstiegen sie die schmale, steile Treppe vom Eingangsraum in den ersten Stock, und siehe: hier oben sah alles so aus, als wäre es noch immer bewohnt – bis auf den Staub, der sich auf jede Fläche gesetzt hatte. Ein Teil des Geschosses war im westlichen Stil möbliert, und jetzt konnte man Kakerlaken über Ledersessel laufen sehen, ein Grashüpfer sprang von der Kommode, Spinnweben waren allgegenwärtig. Im Salon glänzte ein schwarzes Klavier der Marke Yamaha, auf der Stickdecke darauf standen Fotos in Glasrahmen. Sie erkannten die *Temporary Housing*-Familie wieder, oft mit Hintergrund, die junge Frau vor dem Arc de Triomphe, an einem Bergsee lächelte das Ehepaar Umehara, offenbar auf Hochzeitsreise. An der Wand stand ein verglaster Bücherschrank, ein zweiter für das bessere Geschirr; auf einem dunkelroten Tansu ein dreifach belegter Pfeifenständer, darüber gerahmte Fotografien männlicher Gutsbesitzer, anfangs mit Vatermörderkragen, dann mit straffem Scheitel. Als Letzter ganz links war der stumme Senior der Notunterkunft als jüngerer Mann im Zweireiher zu erkennen, sein Brillengesicht trug eine gewisse Verwegenheit zur Schau.

Er war ein Ladykiller, sagte Mitsu, er hat es sogar bei mir versucht.

Die Bücher im Schrank waren japanisch, bis auf die unterste Reihe mit Bildbänden über hiesige und überseeische Städte; New York, Chicago, San Francisco. Stationen des *Road Movie* mit Suzanne.

Der Name war unterwegs häufiger gefallen, als Paul Neuhaus bequem war. Denn auf der Fahrt verlangte Mitsu am Steuer, zum Ticken des Geigers, über die «Nachkommenschaften» unterhalten zu werden. Als die Liebesgeschichte des jungen Landschaftsmalers fällig wurde, mußte die Rodererin, die einen Roderer fürs Leben gefunden hatte, Susanne heißen.

Ich ergriff die Hände, riß das Mädchen gegen mich und schloß es an meine Brust. Unsere Arme umschlangen sich, und ihr heißer Mund glühte auf dem meinen.

Der Mund, der immer stolz gewesen war, hatte mich geküßt.

Und als sich die Arme gelöst hatten und als ich sie wieder ansah, sah ich, daß sie das schönste Geschöpf ist, welches die Erde getragen und welches Gott je erschaffen hat.

Ich legte wieder meinen Arm um ihre Schulter, nahm sie bei der Hand und sagte: «Susanna! Auf ewig –.»

«Auf ewig», antwortete sie.

«Du geliebtes, du teueres Wesen», sagte ich.

«Du einziger Mann», antwortete sie, «der sein All auf einen Gedanken setzt, gegen sie, die kein All haben und keinen Gedanken, es an ihn zu setzen –!»

«Du bist meinetwegen den Waldweg gegangen, Susanna?» fragte ich.

«Ich bin deinetwegen gegangen», erwiderte sie. «Und du?»

«Ich bin nur gekommen, dich zu sehen», sagte ich.

«Ich wußte es», entgegnete sie, «aber sage, wie heiß ich dich denn?»

Dabei hatte Paul Neuhaus *mehr* als nur einen Verdacht, daß Mitsu mit Stifters Erzählung sehr wohl bekannt war. Denn manchmal ergänzte sie von sich aus eine Szene oder erlaubte sich, ihn zu korrigieren.

Die reale Suzanne hatte sich, seit er in Japan war, nie mehr gemeldet. Dafür hatte er einer Notiz auf der Kulturseite der *Japan Times* entnommen, daß eine Alice S. Schawalder in Los Angeles einen Vortrag über «das grüne Shanghai» gehalten hatte; es war Suzannes Thema, aber hier stand ihr zweiter Name, von dem sie ihn immer glauben gemacht hatte, sie möge ihn nicht.

Daß Stifter selbst gern mit Heimlichkeit spielte und sie verzieh, entnahm Mitsu ihrer Lieblingsstelle, an welcher die Geliebte dem sie und ihre Gesellschaft belauschenden Maler den Kopf niederdrückt, damit er wisse, daß sie ihn gesehen habe, er aber von den andern nicht gesehen werden solle. Aus dieser verdeckten Handlung darf er zum ersten Mal schließen, daß *er* ihr Geliebter ist.

Die übrigen Tatami-Räume des Oberstocks waren leer, bis auf etwas niedriges Mobiliar; im letzten und größten war eine Bildernische mit Kalligraphie, die «Gleichmut» bedeutete, stand auch ein Hausaltar mit einer vergoldeten Buddha-Figur zuoberst. Darunter die Ahnentafeln und rituelles Gerät, auf der untersten Ebene eine Vase mit einer vertrockneten Kamelie, daneben ein Teebecher mit Bodensatz und ein halbvoller Sake-Becher.

Entschuldigen Sie mich einen Augenblick, sagte Mitsu. Sie verneigte sich vor der Buddha-Figur, dann nahm sie die Vase und entfernte sich. Als Paul allein war, faltete er die Hände vor dem Altar. Er dachte an Stifter und seinen Hals. ES GILT.

Als Mitsu wiederkam, trug sie einen Zweig weißer Magnolienblüten in der frisch gefüllten Vase und stellte sie dem Buddha zu Füßen. Sie verneigte sich noch einmal und sagte: Ayumu fährt jeden Tag nach Yoneuchi zur Arbeit. Sie hätte *einmal* in ihrem Elternhaus vorbeikommen können.

Sie waren befreundet, sagte Paul.

Mit ihrer Schwester. Hier habe ich ein paar Jahre gelebt. Es war die erste Heimat, die ich hatte.

Wo war Ihr Zimmer?

Am andern Ende. Ganz hinten.

Ich möchte es sehen.

Der Staub auf dem Weg über den langen Holzboden zeigte jede Fußspur. Er war über zwanzig Meter lang. Der letzte Raum hatte wieder eine Holztür. Sie war nicht verschlossen.

Es hätte ein Dienstbotenzimmer sein können. Der kleine Raum enthielt nur das Nötigste, ein ausgeräumtes Bett, einen Tisch mit Stuhl, einen Kleiderschrank. Es war schmucklos, bis auf drei Streifen mit Comic-Zeichnungen. Sie zeigten zwei Männchen, der eine mit Bürstenfrisur, der andere ratzekahl, die einander beäugten, der eine mit Katzen-, der andere mit Hundeaugen. Was die Bilder unterschied, war nur der Abstand der Männchen und ihre veränderte Stellung; dabei entstieg ihren zu großen Köpfen abwechselnd eine Wolke mit japanischen Zeichen.

Minimal Comic, sagte Mitsu, das war Kens Spezialität. Es hieß, wenn Samuel Beckett gezeichnet hätte, hätte er gezeichnet wie Ken-ichi. Das war das Gästezimmer, hier habe ich übernachtet, wenn mich Ojisan zu Ōkuras mitnahm.

Wer war Ojisan? fragte er.

Mein Vormund. Seine Familie wohnte in Fukushima City. Sie waren Nachbarn. – Haben Sie keinen Hunger?

Sie kramte zwei Fläschchen, dann zwei Bentō-Schachteln aus dem Rucksack,

Wenn es warm war, habe ich draußen gegessen. Die Stühle sind noch da.

Im Schutz der Dachschräge standen zwei klein geratene Sessel mit schwarzem Plastikbezug. Dahinter, nur ein paar Schritte entfernt, das Naturwandbild des Felsenhangs, Kalkstein, befestigt von kleinen Föhren, die ihre Wurzeln ins Gestein krallten. Das frische Grün an ebenen Stellen war mit blauen Blümchen getupft.

Pokari Sweat fand Paul, trotz seines Namens, erfrischend. Es sei ein Milchsäuregetränk für Sportler. Mitsu hatte den Lunch frühmorgens in einem *Convenience Store* besorgt, auch frische Batterien für den Geiger. Er maß 2,25 Millisievert pro Stunde, also die Grundbelastung des Hauses. Es erinnerte Paul an Bauernhöfe im Schwarzwald oder im Emmental. Hier konnte man alt werden oder bemerkte erst hinreichend spät, daß man es nicht wurde.

Ich habe mit meiner Mutter in der Stadt in zwei Zimmern gelebt, sagte sie.

Nochmals grub sie im Rucksack und brachte zwei Fläschchen zum Vorschein. Dann ging sie ins Zimmer und kam mit zwei Sakebecherchen zurück, die sie bis zum Rand füllte.

Auf das Paradies! Nicht zittern! lachte sie. – *Kanpai!* Sake sollte eiskalt sein oder heiß. Lau! das hasse ich.

Und begann nun doch von ihrer eigenen Familie zu erzählen. Dabei sah sie gegen die Felswand, nur gegen Ende ab und zu in seine Augen. Und was er mitbekam – denn auch er spürte die Wirkung des Sake – war etwa Folgendes:

Mitsu war in der Stadt Fukushima aufgewachsen, aber ihre Mutter stammte aus Aizu-Wakamatsu, einer Stadt im Hinterland, mit Schloß und verehrungswürdigen Gräbern. Ihre Großeltern mütterlicherseits waren Samurai, wie sie in keinem Buch mehr stehen, denn aus diesen Büchern sind Filme geworden, später *Anime*. Die Nachkommen dieser Familie – deren Namen Mitsu verschwieg, aber Paul glaubte sich an «Hoshi» zu erinnern – hatten, außer Land, nicht viel mehr geerbt als die Rüstungen ihrer Ahnen, die gegen Schußwaffen nicht geholfen hatten, und die nötige Härte ihrer Herzen gegen sich selbst. Als Mitsus Mutter auf einer Liebesheirat mit einem Künstler bestand, den sie in Sendai kennengelernt hatte, wo sie studierte, hätte er auch berühmt sein können, für ihre Familie kam er nicht in Betracht. Denn er hatte keinen Stammbaum vorzuweisen, kam demnach aus einer Schicht, die es in Japan eigentlich gar nicht gibt, mit der sich trotzdem niemand gemein macht, der Ehre haben will. Diese Leute haben die ihre als Fleischer oder Ledergerber durch Unreinheit verloren, und darüber hilft ihnen auch viel Geld nie mehr hinweg.

Nach der Flucht zu diesem Mann existierte Mitsus Mutter für ihre Familie nicht mehr. Er verdiente kaum Geld, und wenn sie ihm etwas zusteckte, wurde es versoffen. Die Mutter unterrichtete Blumenkunst und Teezeremonie, wurde schwanger und brachte eine Tochter zur Welt.

Das war Mitsu, und die Welt war eine Zweizimmerwohnung in einem Apartmenthaus, in dem ihr Vater nicht malen konnte. Dafür mietete er am Stadtrand eine Garage und kam immer seltener nach Hause zu Frau und Kind. Er fand andere Frauen und malte immer weniger, trank dafür umso mehr. Wenn er mit dem Fahrrad seine alte Wohnung fand, um auch wieder einmal zu essen, war er zum Fürchten, die Mutter hätte das Kind vor ihm verstecken müssen, aber wie? Der Stolz verbat ihr, Hilfe zu suchen, aber als ihr Mann sie wieder einmal geschlagen hatte, riefen die Nachbarn die Polizei. Er kam ins Gefängnis, und schließlich sorgte die Behörde dafür, daß er gar nicht mehr nach Hause kam.

Das war das Ende der Liebesehe, bei dem ein Nachbar eine wichtige Rolle gespielt hatte. Er bewohnte mit seiner Familie ein stattliches Haus und hatte die damals fünfjährige Mitsu allein auf dem Spielplatz sitzen sehen. Da fand er, daß er sich des Kindes annehmen müsse, suchte ihre Mutter und fand in einem Büro eine Stelle für sie, denn sie kam ihm, als verarmte Prinzessin, interessant vor. Er sorgte dafür, daß das Kind in eine Schule kam, wo es den ganzen Tag bleiben konnte, bis die Mutter von der Arbeit zurückkehrte. Sie durfte ihn Ojisan, das ist Onkel, nennen, und am Sonntag nahm er sie aufs Land mit, nach Yoneuchi, wo er Freunde besaß, denn er stammte von da, und zu seinem Freund Ōkura. Da freundete sie sich mit seiner gleichaltrigen Tochter Naoko an, lernte auch Tiere kennen, Kühe und Pferde, der Hund Kuro wurde ihr wie ein Bruder, und sie konnte nicht oft genug hinfahren.

Ojisan sorgte aber auch dafür, daß das Kind ordentlich lernte, und da er einen Schlüssel zu Mutters Wohnung besaß, kam er immer wieder herüber, wenn die Mutter arbeitete. Er half Mitsu schreiben und lesen, sah auch gern, daß sie leicht lernte, nur an Sauberkeit, fand er, ließ sie zu wünschen übrig. Er hatte in Mutters Wohnung ein Badezimmer einrichten lassen, nun mußte auch das Kind ins Bad. Da wusch er es am ganzen Leib und rubbelte es sehr lustig. Als es in die vierte Klasse kam, war er schon ein richtiger Freund des Hauses geworden, wie ein Vater zu dem Kind, und es hörte, durch die dünne Wand, daß er auch wie ein Mann zu seiner Mutter geworden war. Dafür bekam sie jetzt mehr Lohn.

Aber er hatte ja schon eine eigene Frau aus bester Familie

und drei Söhne, die eine teure *Highschool* besuchten. Er versprach, Mitsu auch an diese Schule zu bringen, nur müsse sie dafür noch sauberer werden, dafür badete er nun auch selbst mit ihr. Dann nannte er sie ein kluges Kind, das auch eine schöne Frau werden müsse. Die Mutter, für die er schon so viel getan hatte, brauche nicht alles zu wissen. Aber es kam vor, daß sie, wenn das Bad besetzt war, ganz von alleine wieder wegging.

Und eines Tages kam sie nicht wieder. Sie war unter einen Zug gestürzt. Ohne Ojisan hätte sie nicht einmal ein ordentliches Begräbnis bekommen, denn ihre Eltern zeigten sich nicht mehr. Darauf fuhr er mit Mitsu, dem Waisenkind, nach Aizu-Wakamatsu und nahm auch seine Frau mit, die dort wohlbekannt war. Und während sich Ojisan mit den Herrschaften unterhielt, durfte Mitsu draußen spielen, in einem Garten mit Steinlaternen wie im Tempel und großen, bunten Koi im Teich.

Auf der Rückfahrt hatte Ojisan erklärt, daß er nun ihr Vormund sei, und er habe eine Tante bestellt, die für sie koche und auch bei ihr übernachte. Es war eine Bauerntochter aus Yoneuchi, die in die Zweizimmerwohnung einzog. Sie machte außerdem eine Bäckerlehre, mußte immer früh aus dem Haus und kam auch früh wieder zurück, aber Mitsu war schon selbständig geworden. Es machte ihr nichts aus, wenn Sachiko einen Freund nach Hause brachte, es störte sie nicht beim Lernen, wenn sie miteinander ins Bett gingen. Zum Glück kam Ojisan nur noch selten vorbei, und nie mehr nannte er sie seine kleine Frau.

Sie las viel und lernte gern, in der Schule war sie die Beste und kaufte mit Sachiko auch Kleider ein. Damals trugen Schulmädchen eine bestimmte Uniform, Matrosenbluse, schwarzen Mini und weiße, lottrige Strümpfe. Damit konnte man sich bei älteren Männern ein Taschengeld verdienen. Mitsus Freundinnen sagten, du hast Glück, du hast schon einen reichen *Sugar Daddy.* Unsinn, das ist mein Vormund, sagte sie. Er kam nicht mehr in die Wohnung, aber nach Yoneuchi, wo er ein Geschäft betrieb, nahm er sie immer wieder einmal mit, und in den langen Ferien blieb sie im Ōkura-Haus. Offenbar hatte Ojisan seinem Freund etwas von ihr erzählt, jedenfalls fragte der immer wieder, ob sie nicht mit ihm baden wolle. Aber eines Tages stellte ihn die eigene Tochter zur Rede und befahl ihm, sich zu schämen. Das war ihre Freundin Naoko.

Ihre Schwester Ayumi nahm alles nicht so streng. Einmal lud Ojisan sie nach Atami zum Baden ein, und danach konnte sie sich ein eigenes Auto leisten. Er spielte auch ihren Heiratsvermittler. Da war sein Angesteller Uemura gerade passend und bekam eine Beförderung. Naoko kam nicht zu dieser Hochzeit. Sie wollte mit ihrer Familie nichts mehr zu tun haben, hatte sich nur der Mutter zuliebe noch in Yoneuchi gezeigt, oder kam Mitsus wegen, ihrer besten Freundin, die wissen durfte, daß sie einen amerikanischen Freund hatte. Gerade vor März 2011 war sie zu ihm nach San Francisco gezogen, und die Freundinnen mailten einander jeden Tag. Naoko führte mit ihrem Mann ein interessantes Leben, auch wenn sie nicht verheiratet waren, und hatte inzwischen in Berkeley einen Lehrauftrag für japanische Konversation.

Wenn ihr Vormund ein Filou blieb, pflichtvergessen war er nicht. Du brauchst Englisch, und bald brauchst du Chinesisch, hatte er ihr nach der High School gesagt, aber vor allem mußt du aus dieser Provinz weg. Geh nach Tokyo an die International Christian University. Dafür finde er auch ein Stipendium. Vor der Aufnahmeprüfung sei er mit ihr zum Schrein gegangen, habe Glückszettel gekauft und in den Baum gehängt, und als sie ihm beim Schreiben guter Wünsche zusah, habe sie zum ersten Mal Respekt vor ihm gefühlt.

Und wie hatte sie Ken kennengelernt?

An der ICU, wo sie Englisch studierte, gab es einen *Assistant*

Professor für Philosophie, dem die Studentinnen zu Füßen lagen. Es hieß, er sei geschieden, weil seine Frau die Fans nicht mehr ausgehalten habe. Er zeichnete auch brillant und war eigentlich an den neuen französischen Philosophen interessiert. Aber er hatte einen Freund in Deutschland, der an der ICU Lektor gewesen war und noch bei Heidegger gehört hatte. Den besuchte er jedes Jahr, angeblich waren sie mehr als nur befreundet, und damit hatte er in der ICU Anstoß erregt. Fromme Kollegen verhinderten seine Beförderung, aber als er wegging, fuhr Mitsu fort, seinen starken Geist zu bewundern. Als Arztsohn hatte er schon zu Hause deutsch sprechen gelernt, denn das war früher die Sprache, in der sich Ärzte am Krankenbett unterhielten. Aber sie war keine Patientin und wollte Ken verstehen.

Ein Jahr, nachdem sein Freund Japan verlassen hatte, fragte er, ob sie ihn heiraten wolle. Sie fühlte sich erwählt, auch wenn sie kaum glauben konnte, daß er für eine bürgerliche Ehe geschaffen war. Aber bei ihrem Hintergrund war eine Heirat ein Glücksfall, dabei interessierte ihn ihre Familie gar nicht, aber seiner eigenen stellte er sie vor. Da lernte sie zwar einen erzkonservativen Haushalt kennen, der seine Flucht «zu den Barbaren Europas» begreiflich machte, aber seine Eltern schienen erleichtert, daß er nochmals für eine Ehe zu haben war, und richteten im Meiji-Schrein ein großes Fest aus. Die weiß geschminkte Braut wurde mit allen Familienschätzen der Tenma zur Prinzessin aufgebaut. Auch der Bräutigam sah im traditionellen Habit aus wie ein Hofbeamter der Tokugawa-Periode. Die Damen erschienen im Kimono, die Herren im Frack, auch der Vormund war mit Gattin angereist, und sogar ein Vertreter des Aizu-Clans gab sich die Ehre. Was eine Gattin Kens erwartete, schreckte sie nicht mehr, nur fragte sie sich manchmal, wie jemand mit seinem Anspruch an sich selbst gut leben oder seinen eigenen Witz aushalten könne. Daß er eine akademische Karriere abgebrochen hatte, schien ihr aber ganz natürlich. Ein Genie würde auf jeden Fall sein Glück machen, auch mit Mangas.

Im Ōkura-Haus hatte sie sich für das neue Leben vorbereitet, als Naoko zu Besuch war. Sie besprachen Für und Wider einer Ehe, aber da sich Mitsu Kinder wünschte, riet ihr die Freundin schließlich zu.

Im Zug haben Sie mir nur von Ihren Großeltern erzählt, sagte er.

Ich wurde wieder eine Hoshi, denn nach der Heirat hat mich mein Großvater adoptiert. Er schämte sich für die Behandlung meiner Mutter und ihren frühen Tod. Sie war als Kind sein Sonnenschein gewesen. Jetzt hatte er mich.

Haben Sie ihm vergeben?

Bei uns vergibt man nicht. Man verändert seine Haltung. Ja, ich habe meinen Großvater geliebt. Er verkörperte das alte Japan, das schlimmste und das beste.

> Ich habe schon große Angst gehabt, daß meine Tochter Susanna aus der Art der Roderer schlage, so ruhig, so vernünftig, so bescheiden, so einfach regelmäßig und so fast ohne Fehler war ihre Lebensweise. Ich schüttelte fast den Kopf. Aber jetzt ist es anders. Statt aus den Söhnen des Landes, die das ihrige beieinander haben, die leben, wie junge Leute leben, die achtbare Verwandte haben, die sich gut kleiden und schmucke Gebärden zeigen, einen Bräutigam zu wählen, erkieset sie sich einen Geliebten, den niemand kennt, dessen Namen sie gar nicht weiß, der nur einen runden Hut und graue Leinwandkleider trägt, der gar nicht so außerordentlich schön ist, als daß er braune Haare und braune Augen hat, den unsere Umwohner hier zu den reisenden Schauspielern zählen, der ein Narr ist und sich auf dem Lüpfhügel ein Blockhaus baut, um den Sumpf zu malen, der keinem Menschen ein Bild zeigt, der sich um niemand kümmert und mit niemandem umgeht und der zuletzt und endlich auch noch ein Roderer ist. Staunt nur, ein

Roderer ist es, der bewirkt hat, daß meine Tochter zeigt, daß sie nicht aus dem Stamme der Roderer geschlagen ist.

Als Sie nach Deutschland kamen, hatte ich das Gefühl, Ken sei ein armer Privatdozent und Sie eine höhere Tochter.

Das war ich wohl auch wieder, und Ken hat es nicht immer vertragen. Meine Familie war altes Japan, und Kens Vater, der Arzt, hatte wenig dafür übrig – und für ihn auch nicht. Ein Philosoph, der Manga zeichnet und von seiner Frau ernährt werden muß! Heute macht Ken Geld genug, doch sein Vater erlebt es nicht mehr. Sein Geld hat er ihm auch nicht vererbt, aber seine Krankheit.

11 Zur Höhe

Mitsu erzählte noch, als ein merkwürdiger Lärm zu vernehmen war, von weiter unten im Haus, Getrappel und Grunzen, das immer näher kam. Als sie zur Treppe liefen, hatte ein großer Keiler gerade seine Klauenfüße auf die erste Stufe gestellt und beschnüffelte die nächste. Hinter ihm wurde das zweite Tier sichtbar. Sie mußten das *Obentō* gerochen haben, glotzten herauf und ließen die Rüssel wittern.

Dete! Dete! DETE! schrie Mitsu, und als der Keiler, statt zu verschwinden, die Füße auf die nächste Stufe setzte, griff sie in die Tasche an ihrem Hosenbein, zog eine Pistole heraus und hielt mit beiden Händen auf das Tier. Der Schuß hörte sich eher wie ein zischender Knall an, aber der Keiler, augenscheinlich getroffen, bäumte sich kreischend auf, drehte ab und stürzte davon. Man hörte mehrere Tiere eilig wegtrampeln. Dann war wieder Stille im Haus.

Mitsu zeigte die Waffe, ihr Lauf war eine blaue Dose.

Sie steckte sie wieder ein und sagte: Pfefferspray.

Mit dem Picknick war hiermit Schluß, Mitsu sammelte die Reste in die Tüte. Als sie zum Eingang abstiegen, fanden sie die Stiefel nach allen Richtungen zerstreut. Paul fragte: Können wir nicht ein schweres Möbel hinter die Lücke schieben?

Man sollte die Holzläden schließen. Aber wenn es diese Leute selbst nicht der Mühe wert finden?

Der alte Mann ist der einzige, der zurück will, sagte sie beim Rückzug durch den verwilderten Garten. – Und der zählt nicht mehr.

Nach einigen Schritten hörten sie lautes Schnobern. Der Yaris war von Wildschweinen umringt; eines schnüffelte unter den

Boden, ein anderes versuchte den Kühler zu besteigen. Die zwei Menschen schienen sie gar nicht zu kümmern.

Mitsu zog wieder die Pistole und ging auf die Tiere zu. Dann feuerte sie auf jedes einzeln, drei Mal, und sie begannen zu rennen, heftig quiekend.

Schnell hinein! schrie sie. Der Lack des Wagens war mit blauen Flecken besprüht.

Und jetzt? fragte er, als sie im Auto saßen.

Jetzt zeige ich Ihnen das Meer. Es gibt einen Punkt, wo man es sehen kann, aber dahin müssen wir zu Fuß.

Sie griff wieder in ihren Holster an der Hose, und er sah ihr zu, befremdet und belustigt. *Annie get your gun*, sagte er, und sie: Den Geiger brauchen wir auch. Man weiß nie, wofür etwas gut ist.

Nach kurzer Fahrt durch ein einsames Tälchen parkte sie den Wagen am Waldrand, von dem sich ein verwilderter Pfad steil weiterzog. Diesmal hatten sie die Stiefel an, und Mitsu überprüfte erst ihr Tenue, dann seines.

Schon zehn Minuten unterwegs, immerzu bergan auf dem schweißtreibenden Waldsteig, begleitet vom Knistern des Geigers in ihrer Hose, fragte er atemlos: Warum sind Sie gekommen, wenn es Ken nicht gut geht?

Er hat es so gewollt.

In diesem Augenblick brach der Geiger in hektisches Fiepen aus.

Was ist denn das?

Schauen Sie nur. Schon wieder.

Keine zehn Schritte entfernt standen sie, zwei Sauen und wohl ein Dutzend braune Frischlinge mit weiß gestreiftem Fell. Sie verharrten in der Mitte des Wegs, blickten ihnen entgegen und machten keine Miene zu weichen.

Schießen! flüsterte Paul, aber Mitsu ging mit entschlossenem Schritt auf die Tiere zu und war nur noch drei Meter von ihnen entfernt, als sich die Sauen gelassen abwandten und in die Büsche trollten, von den quiekenden Jungen gefolgt.

Paul fühlte den Schweiß kalt auf der Stirn, während sein Leib dampfte; der Schutzanzug war nicht für Bergmärsche gedacht.

Glück gehabt, diesmal war kein Keiler dabei, keuchte Mitsu. Auch sie war blaß. – Gleich sind wir oben.

Warum werden die Tiere nicht gejagt?

Von wem? Und wer soll sie essen? – Doch mit jedem Schritt begann sich der Geiger zu beruhigen.

Der Weg verlor sich im hohen Gras, die Sonne strahlte sehr merklich. Sie waren oben, in einer kleinen verwilderten Lichtung.

Merkwürdig, sagte Paul, der Geiger ist so still. Pardon. – Er zog das Gerät aus ihrer Brusttasche und hielt ihn ans Ohr. 0,8 Millisievert, sagte er. Als er den Geiger wieder zurückstecken wollte, hielt sie seine Hand auf ihrer Brust fest.

Er lächelte mühsam. – Nochmals pardon, sagte er und zog seine Hand zurück, ich muß kurz lüften. – Er riß den Reißverschluß nieder und schlüpfte aus den Ärmeln des Schutzanzugs, zögerte aber, ihn über die Stiefel fallen zu lassen.

Dort müßte es sein, das Meer. Dort ist es immer gewesen. – Sie blickte starr in einer Richtung. – Der Ozean!

Die Bäume sind gewachsen, gab er zu bedenken.

Sie musterte ihn, mit einem Ausdruck der Bestürzung. Er sah, wie sie sich energisch die Stiefel von den Beinen riß. Dann öffnete sie ebenfalls den Schutzanzug und stieg auch aus den Pluderhosen.

Vorsicht! mahnte er. – Das würde ich *hier* nicht tun.

Sie zog den Pullover aus und sah Paul nicht an, als sie auch den Büstenhalter aufhakte und den Slip hinunterzog. Sie hielt die Brüste bedeckt, als sie herlief und sich gegen ihn preßte, als suche sie Schutz gegen die eigene Nacktheit. Doch plötzlich zog sie ihm das Schutzkleid von den Schultern und zerrte das Tuch bis zu den Hüften herab; bei den Stiefeln mußte er nachhelfen. Auch die Socken: weg. Mitsu faßte seine Schulter und stellte sich mit bloßen Füßen auf die seinen. Dann zog sie seinen Kopf so weit herab, daß sie ihn küssen konnte, mit ganz trockenen Lippen. Ihre Augen waren geschlossen. Als er ihre Brüste über seine Haut streifen fühlte, regte sich sein Geschlecht.

Was tun wir denn?

Ich impfe Sie.

Er wollte den Mund öffnen; da fuhr ihre Zunge hinein und begann ihn auszuwaschen, als wolle sie jedes Wort im Keim ersticken. Dann ergriff ihre Zunge die seine und walkte und saugte so intensiv, daß die Wirkung auch andernorts deutlich genug zu fühlen war. Mitsu schlang den Arm um seinen Hals, während ihre freie Hand ihn bei sich einführte, nicht ganz mühelos. Seine Füße hatten ihren Stand verbreitert und taten gut daran. Denn mit einem Sprung hatte Mitsu ihre Beine um seine Hüfte gelegt, und als sich die Schenkel zur Schere zusammenzogen, hörte er ihren ersten Schrei. Sie waren Ein Fleisch.

Und jetzt sollten Hin und Her, Wippen und Wüten kein Ende finden. Wollte Paul standhalten, so waren ihm die Arme so nötig wie die Beine. Denn Mitsu schaukelte jetzt freihändig, wie ein junges Mädchen, das sich blind auf die Reißfestigkeit der Seile verläßt.

Freilich sagt man, es sei ein großer Fehler, wenn man zu wirklich das Wirkliche darstelle.

Der Mann trippelte im Kreis und kämpfte ums Gleichgewicht für beide. Auch wenn die Frau mit fliegendem Haar und keuchendem Mund nicht mehr an die Mitsu erinnerte, die er kannte: er mußte sie immer noch fest- und vom verstrahlten Boden fernhalten, um jeden Preis.

Die Hexe von Yoneuchi erkletterte ihren Baum, Zug um Zug – oder wollte sie ihn fällen, Schlag auf Schlag? Dagegenhalten! Nur wurde es schwerer. Er stand ja doch, aber das Tanzen überließ er immer mehr der Frau. Die eigene Bewegung hatte er, als Tanzbär, so lange fortsetzen können, als er nur die Richtung verlor. Nun aber kam ihm auch die Achse abhanden, und er begann zu stolpern, zu taumeln, zu wanken. Und er sah das Letzte kommen: den unfreien Fall auf vergifteten Boden.

Als dieser Boden auf sie zukam, unaufhaltsam, vermochte er eben noch den Aufschlag der Frau zu lindern, indem er seinen Körper dazwischenschob. Dann aber war es genug, übergenug. Er drehte sie auf den Rücken, begrub sie unter sich, verbohrte sich in ihren Schoß und hämmerte so lange, bis seine Stimme ausfuhr wie eine arme Seele, gemartert und befreit.

Sie hatte keinen Laut gegeben; als er sich zurückzog, lag sie regungslos. Keinen Meter von ihrem Gesicht entfernt sah Paul einen frischen Haufen Wildschweinkot. Halb lüpfte, halb schleifte er Mitsu ein Stück weiter und legte sich daneben. Als er sie küssen wollte, wandte sie sich ab. Ihrer nassen Schulter war ein kleines Muster der Erdoberfläche eingedrückt, ein feines Relief Weiß in Weiß. Er begann, Unrat von ihrer Schulter abzulesen, Gräser, Nadeln, Fetzen toten Laubs, eine Samenkapsel.

Plötzlich schlug der Dosimeter an, irgendwo in den abgelegten Kleidern. Paul schrak hoch und blickte sich um. Aber sie waren die einzigen Geschöpfe weit und breit. Nichts hatte sich erkennbar verändert. Auch die Bäume umstanden die Lichtung regungslos. Nur am Himmel wanderten langsam blütenweiße Wolken wie aus dem Bilderbuch.

Sie drehte sich um und sagte, ohne ihn anzusehen: Jetzt sind wir geimpft, machen Sie sich keine Sorge. Aber es wird kühl. Wir sollten uns anziehen.

Die Wirtin äußerte ihre Freude, daß ich einmal vor der großen Frage, die ich mir auferlege, innehalte und auch ein Vergnügen suche, wie es sich gebühre. Ich aber kaufte in Lüpfing zwei gleiche Eisenringschrauben und ein Vorhängeschloß und fuhr wieder heim.

Was bedeutet «Hals» auf deutsch? fragte sie auf der Rückfahrt.

Das da, antwortete er, und fuhr ihr mit zartem Finger vom Ohr bis an ihre Kehle.

Sie lehnte den Kopf leicht gegen seine Hand.

So hat sich Stifter geschnitten, sagte sie.

Wie kommst du denn darauf?

Der Berg heißt doch «Hals», über den die Kinder gehen, Konrad und Sanna im «Bergkristall», wo die rote Säule steht, für den verunglückten Bäcker.

Paul erinnerte sich, und wunderte sich zugleich. – Liest du Stifter? fragte er.

Wenn ich allein bin, im Zimmer. Aber japanisch. Sein Deutsch ist zu schwer.

Ich glaube, dir ist gar nichts zu schwer, sagte er. – Es ist unglaublich, wie du bei den Umeharas übersetzt hast, und bei Irie immerzu. Ehrlich gesagt, ich kann gar nicht glauben, daß er so gut reden kann, wie du ihn übersetzt.

Ich muß ja auch Ken vertreten, lächelte sie. Wir beide müssen ihn vertreten. Und das ist schwer.

Paul erstaunte, aber ließ es auf sich beruhen. – Hals, sagte er, kenne ich in Stifters Bedeutung auch nicht. In Deutschland würde es Paß heißen, Übergang, in der Schweiz heißt es manchmal Furka, Forch oder so etwas. Es ist derselbe Wortstamm wie «Furche», nehme ich an. Etwas wie Graben oder Eintiefung.

Suzanne ist Schweizerin.

Ja. Ihre Mutter ist aus der französischen Schweiz.

Paul und Mitsu hörten den Taktschlag der starken Bässe schon von weitem. In der Flachdachsiedlung, der sie sich mit dem Auto näherten, war eine *Band* zugange.

> Als ich an den Rand des Gehölzes herausgelangte, sah ich ein seltsames Bild vor mir. Auf dem Wiesenanger, der, sanft abwärts gehend, an das Gehölze stieß, und teilweise auch auf den abgeernteten Feldern waren Buden aufgeschlagen, waren Tische mit schmausenden Menschen, waren Kegelbahnen, Scheibenschießen, Schaukeln, Musikbühnen, Tanzplätze, und ich weiß nicht, was sonst noch, von Stangen mit wallenden Fahnen überragt und durchwimmelt von bunten Menschen aus Lüpfing, Kiring, Firnberg, Zanst und den weiteren und näheren Umgebungen. Ich blieb stehen und schaute über das Ding hin. Dann nahm ich mein Zeichnungsbuch heraus und beschloß, einen Abriß dieser Sache zu machen.

Auf der Parkfläche standen zivile Fahrzeuge, doch ihre Menge war überschaubar. Als Mitsu geparkt hatte, nahmen sie einander bei der Hand und gingen durch eine kleine Budenstadt der Musik entgegen. Hinter der Schranke, wo ein Solidaritätsbeitrag gefordert war, spielte eine Gruppe junger Leute beiderlei Geschlechts mit allen Zeichen zünftiger Entfesselung auf einer Plattform, vor konzentrisch angeordneten Stuhlreihen, von denen vielleicht ein Viertel besetzt war. Aber die Zuschauer, Alte und Familien mit Kindern, machten das Ritual des Mitschaukelns und Taktierens tapfer mit.

Sie blieben eine Weile und hörten zu.

Als sie ins Hotel zurückkamen, empfing sie die Wirtin mit spürbarer Neugier und fragte, wo sie das Nachtessen servieren dürfe. Sie einigten sich auf das Zimmer des Herrn. Aber erst würden sie ja noch baden wollen. Gewiß, nach ihrem Ausflug in die Zone. Sie wünschten gewiß auch die Kleider gründlich zu waschen.

Im Bad horchte Paul Neuhaus auf jeden Ton von der Frauenseite, aber lange war gar nichts zu hören; dann fröhliches Kindergeschrei. Der Familienvater war auf die Männerseite gekommen und grüßte den Fremden ein wenig verlegen. Im Bad an der freien Luft entschuldigte er sich in gebrochenem Englisch für den Lärm hinter der Wand. Heute sei man mit den Kindern ganz nahe an *Dai-ichi* herangefahren und habe das Auto nicht mehr verlassen dürfen. Danach war man ihnen das Popkonzert schuldig, an dem er ihn und seine japanische Begleiterin auch gesehen habe. Die Kinder seien immer noch *terribly excited.*

Am späteren Abend kam Mitsu im leichten Hausmantel zum Nachtessen in sein Zimmer. Die Wirtin, die persönlich aufwartete, verweilte sich zum Plaudern, und Paul begann immer besser zu verstehen, wovon die Rede war. Es war das Ōkura-Haus, das die Wirtin interessierte. Immer wieder fiel der Name *Irie-samas*, und obwohl Mitsu denjenigen ihres *Ojisan* nie genannt hatte, zweifelte Paul nicht mehr, daß er und dieser Vormund ein und dieselbe Person waren. Diesmal unterließ Mitsu jede Übersetzungshilfe, als erübrige sie sich unter Freunden. Oder war er wieder ein Fremder, mit dem man sich aufs Nötigste an Höflichkeit beschränken durfte?

Nach dem Lychee-Dessert – die roten Beeren waren importiert, daher unbedenklich – wandte sich Mitsu doch wieder an ihn, um sich für morgen zu verabreden –, und fing auf Japanisch an, worüber sie selbst lachen mußte. Nun denn: morgen würde man um zehn Uhr zu einem Bauern aufbrechen, der die Evakuierung verweigert hatte. Dann verabschiedete sie sich, um die Wirtin mit dem Ehrengast noch ein wenig alleine radebrechen zu lassen. Sie bestätigten einander, wie gut einer die Sprache des andern spreche, er japanisch, sie englisch, und gewannen wieder ein paar Minuten damit, das Kompliment weit von sich zu weisen. Von dieser Unterhaltung stimmte kein Wort, aber das Lachen darüber begann einvernehmlich zu werden und, wie ihm schien, ehrlicher. Wenn dies eine Prüfung war, hatte er das Gefühl, sie zu bestehen.

Als er wieder allein war, löschte er das Zimmerlicht und starrte in das beleuchtete Arrangement von Felsen, Wasser und Grün hinaus. Es erlosch Punkt zehn Uhr. Über der kompakten Finsternis sah er die Sterne aufgehen, die vertraute Figur der Cassiopeia.

Plötzlich hörte er Mitsus Stimme aus ihrem gleichfalls dunklen Zimmer. Sie telefonierte auch heute, aber ihre Stimme, erst sehr förmlich, wurde streng, schließlich schrill, und auf diesem Ton brach sie ab.

«Als wir allein waren, sagte ich zu ihm, wenn je ein Mann dadurch, daß er die Augen auf mich richtet, meinen Unwillen erregt, so soll er mein Kämpfer gegen diesen Mann sein. Wenn ich aber eines Mannes Augen auf mich richten lasse, diesen Mann müsse er aufs höchste ehren.»

«Nun?» fragte ich.

«Er ging es ein», antwortete sie, «wie er immer huldigt.»

Als es lange genug still geblieben war, wählte er ihre Zimmernummer und sang in die Muschel: *Moshi-moshi.* – *Moshi-moshi*, antwortete jemand. Das war nichts weiter als «Hallo», aber er glaubte das Dunkel lächeln zu sehen.

12 Yoshimura

Nein, sprach Paul.

Mitsu hatte den Wagen neben der Straße im Gras unter Bäumen angehalten, der Geiger zeigte 4,2. Vor ihnen stand ein Gehöft am Berg, ein weißes Haus mit allerlei Hinterbauten und einem Maschinenpark, Traktor, Bagger, Mähdrescher und Ballenwickler, ein Pick-up, alles sehr gebraucht. Auf der Straße hockte eine Gruppe Katzen und musterte den Neuzugang. Aber Paul rührte sich nicht vom Sitz.

Es ist kurz vor zehn, sagte Mitsu. – Herr Yoshimura erwartet uns.

Für ein Interview, sagte Paul. – Der letzte Mensch von Tomioka. Kürzlich wurde Tomioka wiedereröffnet, mit dem Premierminister und allen Honoratioren. Fünf Jahre lang wurde Yoshimura als letzter Mensch interviewt. Was ist er jetzt? Der allerletzte?

Paul-san, sagte sie. – Diese Leute sind doch nur für das Fest zurückgekehrt, um die alten Nachbarn wiederzusehen.

Ein Klassentreffen, sagte er.

Die Stadt soll weiter westlich wieder aufgebaut werden, wo es sicherer ist.

2,7 Millisievert statt 2,8? fragte er. – Und Yoshimura bleibt als Denkmal der Einsamkeit stehen? Hoffentlich hat er seine Fans heute weggeschickt. Oder ist schon Schluß mit seiner Prominenz?

Paul hatte in *Youtube* wohl ein Dutzend Videos mit Yoshimura gesehen und seine Geschichte in mehreren Sprachen gehört. Nach der Katastrophe hatte er weggewollt wie jedermann, auch einen Platz für seine kranke Mutter gesucht, bei Verwandten. Aber da er aus einer stark verstrahlten Gegend kam, ließen sie ihn gar nicht über die Schwelle, und schließlich blieb ihm nichts übrig, als in das evakuierte Tomioka zurückzukehren, allein auf weiter Flur.

Er hielt den Gedanken an die im Stich gelassenen Tiere nicht aus und versorgte so viele, wie er konnte. Es war ein Tropfen auf den heißen Stein. Die meisten Kühe mußte er in den Ställen verdursten und verhungern sehen. Später, als die Bauern auf einen Sprung zurückkehrten, um sie frei laufen zu lassen, konnten sie zwar nach Herzenslust kontaminiertes Gras fressen, standen aber dem Verkehr im Wege und unterstrichen das Bild der völligen Verwilderung und Preisgabe, weshalb die meisten abgeschossen und die nutzlosen Kadaver in Gruben geworfen wurden.

Neben Yoshimura gab es im Nachbardorf einen zweiten Bauern, der sich weigerte, diesem Zustand untätig zuzusehen. Sie begannen, jeder für sich, die verlorenen Tiere zu sammeln und zu füttern. Dafür nahmen sie die eigene Verstrahlung in Kauf. Ihre Bilder wurden zu Ikonen der Revolte gegen nuklearen Defätismus. Während der andere das Bild eines Kämpfers zu bieten hatte, der seinen Protest mit dem Lautsprecher in den Großstadtverkehr hinausschrie, wirkte der fünfzigjährige Bauarbeiter Yoshimura, trotz Silberhaar über rundlichem Gesicht, wie ein guter Junge, der das Leid der Kreatur nicht sehen kann, ohne mitzuleiden und, dem Unmöglichen in die Zähne, das Mögliche zu tun, ohne auf die Grenze seiner Kraft zu achten.

In den Videos strahlte er eine gelassene, manchmal humoristische Art aus, seine Belastung als Selbstverständlichkeit zu behandeln und sein Schicksal fatalistisch. Es ging ein Strahlen schlichten Anstands von ihm aus, wenn er seine Tiere fütterte und streichelte. Man glaubte ihm ohne Worte, daß sie in der Geisterstadt ohne Wasser und Elektrizität Lebensgeschwister waren, die ihn über seine monströse Einsamkeit trösteten. Es gab für ihn einfach nichts anderes mehr, als da zu sein und um der Tiere willen zu bleiben.

Als Darsteller ihres schlechten Gewissens war er bei seinen Landsleuten weniger wohl gelitten als bei Atomwirtschaftsgegnern im Ausland. Ihretwegen war er einmal nach Europa gereist, um als Zeuge gegen den Meiler in Fessenheim aufzutreten. In seiner Treuherzigkeit wirkte er unter westlichen Aposteln des Ausstiegs zwanglos, ein japanischer Schwejk, der selten zeigte, was er hinter den Ohren hatte. Etwa, wenn er die Untersuchung in der Röhre, welcher er sich im Universitätsspital Tokyo unterzogen hatte, mit der Brennkammer eines Krematoriums verglich und berichtete, danach habe ihm der sprachlose Arzt zur Weltmeisterschaft in der Sparte Strahlenbelastung gratuliert.

Anfangs hatte er in seinem Haus als Einsiedler mit Kerzen gelebt und das Wasser aus einer selbstgegrabenen Quelle bezogen, auch eigenes Gemüse gebaut, das er durch Konserven und andere Einkäufe in Fukushima-Stadt ergänzte, wenn ihm seine fast grenzenlosen Fütterungspflichten einen Abstecher erlaubten. Inzwischen hatte ihm sein Ruf freiwillige Helfer gewonnen, und ihr *Crowd-Funding* die zum Durchhalten nötigen Mittel. Er war auch über eine Antenne der Organisation *Safecast*, die Daten über die Verstrahlung erhob, mit der Welt verbunden und überhaupt um sehende Augen bemüht, die ihm auch in Millisievert sagen konnten, was er tat. Es zu lassen, zog er nicht in Betracht. Er blieb allein, auch wenn eine Frau kürzlich ein Kind von ihm geboren hatte, das ihm die Rücksicht auferlegte, es außerhalb der offiziellen *No-go*-Zone aufwachsen zu lassen. Daß es in Japan – oder irgendwo in der Welt – sichere Gegenden gab, glaubte er zwar längst nicht mehr, bedauerte dennoch die Rückkehr einiger weniger Nachbarn nach Tomioka, weil sie damit der Regierung eine Bestätigung angeblich wiedergekehrter Normalität lieferten, und der Atomwirtschaft ein Alibi für

Business as usual. Aber er verstand ihre Not nicht weniger und nicht anders als die der Tiere, die nicht wissen konnten, wie ihnen geschah.

Nein, Paul Neuhaus hatte keine Fragen an den Mann, die dieser nicht schon tausendmal beantwortet hätte. – Wie dürfen wir ihm die Zeit stehlen? Ich weiß nicht, warum Irie-san glaubt, daß ich ihn sehen muß.

Mitsu war ausgestiegen und bückte sich. Auf der Stelle war sie von einem Dutzend Katzen umringt. Sie stellten die Schwänze und wollten gestreichelt werden.

Plötzlich öffnete sich die Haustür, und Yoshimura, am Knabenkopf mit Silberhaar sogleich zu erkennen, trat im *Overall* heraus. Er grüßte Mitsu höflich, hatte auch den Mann im Wagen bemerkt und verbeugte sich in seiner Richtung.

Can I help you?

No need, I think, sagte Paul. – *We do not want to disturb you.*

Mitsu begann sich mit dem Mann zu unterhalten. Er nickte immer wieder, sah endlich Paul an, der ausgestiegen war.

I see after my cows. You are welcome if you want to come along.

«Wollen Sie denn von mir nicht auch etwas hören?»

«Dem würde ich die größte Teilnahme schenken», sagte ich.

«Freilich», antwortete er, «weil ich vor Ihnen sitze und weil das Gegenwärtige immer mehr Kraft und Recht hat als das Abwesende.»

Yoshimura ging voran, durch ein Stück Wald, dann traten sie auf eine Lichtung, in der eine umhegte Kuhweide eingerichtet war. Als die Tiere Menschen kommen sahen, setzten sie sich ungelenk in Trab und strebten von allen Seiten auf sie zu. Es war wohl ein Dutzend in verschiedenen Brauntönen, aber etwa die Hälfte schwarz, *Kuroge Wagyu*, die hier angestammte Sorte, für ihr Fleisch berühmt. Die Weide war Schmutz ohne Gras, und am Wegrand stand eine Reihe schwarzer Säcke, in die das Erdreich abgetragen worden war.

Während die Tiere ihre Häupter drängend über den Hag warfen und Ohren und Zungen spielen ließen, gab Yoshimura eine längere Erklärung ab. Mitsu kraute die Tiere, die ihre Hand zu lecken versuchten, zwischen den Hörnern, während sie übersetzte:

Er weiß nicht, wem sie gehören. Sie sind ihm auf dem freien Feld gefolgt, und er hat diesen Zaun gebaut, damit sie nicht vernichtet werden.

They are healthy, no white spots! ergänzte Yoshimura, ergriff die Gabel, die im halboffenen Ballen an der Ecke des Zauns steckte, und warf Portionen hinüber, in welche die Kühe sofort ihre Mäuler versenkten. Während sie mahlten, zeigte sich auf dem Weg weiter vorn ein Hase und witterte.

In Okuma haben sich bei geretteten Kühen weiße Flecken gezeigt, sagte Mitsu, hier nicht. Er hat überhaupt viel Glück, er hat so gute Leute kennengelernt. Heute Sie. Ich habe ihm Ihren Namen gesagt und was Sie tun.

Was tue ich denn? antwortete Paul, sagen Sie es mir auch.

Später, antwortete sie.

Wortlos sahen sie den Kühen beim Mahlen zu. Dann deutete Yoshimura gegen den steil aufsteigenden Wald und begann etwas zu berichten. Mitsu versuchte zu übersetzen, aber anfangs redete er ohne Pause.

Sehen Sie den Graben? fragte sie. -

Er zog sich zwischen Weg und Wald hin, zementiert, fast einen Meter tief und trocken, diente wohl zur Drainage des vom Berg herunterdrückenden Regenwassers.

Hier ist im Herbst 2012 eine weiße Kuh hineingefallen, sagte Mitsu. – Damals war der Graben überwachsen, sie hat ihn nicht bemerkt, aber als sie drin war, konnte sie nicht mehr heraus. Sie blieb ganz still, und er sah, daß sie ein Vorderbein gebrochen hatte. Sie war nur noch Haut und Knochen. Er versuchte das Menschenmögliche, ihr herauszuhelfen, aber schaffte es nicht. Wenigstens Wasser konnte er ihr bringen, im Eimer, und das trank sie auch. Aber das Heu fraß sie nicht, dazu war sie schon zu schwach. Was sollte er tun, er war allein. Da brachte er ihr eben wieder Wasser, und als sie nicht mehr soff, blieb er bei ihr sitzen. Oft brüllte sie noch, und dann konnte sie auch nicht mehr stehen. Er blieb bei ihr und hielt seine Hand auf ihre Stirn. Dann brüllte sie nicht mehr, und nach zwei Tagen und zwei Nächten fühlte er, die Stirn wurde kalt.

Da betete er für die Kuh und ging nach Hause. Aber schlafen konnte er nicht. Er ertrug nicht, daß sie da draußen von andern Tieren gefressen wurde. Da fuhr er in die Stadt, bis er jemanden fand, der einen Wagen mit Kran hatte, mit dem kam er zurück, die Fliegen waren schon überall. Sie banden ein Seil um beide Hinterbeine der Kuh und zogen sie heraus, und als sie am Kran hing, konnte man das gebrochene Vorderbein gut erkennen. Sie war ganz weiß. Und er machte sich Vorwürfe, daß er den Kranwagen nicht früher geholt hatte.

Als die Kuh in den Graben geworfen und zugeschüttet wurde, war er nicht mehr dabei. Er blieb zu Hause und weinte.

Das tat er gerade wieder, und als Mitsu seine Hand ergreifen wollte, zog er sie zurück und begann heftig zu lachen.

Sie gingen ohne Worte zu dritt zurück. Mitsu sagte: Er hat großen Respekt vor Ihnen, darum hat er die Geschichte erzählt. – Und als sie wieder vor dem Haus standen: Er möchte Sie gern zum Tee einladen, aber er konnte noch nicht einkaufen, und sein Wasser ist nicht sicher.

Paul verbeugte sich stumm.

Dachō-o misete itadakemasuka? fragte Mitsu.

Hinter dem Haus gab es Gehege für Straußenvögel, die, wie

die Kühe, von ratlosen Besitzern laufengelassen wurden, bis Yoshimura sie zu füttern begann, worauf sie ihm gefolgt waren. Tagsüber durften sie sich bei ihm zwischen Katzen und Hunden frei bewegen. Jetzt bereiteten sie ihm einen umständlich-zärtlichen Empfang, dehnten die Hälse und betupften ihm behutsam Mund und Nase. Er zog die großen Leiber wie Trostkissen an sich und legte seine Wange darauf, während Mitsu mit dem Finger über die Federn strich.

Vielleicht ließen sich die Strauße noch zum Reiten dressieren, sagte Yoshimura und bewies mit ungeschicktem Anlauf, einen zu besteigen, die vorläufige Unmöglichkeit. So verabschiedete man sich doch mit einem Lächeln. Yoshimura möchte dem *Sensei* für seinen Besuch danken und ihn bitten – hier wurde er ernst – sich Sorge zu tragen. *Kyōtsukete kudasai!*

Er blieb am Straßenrand stehen, und verneigte sich, als sie wegfuhren, so lange, bis sie ihn nicht mehr sehen konnten.

Nach einer Weile fragte Paul: Und jetzt?

Jetzt essen wir etwas. Es ist Mittagszeit.

Sie fuhren durch leere Siedlungen nordwärts. Hie und da sah ein Haus bewohnt aus, aber die Scheiben waren staubig, die Vorgärten verwildert. Auch in den wenigen offenen Geschäften war kein Mensch zu sehen. Hier waren die Spuren des Erdbebens unübersehbar, Dächer eingestürzt, Stützen geknickt, Balkone hingen herunter. Die Verkehrsampeln funktionierten, die öffentlich aufgestellten Zähler meldeten Millisievert-Werte zwischen 2 und 3. Auch die für den Menschen, gar für Kinder verträglichen Jahreswerte waren flexibel; statt *einem* Sievert jährlich gaben jetzt auch vierzig zu keinerlei Besorgnis Anlaß. Die Straßen blieben belebt, das meiste war Werkverkehr, aber es fuhren auch Busse, die temporäre Rückkehrer beförderten.

Die Straßenschranken mehrten sich bis zur Einfahrt ins eigentliche Werkgelände von *Dai-ichi.* Stehengebliebene Turmbauten grüßten über Dächer und durch Baumkronen, suggerierten das zerrissene Profil, dem einmal ein Millionenpublikum gebannt bei der Selbstzerstörung zugesehen hatte. Damals hatte eine neue Zeitrechnung begonnen.

Das Werk wollten Sie nicht besuchen, bemerkte Mitsu.

Da drinnen hätte ich auch nichts gespürt oder gerochen, erwiderte Paul, schon gar keine Lebensgefahr. Gesehen hätte ich viele weiße Masken und kein Gesicht. Und ein paar Schaltpulte und Monitore, zu denen man mir hätte erzählen können, was man für gut hielt. Und ich hätte höflich genickt. Lohnt das die totale Verkleidung? Meine Strahlen kriege ich auch so.

Auf der Ozeanseite war die Straße von hohen Scherengittern begleitet, die den Zutritt für Unbefugte verboten, diesmal auch durch Sicherheitsleute, aber der Verkehr der Befugten war bedeutend. Das havarierte Werk war eine Großbaustelle und würde es für jedes Menschengedenken bleiben, darum setzten die Betreiber auf Menschenvergessen.

Man kehrte wieder in der Brennerei von Minamisōma ein. Sie war voller als gestern, es gab nur noch zwei freie Plätze an einem runden Tisch. Die intime Nähe unbekannter Esser war Paul unbehaglich. Diesmal waren es *Sightseers*, die sich angeregt unterhielten. Paul verstand so viel, daß die meist älteren Ehepaare glücklich waren, daß die Zone sich wieder bevölkere. In Pauls Ohren klang das Gezwitscher wie der leibhafte Schwachsinn. Als er bezahlt hatte, ging er, um sich Luft zu machen, noch ein wenig in den Räumen des Museums hin und her. Es zeigte eine kleine Armee pathetisch-dekorativer Samurai-Rüstungen, die den Trägern auch nichts genützt hatten gegen ihr Verschwinden.

Sie sind nicht guter Laune.

Kennen Sie den Satz: wehe dem Land, das Helden nötig hat? Yoshimura ist ein Held, ganz Japan ist das Wehe.

Im Auto sagte sie: Sie sind unzufrieden. Ich habe alles falsch gemacht.

Japan ist das falsche Land für die Atomenergie, als wäre die nicht schon falsch genug. Fukushima ist ein aufgelegter Selbstbetrug, und jeder kann ungestraft nachlegen. Darum ist die Ehrlichkeit einiger Menschen so herzzerreißend. Wenn sie einmal um sich schlagen, wie Yoshimura, sind sie noch stolz darauf, sich selbst am meisten zu verletzen.

Sie sollen sich Sorge tragen, hat er gesagt. Gestern habe ich dir nicht Sorge getragen. Darf ich dir etwas zeigen?

Sie hatte die Du-Form gebraucht.

Wo? fragte er.

An einem komischen Ort, sagte sie.

Während der Fahrt sprachen sie nicht mehr. Sie führte durch offenes Land zu einem verlassenen Weiler. Vor einer Villa mit geborstenem Dach und geschlossenen Rolläden stand ein rostender Datsun; daneben war noch ein Parkplatz frei. Als Mitsu den Motor abgestellt hatte, legte sie ihren Geiger aufs Armaturenbrett, holte ihren Rucksack vom Hintersitz und kam schließlich mit einem gerollten Tuch heraus, blaues Frottee. Dann verschloß sie den Wagen und nahm Pauls Hand.

Sie gingen auf einem kleinen Weg an aufgelassenen Gärten vorbei ins Feld hinaus, das nur mit schilfhohem Gras bewachsen war. Mitsu ließ Paul los, denn sie brauchte beide Hände, um einen Pfad zu bahnen. Die Silberrispen wehten und nickten.

Sie mochten dreihundert Meter gegangen sein und passierten einen mit Buschwerk bewachsenen Hügel, als Mitsu stehenblieb. Neben der Ruine eines Stalls glänzte ein Auto aus hohem Gras hervor, mit stumpf gewordenem grünem Lack. Sonst sah es intakt aus, an absurder Stelle fahrbereit. Mitsu probierte die Türen; alle vier ließen sich aufziehen, und bald spreizten sie sich wie die Flügel eines Insekts.

Ihr Atem ging kurz, als sie Pauls Brusttasche öffnete und den Geiger herauszog. Sie brachte ihn zum Schweigen und legte ihn auf dem Armaturenbrett ab. Dann entledigte sie sich der Stiefel, wand sich aus dem Überkleid und streifte den Rock ab; schließlich zog sie auch den Slip nieder. Dann straffte sie die Bluse, als könne sie damit ihre Blöße bedecken, plazierte die Kleidungsstücke ordentlich auf dem Kühler, drehte sich in der Sonne einmal um sich selbst und sah ihn an.

Würdest du aussteigen, bitte?

Sie hantierte an den Vordersitzen, bis erst die eine Lehne, dann die andere nach hinten klappte. Dann breitete sie das blaue Frotteetuch über die entstandene Fläche, die sich, beinahe eben, über die Rücksitze verlängerte, streckte sich darauf aus und legte die Hände unter den Kopf.

Er war alles andere als bereit und ließ sich Zeit beim Ausziehen. Nachdem er seine Kleider neben ihre abgelegt hatte, quetschte er sich mit dem Gefühl großen Ungeschicks an ihre Seite, setzte sich dann wieder auf und betrachtete ihr Geschlecht. Sie bedeckte ihre Brüste mit den Händen, als müßten sie sich festhalten.

Solche Autos hat früher das Kaiserhaus gefahren, sagte sie.

Als er mit Fingerspitzen über die gefaltete Furche strich, lokkerte sie sich wie zu einem Lächeln. Er zeichnete die feine Naht nach, bis sein Finger auf den mit Fältchen verschnürten After stieß, und sprunghaft schwoll ihm der Kamm. Sie schlang die Hände hinter seinem Nacken zusammen und zog sich daran so weit hoch, daß beide, Stirn gegen Stirn, ihrer Vereinigung zusehen konnten. Dann entfernte sie sich mit einem kleinen Laut, ohne seinen Hals loszulassen, um den sich ihre Hände schlossen und den Druck verstärkten, bis ihr Leib mit seinem ebenso fest verwachsen schien. Paul mußte sich rühren, um nicht zu ersticken.

Später richtete sich die Frau wieder an ihm auf, klammerte sich wie hilfesuchend an ihm fest, leckte sein Gesicht naß und schien es mit tausend Küssen aufblättern zu wollen wie ein Buch, in dem das Beste immer noch kommen muß.

Nach unbestimmter Zeit wurde alles still, und es war eben diese Stille, die ihn aufschreckte. Sie hatte etwas Durchdringendes, wie noch kein Geräusch. Er mußte weggedämmert und auf der engen Bühne aufwärts gekrochen sein; denn als ihm die Augen aufgingen, lagen sie dicht an Mitsus Nacken, wo sich, wie unter einem Vergrößerungsglas, der Ansatz ihres Kopfhaars, eine feine Flaumspur, zu teilen begann und dann in der festen schwarzen Fülle verschwand. In Verbindung mit dem Duft ihrer Haut war die Stille so dicht, daß er den Atem anhielt, und auch Mitsu schien nicht mehr zu atmen.

Es gibt drückende Stillen, brütende, gähnende, sogar dröhnende; diejenige, die sie in ihrem Gehäuse umgab, schien vollkommen leer. Es war keine Ferne darin, auch keine Nähe, keine Bewegung, kein Windzug, kein Summen von Insekten, kein Knistern der Erde. Doch je länger er das Schweigen des Landes belauschte, desto deutlicher kam ihm vor, als lausche es zurück, als verlange der angehaltene Atem nach dem richtigen Wort.

«Halkyonisch» nannten die Griechen die Zeit, in welcher der Eisvogel brütet; eine Zeit, die so still ist, daß man nicht einmal ihr Vergehen spürt. In der Meeresstille wird die halkyonische Zeit geboren, dann läßt sie die Wälder verstummen und vereinigt sich mit dem klaren Schweigen des Himmels.

Woran denkst du fragte Mitsu und drehte sich zu ihm.

An den Eisvogel, sagte er.

Da fand er sich jäh an den Haaren gepackt und an den Ohren gezerrt. Sein Schmerz und ihr Gewicht drehten ihn auf den Rücken. Schnaubend und lachend warf sich der schmale Leib über ihn, begann ihn heftig zu erobern und ruhte nicht, bis sie ihn wieder notdürftig bewaffnet hatte. Sie richtete sich so weit auf, wie die niedrige Decke erlaubte, ritt ihn jauchzend in Grund und Boden, walkte mit aller Kraft, was ihr immer noch, und jetzt um so hartnäckiger, widerstand, bis er gehen ließ, was nicht mehr zu halten war, mit einem kurzen Schrei, in den sie mit einem gedehnten einstimmte, einer fast ungläubigen Anzeige vollendeten Einvernehmens.

Als sie nebeneinander lagen, fragte sie schamhaft: Lebst du noch?

Nein. Und du?

Das hatte ich noch nie.

Nun begann ein eigenes Leben. Des frühen Morgens schon malte ich und malte den größten Teil des Tages mit einem Eifer und mit einem Feuer, die ich früher gar nicht gekannt hatte, alles gelang besser, und oft, oft war es mir schon deutlich, ich müsse es erfassen können, daß der unnachahmliche Duft und die unerreichbare Farbe der Natur auf meine Leinwand käme.

Mitsu streckte sich nach ihrem Geigerzähler, um ihn einzuschalten.

Dreikommazwei Millisievert, sagte sie. – Fast normal.

Das Gelächter Arm in Arm hätte sie beinahe noch einmal zusammengebracht, aber dann sagte sie:

Zeit, daß wir gehen.

Das nächste Auto wartet, erwiderte er.

Vielleicht fährt dieses auch noch. – Sie prüfte die Zündung, da war aber kein Schlüssel mehr.

Das Schild ist noch dran. Wir können den Inhaber herausfinden.

Was sagen wir ihm dann?

Das Ding fährt noch ganz ordentlich.

Das Abendessen nahmen sie in seinem Zimmer ein. – Was haben wir morgen im Programm? fragte er. – Ich habe kein Programm mehr, erwiderte sie. – Ans Meer, sagte er, du wolltest doch das Meer sehen.

Sie verabredeten sich zum Frühstück um acht Uhr in ihrem Zimmer. Es war nicht mehr tabu.

Diese Nacht im «Eisvogel» war so ruhig wie noch keine. Auch kein Telefonat im Nebenzimmer. Das hätte er hören müssen, denn er blieb bis Mitternacht auf dem Stühlchen sitzen, halb drinnen, halb draußen, und machte sich Gedanken.

Ich schlief in der kommenden Nacht keinen Augenblick und malte des andern Morgens nicht.
Entweder ich vervollkommne mich von Bild zu Bild, dann ist bei meinem Tode nur ein Bild von mir vorhanden, an dem ich nämlich eben vor dem Tode gearbeitet habe, weil alle andern verbrannt worden sind; oder ich steige rasch empor und male hierauf lauter Meisterstücke, dann sind bei meinem Tode jene fünfzehn zweispännigen Wagen voll Bilder von mir vorhanden oder vielleicht zwanzig Wagen voll, weil ich in der Freude über das Gelingen meiner Werke immer eifriger male und durch die Übung immer geschwinder zu malen verstehe.

13 Ozean

Paul hatte von Yoshimura geträumt:

> Er saß dann mit mir in der Wirtsstube, in welcher selten abends ein Gast war, da die Fußgänger, die am häufigsten hier zusprachen, das Moor am Abende mieden, teils der Dünste, teils der Gespenster wegen.

Die Wirtin meldete persönlich, das Frühstück sei im Zimmer Tenma-sans bereit. Sie hatte auch eine Botschaft des Herrn Bürgermeisters zu bestellen. Er übernachte heute im «Eisvogel» und bitte um die Ehre, die beiden Reisenden zum Nachtessen einzuladen. Er erwarte sie gerne um fünf Uhr.

Darauf waren sie nicht gefaßt. Sie unterhielten sich wieder in der Höflichkeitsform und waren einig, Rüstung und Geiger heute zu Hause zu lassen, den Rucksack auch. Für einen Strandspaziergang erübrigte er sich wohl, und an ein Badekleid mußte man um diese Jahreszeit noch nicht denken. Das Frotteetuch hatte in einer Tüte Platz.

Plötzlich war Abschied angesagt. Sein Vorgefühl machte sich auf dem Weg in die *Zone* bemerkbar und die Reisenden waren redseliger als die anderen Tage. Wo sie unterwegs waren, war ja keine Zone mehr, offiziell, aber die Lager schwarzer Säcke standen unverändert und würden für die absehbare Zukunft stehenbleiben. Manche waren von blauen Planen abgedeckt, welche die idyllische Landschaft immer noch als *Baustelle* kennzeichneten. Das galt noch mehr von den weißen Tuchbauten, Riesenzelten, unter denen die Säcke vorläufig definitiv zwischengelagert wurden. Die Reinigung mit allen Mitteln ließ eine verstörte Landschaft voller Blößen zurück, von der man wissen konnte (aber nicht wollte), daß sie aus den nicht wegzusäubernden Wäldern mit jedem Wind und Regen neu kontaminiert wurde. Auch die anmutigen Flußläufe, denen sie entlangfuhren, waren reine Giftadern. Aber auf fast jedem Feld waren Bagger und Heere weiß verkleideter Arbeiter und Arbeiterinnen mit Kopftuch damit beschäftigt, die Vergeblichkeit ihrer Beschäftigung zu bestreiten. Damit lähmten sie die Reflexe des gesunden Menschenverstands und ersetzten sie durch Respekt. Wer oder was hätte eines solchen Einsatzes, verlorene Grundlagen zu befestigen, spotten dürfen? Diese Menschen arbeiteten unermüdlich an der Herstellung der erwünschten Optik und beglaubigten sie mit Schweiß und Tränen. Fukushima war kein Potemkinsches Dorf, kein abgeschriebener Posten wie Tschernobyl, sondern eine glückliche Landschaft. Oder würde es in zwanzig Jahren wieder sein.

Wie viele Betroffene sie noch gesund erlebten, stand auf einem anderen Blatt. Das war nur noch Statistik, und diese das Ende seriöser Ursachenforschung. Wer fragte später noch danach, wo er sich seinen Krebs geholt hatte? Und überhaupt: Wenn man immer nur an morgen denken müßte, wie könnte man im Land der Erdbeben und Tsunamis leben? Verglichen mit den 20 000 Opfern, die *the Big Tōhoku Earthquake* am 11. März 2011 gefordert hatte, war das Hinterland glimpflich weggekommen. So viel stand zweifellos fest – der Rest war Gerücht und Gegengerücht. Das hieß, für brave Leute, Schweigen und Arbeiten.

In Tomioka, der Stadt des Tierfreunds Yoshimura, besuchten sie die Kirschblütenallee, in der kürzlich das Fest mit dem Premier Abe stattgefunden hatte. Die rechte Straßenseite war immer noch eine mit Zaungittern versperrte *No-go-Area*, auf der linken durfte man wieder einziehen. Bewohnbar sahen die Häuser auf beiden Seiten aus, in manchen Vorgärten lag noch Spielzeug herum. Die Strahlenwerte schwankten hüben wie drüben, insofern war die Sperre reine Willkür, aber sie markierte eine Topographie guten Willens. Der Kampf um jeden Meter des Landes war in vollem Gange. War nicht auch die Kirschblüte wieder eingetroffen wie alle Jahre, rechtzeitig zum angesagten Fest? Sie war, trotz ihrer sprichwörtlichen Flüchtigkeit, auch heute noch nicht vorbei – und bedeckte den Abschied, der Menschen immer blühen kann, mit der zarten Erinnerung daran, was Blühen heißt.

Im Hintergrund erhob sich eine Reihe lieblos, doch stattlich wirkender Neubauten; und sie waren auch noch bewohnt. Von wem?

Den Schlüssel lieferte die nahe Bank, deren Verwalter Mitsu kannte und der die Filiale zusammen mit einem jungen Mitarbeiter betrieb. Das Innere war leer, doch adrett eingerichtet und mit Blumenbuketts sowie bunten Plakaten bestückt, die beste Geldanlagen empfahlen. Wer brauchte diese Bank?

Die Herren in korrekten Anzügen erklärten es gern. Oh, jedes Monatsende war die Bank überlaufen von Angestellten des Werks, die ihren Lohn abhoben und teilweise gleich weiterschickten, an ihre Familien. – *Tepco*-Angestellte? – Auch. Aber die Mehrzahl der im Werk Tätigen seien von privaten *Personal Services* angeheuert, *Sub-* oder gar *Sub-sub-Contractors*. – Wie man sie rekrutiere? – Dafür existierten Agenturen, die vorübergehend Arbeitslose von der Straße holten und in gutes Brot setzten. – Aber ein so heikles Unternehmen wie die Sanierung eines A-Werks brauche doch Fachleute? – Nun, dazu würden sie ja in kurzer Zeit, durch *Training on the Job*. Die meisten seien mehr als zufrieden, daß sie sich einmal etwas leisten könnten. Sie konnten jetzt eine Familie gründen oder die Hypothek für ein Haus aufnehmen – auf ebendieser Bank. Man kenne diese Leute ja und wisse ihre Kreditwürdigkeit einzuschätzen. – Häuser wie diese Neubauten dort drüben? – Allerdings, so habe man einen kurzen Weg zum Arbeitsplatz. Allmählich entstehe ja auch die nötige Infrastruktur, Läden, eine Post, eine Krankenstation für den Notfall. Ein Auto leisteten sich schon alle. – Und Schulen, Kindergärten? – Die würden bestimmt nachkommen. – Obwohl die Kinder gar nicht draußen spielen dürften? – Das gelte ja für so viele andere auch, da brauchten sich diese nicht eingeschränkt zu fühlen, zumal die Dekontaminierung zuverlässig fortschreite.

Auf der Weiterfahrt gab Mitsu zu, daß die Beschaffung von Arbeitskräften für lebensgefährliche Stellen ohne Mithilfe der *Yakuza* genannten Ehrenhaften Gesellschaft nicht zu schaffen wäre. Die Neubauten waren als Vorleistung und Schweigepfand für einen zu frühen Strahlentod der Bewohner zu betrachten, denen hunderttausend Yen auf die Hand mehr wert sein müßten als zehn oder zwanzig Jahre längeres Leben.

Worauf Paul hätte fragen können: ist die japanische Regierung eine kriminelle Organisation? Die Frage war nicht zulässig. Die Landessitte verlangt, daß Menschen gegen ihre Gefühle strenger sind als mit ihrer Obrigkeit. Diese tut ja nur ihr Bestes – ist sie schuld, daß das Gute nicht mehr auf dem Markt ist? Im Schatten der Kirschblüte blieben auch Paul und Mitsu bemüht, einander nur das beste Mögliche zu gönnen.

Die Stadt, die sie erreichten, hatte ebenfalls ein glückliches Gesicht aufgesetzt. Sie hieß Naraha, lag zwar in der gesperrt gewesenen 20-Kilometer-Zone, aber ganz an ihrem Rande, allerdings in Reichweite des ebenso großen, aber nicht havarierten, weil im letzten Augenblick notgekühlten Zwillingswerks *Dai-ni*. Hätte es in gleichem Umfang Schaden genommen wie *Dai-ichi*, soweit waren sich die Fachleute einig, wäre es auch mit der Evakuierung Tokyos nicht mehr getan gewesen. *Bye bye, Japan.*

Aber glücklicherweise grüßt *Dai-ni* mit intakten weißen Kühltürmen so nahe herüber, daß man das Werk wieder als Wahrzeichen betrachten darf. Und es ist der Stadt anzusehen, daß sie von ihrem Standort profitiert. Sie war ein *Resort*, ein Kur- und Badeort mit ausgedehnter Küste. Die öffentlichen Anlagen sind gepflegt, die Brunnen springen wieder. Die alte Bevölkerung – inzwischen auch Familien mit Kleinkindern – wagt sich wieder herbei, noch nicht massenhaft, aber doch weniger spärlich als an andern Stellen der *Zone*. In Naraha begegnen sie gar ihresgleichen, Bildern ihrer selbst.

Denn: Naraha ist bevölkert, mit menschengroßen Puppen. Sie hängen in Entrees herum, garnieren Treffpunkte, verweilen auf Parkbänken, belegen die Fensterplätze von Cafés. Von Künstlerhand geformt, sind sie kleiner als Erwachsene, aber größer als Kinder. Sie haben gerade das rechte Maß, niemandem Angst zu machen. Sie erinnern zwar immer noch daran, daß Menschen fehlen, aber für Lückenbüßer sind sie *süß* und ähneln den immer heiteren Figürchen, die dem Fernsehpublikum das Neueste aus Biologie und Medizin nahebringen. Da werden Blutkreisläufe als Ringelreihen von Emojis dargestellt, Leberzirrhosen von grinsenden Mäuschen, Bakterien von kleinen Zappelphilippen. Wenn sieben Zwerge auftauchen, kann Schneewittchen nicht weit sein, und das Hormon, das sie wachküßt, wartet gleich um die Ecke als Kleiner Prinz. Und wo im richtigen Leben Personal fehlt, springen Androïde mit Kindchenschema ein, hygienisch, strapazierfähig und lebensecht, zum Stemmen geschickt wie zum Schmusen, zum Nuckeln oder Schnuckeln, als Babysitter einsetzbar wie als Traumfrauen, Patientenflüsterer, Altenpfleger, Sterbebegleiter, auf dem Strich wie unter dem Strich geduldiger als Engel und kostengünstiger als Filipinas.

Außer, daß sie auf der gleichen *Baustelle* arbeiten und für dieselbe Zukunftsindustrie, haben die zweckfreien Lückenbüßer von Naraha nichts gemein mit ihren Schwarzen Brüdern nebenan, den *High-tech-heavy-duty*-Pfadfindern und Extrem-Photographen, die sich im Innersten *Dai-ichis* von der verlorenen Schmelzmasse ein Bild machen und einen unvorstellbaren Horror von Strahlung aushalten müssen.

Paul und Mitsu bewegen sich aber auch unter *leibhaften* Exemplaren ihrer Art, die ein paar offene Ladengeschäfte sparsam bevölkern. Die schwarzen Säcke zeigen sich diskreter als anderswo, für reale Kinder läuft ein wenig Tingeltangel mit. Der Strand ist von Trümmern fast geräumt. Dort, wo es das Paar hinzieht, sind sie für eine zerstörte Hütte oder getürmtes Fallholz wohl gar dankbar, denn es schützt vor der schon starken Mittagssonne und dem unermüdlichen Wind.

Denn hier ist es ja endlich, das Meer, der unabsehbare, «still» genannte Ozean. Er rauscht und spült, wischt Welle um Welle den Gedanken in weite Ferne, daß dieses scheinbar unerschöpfliche Wasser krank sein könnte, die Nährlösung des Planeten eine giftige Lake. Das beginnen Meßwerte an der Gegenküste Nordamerikas zu beweisen, erhoben an Algen und Krill, dem Grundstoff der Nahrungskette, der sich mit Strahlung sättigt, bevor sie in ihre größeren Glieder einwandert, vom Blauflossen-Thunfisch bis zum Wal, und Feinschmeckerküchen und Apotheken beliefert mit *Maguro-sashimi* und Lebertran. Der Ozean hat sie hoffentlich, die nötigen abertausend Jahre, um Cäsium- und Strontium-Isotope zu überdauern, sogar die hunderttausend, die das Plutonium für seinen Rückbau benötigt.

Paul und Mitsu haben nicht so viel Zeit. Aber vor einem uferlosen Horizont, wo Raum und Zeit verwehen, wird es müßig, um ein paar Jahre mehr oder weniger zu markten. Das Salz der Schöpfung liegt in der Luft, die nimmt und gibt. Und was rauschend kommt und verrauschend geht, ist nie dasselbe, immer das Gleiche. Welche Fülle des Gleichmuts. Das Menschenpaar kann zusehen, wie das Salzwasser seine Spur, kaum in den dunklen Sand gezeichnet, schon wieder löscht. Die nächste Welle, der sie mit einem Hüpfer gerade noch ausgewichen sind, glättet aus, wo sie herkommen, und wird desgleichen tun mit jedem weiteren Weg, den sie nehmen. Das ist das Wasser, das die Feuerwehr, der Not gehorchend, in geborstene Meiler geschüttet hat. Es hat sie nicht gekühlt, nur versalzen, und seither muß Wasser ohne Ende durch die Ruine fließen, wie durch die gelöcherten Fässer der Danaiden, Kühlwasser sich sättigen mit Strahlung, deren Austritt in Meer und Atmosphäre niemand mehr beherrschen kann, jeder nur noch beschweigen.

Und wenn erst jede Küste des Planeten, der nach seinen Ozeanen der «blaue» heißt, zum «letzten Ufer» geworden ist, hilft es auch nicht, wenn Gregory Peck und Ava Gardner in die südliche Halbkugel ausweichen, denn die entfesselte Energie kennt keine halben Sachen. Im Angesicht der faustischen Küste ging Paul Stifters *Blumenkette* durch den Sinn, das Entgleisen von Ursache und Wirkung in einer unbeherrschbaren Kettenreaktion. Der Mensch allein hatte das Zeug, sie loszutreten, nur kein Mittel, sie wieder anzuhalten. Aber der Ozean wird zu rauschen fortfahren, denn Letzte Tage gibt es nur für die Menschheit, und wenn etwas von ihr zu bleiben verdiente, müßte es die Erinnerung an das Flüchtigste sein: die Blüte des Augenblicks.

Haben sich Paul und Mitsu an der Küste von Naraha noch einmal zum Genuß ihres Augenblicks vereinigt? Gewiß haben sie sich noch einmal nackt gemacht, und wie gern glaubt man auch, daß sie sich ein ganz kleines Stück in das Element hinausgewagt haben, aus dem sie geschaffen sind, wenn auch nicht *dafür* geschaffen. Aber wer seine Frische länger als einen Augenblick aushält, den macht sie lebendig, den kann sie berauschen. Dann haben sie auch keinen nächsten Tsunami gefürchtet, der nicht nur ihr Ende gewesen wäre, sondern auch dasjenige von *Dai-ichi, Dai-ni* und aller Liebesmüh um die Wiederherstellung des verlorenen Landes, das Ende der japanischen Inseln und ihrer Delikatesse. Nur ein mittleres Erdbeben *mehr* an dieser bereits schwer verletzten Stelle wäre eines zu viel.

Aber einmal noch könnten sie sich auf einen Sprung hinausgewagt haben, schaudernd, ins noch nicht ganz eiskalte Fruchtwasser des blauen Planeten. Einmal noch mögen sie sich, im Schutz eines Dornbuschs oder Trümmerteils, aneinander gewärmt haben, denn auf die folgende Szene möchte man umso weniger verzichten, als sie sich wirklich ereignet hat.

Auf dem langen Strand hinter ihnen, über den sie gegangen sind, nähert sich einer, eine Figur im gelben Schutzanzug, ausgestattet wie ein Astronaut auf dem Mond oder ein Samurai fürs letzte Gefecht. Er kommt ihnen, schwer gestiefelt, mit Helm und Rüssel, immer näher. Von weitem gleicht er den Mutanten, die sich in die tellurische Zoologie einschleichen, erschreckend zum Erbarmen, auch wenn es nur genetisch beschädigte Walrösser oder Seehunde sind.

Was hätte der neue Franziskus von Tomioka hier noch zu predigen? Lieber Bruder Monstrum, liebe Schwester Ungeheuer, ich bin euresgleichen, auch wenn ich ihn noch nicht zu spüren bekomme, den Isotopen-Beschuß meines Rückenmarks, das submikroskopische Gemetzel in meinen Chromosomen, die Erschöpfung meiner Samenzellen. Schon meine Kinder und Kindeskinder, wenn es noch Männer gibt, die sie zeugen, und Frauen, die sie empfangen können, werden jenen geschweiften, behelmten, gerüsselten Phantasiegeschöpfen ähnlich sein, mit denen der Maler Hieronymus Bosch seine Bilder der Welt bevölkert hat: aufgebrochenen Äsern, Eulen im Uhrglas, gepaarten Basilisken. Die Realität modelliert sich jenen Fiktionen entgegen, in denen wir, statt Geschöpfe schwarzer Phantasie, prophetische Selbstbilder kennen und lieben lernen sollen, wie Dr. *Strangelove* die Bombe. Ein kleiner Schnitt im Labor, ein großer Schritt für die Menschheit, und ihr könnt nicht nur sagen, ihr seid dabei gewesen: ihr habt ihn mitgetan und mitgelitten, gern oder ungern, gefragt oder nicht, am Ende doch unter den selbstgeschaffenen Sachzwang gebeugt.

Warum dann auch noch gebeugt gehen? Warum das Joch nicht Flügel nennen? Sind *Fake News* denn etwas Neues für die Entwicklung eurer Sorte, unserer Art? Kennen wir immer noch keine Alternative zum Menschen? Sind wir Hunde, die ewig leben wollen, wenn die Schlacht um Land und Wasser, Feuer und Luft geschlagen und verloren ist?

Doch da naht er schon, scheinbar unaufhaltsam, der Außerirdische, rückt gelb, nangkinggelb, zwei schlecht oder recht Liebenden auf den Leib. Und in diesem Augenblick kommt ihnen gar nicht in den Sinn, daß sich in seiner monströsen Gestalt nichts weiter verbirgt als ihresgleichen, ein verletzlicher Mitbürger der Erde, der sie fürchten muß wie sie ihn – oder einander.

Was sucht er hier? Muscheln und Steine wohl nicht, eher Spuren einer Katastrophe, die seinen Schutzanzug erklärt. Aber eine Frau und ein Mann finden, daß er hier gar nichts zu suchen hat; daß der dürftige Schutz, den sie beieinander gefunden haben, im Augenblick mehr als ausreicht, auch wenn die frische Luft eigentlich Bewegung verlangt. Sie aber haben Deckung nötig, um sich gegen Wind und Kälte notdürftig ab- und zuzudecken, der Mann die Frau, wie es die gute Sitte verlangt. Die schöne Unsitte verlangt aber auch, zum Vergessen der ganzen Welt, die nötige Hitze.

Der Mann könnte auf dem Sprung gewesen sein, die Frau mit beiden Armen zu umschlingen, das von Shakespeare zitierte, aber schon vor ihm geläufige und auch nach ihm praktizierte *Tier mit zwei Rücken* zu bilden: als die warm gehaltene, schon warm gewordene Frau das gelbe Ungeheuer kommen sah, den Dritten Mann, der in diesem Fall schon als solcher auszuschließen war, weil er die Bereitschaft zum Sündenfall empfindlich störte. Und wenn diese Figur der liebe Heiland wäre, er wäre unwillkommen. Wenn zwei auch nur ein wenig eins werden wollen, ist das Auferstehung genug, und Zeugen braucht sie nicht.

Und so geschah es, daß die Frau sich dem Mann entwand. Sie sprang aus der Deckung und schrie, nackt, wie sie war, zum andern Mann hinüber: *Mō gojū shiiberuto yo! Watashi wa mō shinderuno!*

Der im gelben Schutzanzug hielt inne und stand einen Augenblick festgewurzelt. Dann drehte er sich um und schritt, so schnell ihn die gelben Stiefel trugen, Richtung *Dai-ni* davon, nach Naraha zurück.

Mitsu, noch schneller, legte sich zu Paul in die Kuhle, und wieder waren sie unsichtbar. – Er hielt mich für ein Gespenst, flüsterte sie. – Ein zurückgekehrtes Tsunami-Opfer.

Was hast du gerufen?

Ich sei ja schon tot.

Sie zitterte am ganzen Leib. Da half nichts, als sie in die Arme zu nehmen, und auch das wollte erst nicht helfen. Sie sagte: noch einmal die Schildkröte. Das tat gut.

So mummelte er sie denn wieder unter sich ein, er der Schild, sie die Kröte. Er die Vogelmutter, sie das Ei. Er der Rüssel, sie der Kelch. Und allmählich wich der Frost wieder der Wärme, die Wärme der Hitze, und das Tier mit dem doppelten Rücken begann zu tanzen.

Die Verpaarung von Gespenstern ist wenig erforscht. Da sie selbst Spaltungsprodukte sind – die Seele trennt sich vom Körper oder umgekehrt – werden sie sich auch durch eine Art Spaltung fortpflanzen oder durch Hörensagen, kollektive Verbreitung im Gerücht. Echte Tote vermehren sich durch Dekomposition. Sie reichen, wenn sie (wie man sagt) verwesen, ihr verlorenes Leben an sogenannte niedere Geschöpfe weiter. Diese leben kurz, aber nehmen sich wieder viel Zeit zur Evolution, bis sie die Stufe sogenannter Individuen erreichen.

Daß diese sind, was sie heißen, *unteilbar*, ist glücklicherweise nicht der Fall. Sie bestehen aus lebenden Zellen, die dazu bestimmt sind, sich zu teilen, wenn auch nicht regel- und grenzenlos, sonst naht das Stündchen ihrer Dekomposition schneller, als dem Organismus lieb sein kann. Doch hängt seine Lebensfähigkeit auch in der Oberstufe immer noch davon ab, wie klug er sich teilen kann; und das nicht nur, weil geteilte Freude doppelte Freude ist. Teilung bleibt lebensnotwendig auch für den Umgang des Individuums mit sich selbst. Will es nicht wissen, daß es ein anderer ist, wenn es am Morgen das Haus verläßt, und ein anderer, wenn es am Abend wiederkommt; ja, daß es mit jedem anderen Individuum, dem es im Lauf eines Tages begegnet, ein anderer Mensch ist, ein anderer sogar, wenn es sich einen neuen Hut aufsetzt oder das nächste Mal in den Spiegel blickt: will es von der Teilbarkeit seiner Person nichts wissen, dann schränkt es ihre Lebenschancen selbst ein, mutwillig oder töricht; dann fehlt ihr das Wichtigste gerade zu jener Identität, an der, wie sie meint, am meisten gelegen ist. Sie läßt sich selbst zu kurz kommen, verleugnet und verpaßt das Beste im Leben: den Andern in sich selbst. Dafür darf der Mensch nicht fürchten, geteilt zu sein. Er muß es riskieren.

Auch die Fortpflanzung des tierischen Lebens, jedenfalls des «höher» genannten, beruht auf einer Teilung, welche die Geteilten selbst als reizvoll erleben: derjenigen der Geschlechter, in natürlicher Reihenfolge: Frau und Mann. Auch wenn Intelligenz vor und nach dem gewagten Akt physischer Mit-Teilung nichts schaden kann, für diesen selbst ist sie nicht nötig, pflegt eher zu stören, wie ein ungebetener Dritter. Es genügt, große Lust zu haben, und sie muß gar nicht weit her sein: sie pflanzt jedenfalls die Art fort und kann die Beteiligten weiter führen, als ihnen lieb ist, auch weit über alles, was man Liebe nennt, hinaus und oft weit davon weg. Ihre Gründe (die sie nicht kennt), ihre Folgen (die sie nicht bedenkt), können den Umfang eines Romans oder einer ausgewachsenen Tragödie annehmen, aber auch eines hundsgemeinen Elends.

Der Lust ist das im Augenblick, der ihr allein gehört, egal. Es braucht sie nicht zu kümmern, ob sie vernünftig oder gar klug ist, denn ohne sie geht es nicht, geht gar nichts in Sachen Fortpflanzung. Selbst für diese mag sie nicht alles sein, aber ohne sie ist alles nichts. Was man, höflich oder hilflos, Natur nennt, hat für den springenden Punkt Besinnungslosigkeit vorgesehen, und beim männlichen Teil – im einfachen Fall tierischer Vermehrung – nicht mehr, aber auch nicht weniger. Im höheren Fall, in einer von Kultur bestimmten Gesellschaft, muß die Besinnung dann wieder einkehren, bei der Frau wohl etwas gründlicher, und ist ihrem Verlust vielleicht gar vorausgegangen, so daß man diesen – bei aller Selbstvergessenheit – auch gezielt nennen darf. Mehr oder weniger? Mehr *und* weniger.

Als, beispielsweise, Mitsu wieder in der Deckung verschwand, darf man für möglich halten, daß sie die Rechnung mit Zwei und Drei lieber selbst angestellt hatte, aber mit einem andern Wirt. Sie schloß den störenden Dritten aus, um den erwünschten um so inniger einzuschließen. Paul mochte glauben, sie warm zu halten, als er zum zweiten Mal das Tier mit dem doppelten Rücken bildete, das tat er auch, und daß sich noch mehr tat, war abzusehen. Warum kein neuer Anfang von: Zellteilung?

Weil Sie dafür vielleicht nicht mehr jung genug sind, hatte die Ärztin gesagt.

Für das Auge eines Betrachters – aber den gab es nicht – sah es so aus, als reite hier ein triumphierendes Geschöpf auf einem unterworfenen. Aber der Akt ist nicht dafür da, gut auszusehen, und seine Innenansicht kennt die Natur am besten. Hätte sie Augen nötig, um ihre eigene Wahrheit zu betrachten, so zeigte sie sich darin, daß sie des bösen Scheins nicht minder spottet als des guten. Sie ist, die sie ist, lebendig um jeden Preis, auch den des einzelnen Lebens. Im Tierreich, wenn die hohe Schwelle der Zweigeschlechtigkeit überstiegen ist, kommt es leicht vor, daß Männchen auf diesen Akt ihren ganzen biologischen Vorrat verschwenden. Drohnen können nicht zeugen, ohne zu sterben. Im kleinen Tod sitzt der große. Für die Natur ist es nur normal, ein altes Geschöpf durch ein frisches zu ersetzen.

Inzwischen frösteln sie.

Gehen wir nochmals ins Wasser? fragt Paul.

Wir baden im Hotel, sagt Mitsu. – Es ist bald drei.

Der Bürgermeister stand bevor.

Ich sagte zu der Frau Wirtin: «Ihr, meine liebe Frau Wirtin, wenn Ihr in meine Stube kommt und etwas zu schaffen habt, und Euer Mann, der Herr Wirt, wenn es für ihn bei mir etwas zu tun gibt, könnt meine Bilder nach Herzenslust anschauen, selbst Eure Knaben können es zu einer Zeit tun, in der sie mich nicht stören, aber jeder andere Mensch darf es nicht, wenn er auch aus Lüpfing oder Kiring kommt oder aus der oberen Lüpf oder aus der unteren Lüpf oder aus Paris oder aus Petersburg oder München. Sagt einem jeden, daß ich nicht Zeit habe, Leute zu empfangen, und daß meine Bilder nicht zu sehen sind.»

«Das ist so, so ist es», antwortete sie, «wir haben ein großes Recht, wir und der hochgeborene Herr Roderer, die Bilder anzusehen, und sonst niemand.»

«Ihr könnt sie anschauen», sagte ich, «weil Ihr seid, wie Ihr seid, und dem Herrn Roderer habe ich sie gezeigt, weil ich sie ihm nun eben einmal gezeigt habe.»
«Ja, das verstehe ich», antwortete sie.
Und hiermit war wohl das Gespräch aus, aber nicht die Sache.

Als sie auf dem Parkplatz vor dem «Eisvogel» angekommen waren, sagte Mitsu: Ken hoffte immer, die Leukämie seines Vaters gehe an ihm vorbei. Aber er wollte unbedingt, daß ich nach Fukushima gehe. Ich brauche keine Pflegerin, sagte er. – *Nie.*

Er hat gelogen, sagte sie. – *Meinetwegen.*

14 Letzte Runde

Sie vereinbarten, für das Gespräch mit dem Bürgermeister noch einmal in Arbeitsanzügen anzutreten. Das Gasthaus hatte diese über Nacht gewaschen und getrocknet und würde sie morgen, am Reisetag, für die Abholung durch das Bürgermeisteramt, noch einmal waschen und trocknen.

Sie hätten frisch aus Yoneuchi zurückgekehrt sein können, als sie an die Tür des Bürgermeisters klopften; er war als Boss gekleidet, Nadelstreifenanzug mit Krawatte, als er sie begrüßte. Man hatte einen Schreibtisch mit Computer in sein Zimmer geschafft, und er war gerade dabei, einen Auftritt der *Hula Girls* in Yoneuchi zu organisieren. Diese waren, trotz ihres Namens, ein ernsthaftes Kulturprojekt, seit 1966 getragen von den Frauen und Töchtern des sterbenden Bergbaus im Westen der Provinz. Sie hatten sich den Hawaii-Tanz beigebracht und warben damit im ganzen Land für ihre notleidende Region, seit der dreifachen Katastrophe vom März 2011 mit neuem Schwung.

Sie haben sich mit Mitsu-san ein Bild von unserem Dorf machen können, sagte Irie. – Der Aufbau ist im Gang, auch mein eigener Betrieb läuft bald normal, wenn auch noch nicht mit Gewinn, da wir jedes Stück Holz einführen und prüfen müssen, bevor es die Werkstatt verläßt. Der Markt für Produkte aus unserer Gegend bleibt hart. Noch arbeitet das Personal als Pendler, aber die Einheimischen richten ihre Häuser wieder her. Sobald das eine oder andere Geschäft aufmacht, werden sie zurückkommen. Auch Familien. Noch haben wir in der neuen Schule erst drei Kinder, aber jeden Monat werden es mehr. Die Regierung hat bis auf weiteres eine regelmäßige Unterstützung versprochen.

We all share a grave responsibility.

Gefällt Ihnen das Ōkura-Haus?

Bis auf die Wildschweine.

Ja, ihre Vitalität nimmt zu, sie haben mehr Nachwuchs als früher, die Natur macht jeden Ausfall rasch wett. Essen werden wir sie noch eine Weile nicht können, aber wir töten so wenige wie möglich und drängen sie in die Wälder zurück, wo sie ökologisch gute Dienste leisten. Sie nehmen mit der Nahrung Radioaktivität auf, und dabei bleiben ihre Chromosome unverändert.

Mitsu dolmetschte beflissen wie am ersten Tag und benickte jedes Wort. Paul staunte über ihre Gabe, ein Mensch für jede Gelegenheit zu sein; die Fiktion der Identität wird in Japan nicht als Errungenschaft behandelt.

Es sind die Menschen, die sich einsperren müssen, sagte Paul, und die Tiere betrachten uns jetzt als ihren Zoo.

Diese Schriftsteller! lachte der Bürgermeister, sie verstehen auch Notfällen immer noch eine Pointe abzugewinnen! Was Ihnen wohl zu den Waschbären einfällt? Die machen ja nicht nur die Böden unsicher, sondern auch die Dachstöcke. Dabei sind sie erst mit den amerikanischen Schiffen gekommen, wahre *Gaijin.* Aber sie sind pfiffig. Vielleicht lassen sich *Pets* daraus züchten, durch Behandlung mit Stammzellen.

Tierversuche waren mir nie sympathisch, sagte Paul.

Herr Neuhaus, sagte der Bürgermeister, auch wir töten Tiere nicht gern. Aus dem Störfall haben wir auch ökologisch viel gelernt, und das in engen Verhältnissen. Wir kämpfen um jedes Stück Boden, wir haben zu wenig davon und immer noch zu viele Menschen. In Tschernobyl kann man ein Gebiet, das so groß ist wie Hokkaido, einfach aufgeben. Wir haben nicht einmal den Boden von *Dai-Ichi* aufgegeben.

Warum geben Sie die Atomenergie nicht auf?

Die Opfer sind ein Teil von uns, und Japan kann sich nicht

selbst aufgeben. – Mitsu hatte gesprochen, als der Bürgermeister immer noch grübelte.

Und was ist mit der internationalen Atom-Lobby? Ist das keine Selbstaufgabe Japans?

Mitsu und Seizō sahen einander an. Dann redeten sie fast gleichzeitig.

Gute Frage, aber ich kenne auf dieser Welt kein einziges Interesse, auf das man sicher bauen könnte, nicht einmal auf die Gier nach Profit. *Dai-ichi* wird gar nicht zu bezahlen sein. Warum machen wir trotzdem weiter? Wenn es um Tod und Leben geht, wird auch der Geschäftsmann zum Träumer. Ist Gewinn denn kein Traum? Erfährt nicht jeder, daß er zerrinnt? Ist die in Frieden vereinigte Menschheit kein Traum? Nichts davon ist haltbar, wenn wir die Augen offen haben. Warum träumen wir dann mit offenen Augen weiter? Weil wir uns nur als Träumer unüberwindlich glauben, und dieser Glaube verschafft uns die einzige Seligkeit, die wir kennen. Das ist meine Philosophie. Üben Sie Nachsicht, wenn sie stümperhaft ist.

Sie haben sehr richtig bemerkt, daß wir eher die Menschen einsperren als die Tiere. Wir ziehen unseren Lebensraum enger. Das ist in den Städten längst normal. Wo können denn die Kinder in Tokyo draußen spielen? In vorbereiteten Anlagen. Das ist auf dem Lande nicht mehr anders, nur gewöhnen sich die Landleute schwerer daran. Aber unsere Landwirtschaft ist ohnehin zu teuer. Wir müssen die Produktion verändern, Blumen statt essbare Früchte, zum Beispiel. Wenn das eine Katastrophe ist, dann nur für die Gewohnheit. Überall in der Welt müssen sich Produzenten mit veränderten Verhältnissen abfinden. Leben wir jetzt vielleicht wieder kürzer? Das ist den Umsteigern ins Industriezeitalter ähnlich ergangen. Wir können nicht mehr frei im Wald spazieren? Das hat man Jahrhunderte lang nirgends gekonnt. Es war Urwald, und der gehörte den wilden Tieren.

Das tut er in Fukushima jetzt wieder. Sie bleiben im verstrahlten Gebiet und dekontaminieren es durch ihren Stoffwechsel. Und sie sterben nicht daran, sondern gedeihen. Wildschweine werden allmählich zu Nutztieren. So schaffen wir ein neues Gleichgewicht.

Sie gedeihen? fragte Paul. – Von Tschernobyl weiß man das anders. Schon die Embryos sind deformiert, die Tiermütter gebären Monster.

Aber das betrifft nur Tiere, die nicht in der Zone bleiben, sondern durchwandern, etwa die Zugvögel. Die ansässigen Tiere gewöhnen sich sogar an scheinbar tödliche Strahlendosen. Das Genom lernt! Das ist auch die Hoffnung von Fukushima. Und ein starkes Argument für Ausharren und Dableiben. Heimat, Herr Professor, hilft gegen den Mißbrauch kostbarer Lebenszeit, gegen die Verschwendung unersetzlicher Ressourcen. Das haben Sie doch selbst geschrieben. Bei uns finden Sie den Beweis.

Ich glaube mich zu erinnern, daß Sie selbst Zugvögel anziehen wollten, erwiderte Paul, junge Künstler aus Deutschland, die hier ein paar Wochen leben und arbeiten sollten, um das Bild Fukushimas zu korrigieren und auch für Japaner wieder attraktiv zu machen.

Irie lächelte. – Damit eilt es nicht. Wir haben jedenfalls *einen* Künstler eingeladen, um sich ein Bild zu machen, in der Hoffnung, daß er selbst Teil dieses Bildes werde. Er tritt gewissermaßen durch den passenden Rahmen hinein, aber nicht, um darin zu verschwinden. Dieser Künstler sind Sie, Herr Professor Neuhaus. Unser schönes Dorf wartet auf Sie.

Es lebt seit Jahrhunderten ein Geschlecht, das immer etwas anderes erreicht hat, als es mit Heftigkeit angestrebt hat. Und je glühender das Bestreben eines dieses Geschlechtes war, desto sicherer konnte man

> sein, daß nichts daraus wird. Und nicht etwa durch das Schicksal wurden diese Leute aus ihren Bahnen geworfen; denn dann wäre ja mancher darin geblieben, weil Schicksal und Zufall nicht folgerichtig sind, sondern jeder verließ selber freiwillig und mit Freuden seinen Kampfplatz und wendete sich zu andern Dingen. Manche erreichten über Ansammlung der Mittel zu ihrem Zwecke den Zweck nicht.

Sie haben geglaubt, daß ich in Japan Bauer werde?

Es wird in Japan nicht mehr lange Bauern geben. Der Störfall hat diesen Prozeß nur beschleunigt. Daß viele Bauernhäuser immer noch schön sind, haben Sie selbst gesehen; daß sie verlassen sind wie der Ōkura-Hof, auch. Die Bewohner wollen nicht zurück? Sie wollen nur noch entschädigt sein? Das ist doch eine Chance. Der Ōkura-Hof ist heute für 60 000 Euro zu haben, ein Schnäppchen; viele sind dankbar, wenn sie überhaupt noch etwas dafür bekommen. Das wird nicht mehr lange so bleiben. Die Rücksiedlung ist in vollem Gange – es braucht nur den richtigen Blick, um sie zu erkennen. Die Arbeitsplätze, die wir zu bieten haben, werden laufend besetzt; bald müssen wir Bewerber abweisen. Die Kontaminations-Experten beziehen gute Löhne, und wer sich noch kein Haus in Yoneuchi leisten kann, muß eben pendeln. Dabei ist die Distanz nicht länger als der Arbeitsweg in einer Großstadt – Sie haben ihn in diesen Tagen mehr als einmal zurückgelegt. Wir werden den Tag erleben, wo das Land begehrter ist als die Stadt, und wer klug ist, investiert jetzt schon in ein Nahverkehrsmittel. Was dann mit den Grundstückpreisen passiert, können Sie sich ausrechnen. Wären sie mein Kunde, würde ich sagen: das Ōkura-Haus ist genau, was Sie suchen.

Mitsu fügte aus eigenem Antrieb hinzu: Es ist ein Freundschaftsangebot, sonst kauft er es selbst.

Wofür braucht er noch ein Haus?

Für sein Grundstückgeschäft.

Lieber Herr, fuhr Irie weiter, ich verstehe, daß Sie sich Bedenkzeit ausgebeten haben. Genießen Sie das schöne Hakone. Ich halte alle Interessenten so lange hin; überlegen Sie es sich gut. Sie sind nicht zu alt, noch einmal neu anzufangen. Schreiben können Sie auch hier, und vielleicht kommen Sie selbst auf Ideen, wie Sie das Haus als Treffpunkt verschiedener Kulturen nützen können. Sie wären ein Pionier, und solche braucht Yoneuchi.

Ich werde nie meinem Streben untreu werden, und ich werde nie der Landschaftsmalerei entsagen, mögen die Ergebnisse derselben sein, welche sie immer wollen. Ich kann dieselben nicht voraussehen; aber wenn man mir mein Tun nimmt, hat mein Leben gar keinen Wert und gar keinen Reiz, auch nicht den allergeringsten, und was man Vergnügen, Freude, Wonne, Seelenfülle, Geistesbefriedigung, Daseinsabschluß und dergleichen nennt, ist für mich dann nicht mehr als das Stäubchen, das in der Sonne spielt, oder der Sand, den der Bettler zertritt.

«Das ist gerade auch eines der Merkmale mit», entgegnete mein Nachbar, «und bestärkt mich in meiner Ansicht. Jeder unseres Geschlechtes war von der Unaufhörlichkeit seines Strebens schlechterdings durchdrungen, bis es aufhörte.»

Als ich zweimal in Deutschland war, sagte Irie, – Sie werden lachen! – versuchte ich dahinter zu kommen, wie deutsche Bauern ihre Feierabende, ihre Sonntage verbringen. Einmal war ich im Schwarzwald, das andere Mal in Schleswig-Holstein und fand beide Landschaften der meinen nicht unähnlich – ich habe ja selbst als Kind eines kleinen Reisbauern angefangen. Ich staunte, wie Landleute bei Ihnen abends Feste zu feiern und zu tanzen wissen – da hörte die Ähnlichkeit auf, denn unsere Bauern gehen mit den Hühnern ins Bett und stehen mit ihnen auf. Da bleibt gerade Raum für Fortpflanzung, aber gar keiner für gemeinsamen Lebensgenuß, für Spiel, Musik, gute Unterhaltung. Mi-chan weiß, daß ich hier davon etwas einzuschleppen versucht habe, mit beschränktem Erfolg. Welche Freude, wenn Sie uns als Mitbürger dabei unterstützten! Und wenn ich Deutschland, dem ich so viel verdanke, damit einen kleinen Gegendienst geleistet hätte!

Aber jetzt müssen Sie beide rechtschaffen hungrig sein. Darf ich Sie hierher zum verdienten Nachtessen bitten?

Mitsu begann sich mit Seizō japanisch zu unterhalten.

Er hörte sie lächelnd an, dann sagte er zu Paul, auf Deutsch: Nicht bei mir. Bei ihr. Sie will so! Sie ist Chef!

Um sieben Uhr, sagte Mitsu.

«Ich lasse meine Leute an dem Moore immer nach einiger Zeit durch andere ablösen, daß die Gefahr des Fiebers für sie geringer wird. Sie aber gehen nun immer derselbe hinaus, und die Luft, die da erzeugt wird, kann auf Sie Einfluß nehmen.»

«Darauf muß ich es meines Zweckes wegen wohl ankommen lassen», sagte ich.

«Nun, ich wünsche, daß Sie Ihre Zwecke auf das beste und vollständigste erreichen», antwortete er, «man kommt durch Beharrlichkeit meistens zum Ziele; aber die Ziele wechselt man öfters.»

Auf dem Rückweg zu ihren Zimmern sagte er: Ich verstehe dich nicht. Du hast von ihm viel Schlimmes erfahren.

Schlimmes und Gutes, wie von dir. Aber *ihn* habe ich nie geliebt. – Sie griff an den Kragen seines blauen Kleides und zog ihn daran gegen sich. Als er sie küssen wollte, wich sie aus, zupfte am Tuch und sagte: Bring mir dieses Kleid, wenn du dich umgezogen hast. – Sie zog einen Beutel aus ihrer Beintasche, denjenigen, in dem das blaue Frotteetuch mitgekommen war, gab ihn Paul und verschwand in ihrem Zimmer.

Als Paul Neuhaus sein eigenes betrat, war er verwirrt und überwältigt. Es blieb nicht mehr viel Zeit, um sich für den Abend zu rüsten, und es fiel ihm ein, daß er die Ehrenmedaille für den Bürgermeister nicht vergessen durfte. Aber ein Bad war jetzt das Nötigste. Er zog den Arbeitsanzug ab und faltete ihn, bis er in die Tüte paßte, und zog sich den Bademantel über den Leib. Dabei stand ihm das Haus in Yoneuchi vor Augen, und er ging es in Gedanken durch, Raum für Raum, mit dem Sensorium des Architekten.

Bevor er das Zimmer verließ, zupfte er eine weiße Kamelie aus dem Strauß, mit dem die Bilderecke, das *Tokonoma*, geschmückt war – nicht eben einfallsreich, denn das Rollbild zeigte dieselbe Blüte *gemalt* – und legte sie auf den Beutel, den er vor Mitsus Tür deponierte. Dahinter war es still. Sie mußte schon ins Bad vorausgegangen sein.

Als er sich im Vorraum seifte und wusch, trat Irie ein, nackt, ein untersetztes Mannsbild von athletischem Bau, bis auf die Andeutung von Embonpoint. Er setzte sich auf den Schemel neben Paul, begann eine geräuschvolle Reinigung und prustete wie ein Seehund.

Was redete man im Bad? Zum Glück waren sie nicht allein, es waren zwei jüngere Männer im Waschraum, später kam noch ein älterer dazu. Als Paul sich zum Einseifen der delikaten Teile abgewandt hatte, spürte er eine Pranke, die seinen Rücken scheuerte und, als er fertig war, mit Nachdruck einseifte. Paul grinste zögernd; erwartete der Bürgermeister, daß er ihm ein Gleiches tat? Aber der drehte sich schon um und um unter dem Duschkopf und ging triefend voraus ins innere Bassin, wo er sich nur kurz niederließ, um dann ins offene hinauszustapfen.

Ich war in einer sehr unangenehmen Lage. Soll ich in mein Gebüsch zurückkriechen? Dann mache ich vielleicht ein Geräusch und richte alle Angesichter gegen mich.

Als Paul selbst so weit war, zögerte er, wo er seinen Platz suchen sollte; nicht in demonstrativer Distanz zu Irie, doch auch nicht zu nahe. Aber der andere enthob ihn des Dilemmas. Er schob sich sogleich dicht an seine Seite.

Wellness! sagte er. – Und als Paul nickte, zeigte Irie aufgeräumt zur Trennwand, hinter der man weibliche Stimmen lachen hörte, und sagte auf Deutsch: Schöne Frauen! Wunderbar! – Er hatte seine Arme aufgespannt auf die Brüstung gelegt und ließ den Körper im Wasser baumeln. Er war unbehaart, bis auf das Büschel über dem Geschlecht.

Ōkura-Haus gut für Wellness! sagte er. – Keine Quelle, aber kannst du machen. Untergeschoß, überall Bad. Daneben Fitnessraum und Massage. Massage ganz wichtig. Stimmung. Bar, wo der Stall ist. Oberstock Zimmer, viele Zimmer, mit Bad. Viel Spaß!

Paul fühlte sich nackt wie noch nie.

Kennen Mitsu-san schon lange, du? fragte er.

Seit Kind, sagte Irie, aber nicht so gut. *Very clever, very cute. You like?*

Yes, sagte Paul, *but I don't like everything you did.*

Irie sah ihn erstaunt an. – Ich kann helfen, sagte er. – Mit Ōkura-Haus. Du kannst leben mit Frau. Du hast keine Frau. Sie hat keinen Mann.

Doch, sagte Paul.

Irie machte eine wegwerfende Gebärde. – *I can help*, sagte er.

Thank you, no need, sagte Paul. – *See you for dinner.*

15 Der Visitator

Als wären es der Überraschungen an diesem Tag noch nicht genug, hörte er, als er vom Bad zurückkam, im Nebenraum Stimmen und unverkennbar diejenige Kens.

Jedenfalls stritt man sich nicht. Aber was kam jetzt auf ihn zu?

Glücklicherweise war Irie der erste, der an seine Tür klopfte. *Tenma-sensei* ist gekommen, sagte er. – Wir essen bei dir.

Und als ob er mitgehört hätte, stand Ken-ichi im nächsten Augenblick in der Tür und grüßte mit einer brüsken Verbeugung, ohne Paul anzusehen. Dann trat er beiseite und ließ Mitsuko vorgehen. Sie trug das weiße, schief geraffte Seidenkleid. Ken forderte sie mit einem Wink auf, Platz zu nehmen; sie tat es, aber ihr Gesicht blieb verschlossen.

Ken stand immer noch. Er trug, wie im *Imperial,* sein schwarzes Kostüm mit weißem Kragenrand. Sein Gesicht war fahl und eingefallen, doch zu einer Art Lächeln verzerrt. Dann gab er, immer noch stehend, in schroffem Deutsch eine Erklärung ab, die an Irie vorbeiging, was sie offensichtlich auch sollte. Heikel wurde es, als die Wirtin und ihre Gehilfin mit dem Auftragen von Speisen begann, unsicher, ob man dafür das Ende von Kens Rede abwarten müsse; aber er gab ihnen einen Wink, fortzufahren.

Ich habe eine Weile nicht mehr geredet und bitte um Nachsicht für meine Stimme, begann Ken, ohne einen Menschen anzusehen. Er schluckte mehrmals, dann fuhr er leiser fort: Ich bin glücklich und unglücklich.

Unglücklich, daß die Reise unseres Freundes Paul Neuhaus, zu der Sie uns – er blickte Irie kurz an – freundlicherweise eingeladen hatten, für mich mit einem leider unaufschiebbaren ärztlichen Termin zusammenfiel. Umso glücklicher bin ich, hier mitteilen zu können: das Resultat ist absolut positiv. Das feiern wir heute abend im Zimmer unseres gemeinsamen Freundes Paul Neuhaus aus Deutschland. Er hat nur vier Tage gebraucht, um sich ein umfassendes Bild unserer Provinz zu machen. Auch darüber bin ich glücklich – und wäre es noch mehr, wenn es über die Verhältnisse etwas Hoffnungsvolles zu berichten gäbe. Daran sind die hier Anwesenden selbstverständlich ganz unschuldig. Dies festzustellen gebietet die Gastfreundschaft und auch die Höflichkeit. So bin ich grücklich –

Das Hauptwort seiner Ansprache bereitete ihm immer wieder Schwierigkeiten.

So bin ich glückrich, daß wir morgen getrost abreisen können – meine Gattin Mitsu erlaubt mir, sie heimzuführen. Unserem gemeinsamen Freund Paul aber gönne ich das *Chilling* am Fuß des heiligen Berges Fuji, das er sich vorsorglich ausgebeten hat. Sie aber, Herr Bürgermeister, müssen wir morgen mit Ihrem Yoneuchi allein lassen und vertrauen auf Ihre Findigkeit, die Ihnen schon immer, auch unter schwierigsten Umständen, einen Ausweg gezeigt hat. Ich danke für Ihre Aufmerksamkeit und wünsche recht guten Appetit.

Suwatte kudasai! sagte Mitsu schon zum zweiten Mal, und so setzte er sich endlich, und seine Augen wanderten in eine unbestimmte Weite. Mitsu war blaß wie ihr Mann, dessen Gesicht die «positive» Selbstdiagnose Lügen strafte.

Geht es Ihnen gut, Herr Neuhaus? fragte er nach einer Pause.

Es geht, sagte Paul.

Dann hat es sich gelohnt, daß Sie nach Japan gekommen sind.

Einen Augenblick trafen sich ihre Blicke; in den trüben Augen Kens zeigte sich eine Spur Amüsement.

Irie, der ringsum Sake eingeschenkt hatte, hob seinen Becher, um – *Kanpai!* – mit Ken anzustoßen. Dieser führte das Gefäß schwungvoll an die Lippen und leerte es mit einem Zug. Mitsu trank nicht; doch als sie bemerkte, daß Paul es auch nicht tat, nippte sie flüchtig am Becher.

Von da an bestritt Bürgermeister Irie so gut wie allein die Unterhaltung, soweit davon die Rede sein konnte, und er war auch der einzige, der den Platten und Plättchen, welche das Personal auf- und abtrug, unverdrossen zusprach. Er erkundigte sich nach dem Eindruck, den Yoneuchi auf den Gast gemacht hatte, oder Naraha, oder der alte Herr Ōkura. Mitsu nahm ihre Rolle wieder auf, doch ihr Vortrag erinnerte jetzt an das Vorsprechen einer Schauspiel-Schülerin. Ken, als stummer Juror, nickte hie und da mit mokanter Zustimmung und rührte die Speisen kaum an. Dazwischen schloß er die Augen und schien nur noch den Stimmen zu lauschen. Sein Gesicht verlor jede Spur von Hochmut und sah zum Erbarmen aus, und zum Erschrecken.

Als der Nachtisch erschien – halbe Aprikosen in einem Gelee-Köpfchen eingeschlossen, sagte Ken plötzlich:

Konnyaku. Das erinnert mich an meine Mutter. – Er stieß mit dem Löffel an die kleine Wackelmasse. Sofort wurde es still.

Der Gelee da, sagte er, wird aus der Knolle der Teufelszunge gewonnen. Die Pflanze gehört zur Familie der Aaronstabgewächse und treibt die größte Blüte der Welt. Nur, es ist gar keine Blüte, sondern das einzelne tütenförmige Hochblatt der Pflanze, die *Spatha*, die später abwelkt. So lange sie steht, behütet sie das kolbenförmige Geschlechtsorgan. Die Teufelszunge ist einhäusig, aber getrenntgeschlechtig. Am untern Teil des Kolbens, der *Spadix*, sitzt der weibliche Blütenteil, in den die Insekten, durch den typischen Aasgeruch angelockt, eindringen und ihn herumkrabbelnd mit dem männlichen Blütenstaub besamen, den sie von einer andern Pflanze eingeschleppt haben. Selbstbefruchtung ist ausgeschlossen, denn die männliche Blüte im Oberteil des Kolbens öffnet sich erst, wenn das Insekt in der Tiefe sein Werk getan hat. Dann erst wird es mit eigenem Blütenstaub besät, die Falle geht auf und es ist frei, die nächste Tüte zu vernaschen.

So weit der oberirdische Bereich der Teufelszunge, fuhr Ken mit brüchiger Stimme fort, und höheren Tieren darf man nicht raten, sich an *Spatha* und *Spadix* zu vergreifen. Ihre Alkaloide können tödlich sein. Aber unter der Erde, wo die Knolle sitzt, Speicher und Seele ihres mehrjährigen Daseins, zeigt sich die Pflanze bekömmlich. Daraus wird *konnyaku* gewonnen, zu deutsch: die Konjak-Wurzel, hoch viskos, zu deutsch: klebrig, eine Pappe, die sich in verschiedenen Richtungen verfeinern und ebenso kulinarisch wie handwerklich verwenden läßt. Für meine Mutter – um wieder von meiner Mutter zu sprechen – war *konnyaku* beides, Leim und eßbar, notabene: die einzige Süßigkeit, an die sie damals, 1944, gekommen ist, natürlich verbotenerweise. Denn der Klebstoff war nicht zum Naschen bestimmt, sondern für einen kriegswichtigen Zweck. Dafür nämlich: mehrere Lagen Japan-Papier, gewonnen aus dem Holz von Maulbeerbäumen, absolut luftdicht und blasenfrei aufeinanderzuleimen, wozu feine Kinderhände nötig waren, geschnittene Nägel, und nur ja keine Haarspangen!

Meine Mutter war damals vierzehn, eine kleine Schülerin in Uniform, die aber nicht mehr zum Lernen kam, geschweige denn zum Spielen, denn ihre Klasse war zum Papierkleben kommandiert. Landkartengroße Blätter wollten perfekt aufeinandergeleimt sein. Die Mädchen wußten nicht, was sie taten, nur, daß sie Kaiser und Vaterland dienten. Wenn sie das Papier exakt genug klebten, konnte Japan, das bereits in Schutt und Asche lag, den Krieg immer noch gewinnen. Ihre älteren Mitschüler waren zu Kamikazes ausgebildet, dafür genügte es, wenn sie ein Flugzeug starten konnten, das Landen brauchten sie nicht mehr zu lernen. Die jungen Mädchen aber arbeiteten an der zweiten Wunderwaffe. Denn ihr Papier wurde zu Ballonen verarbeitet, die der *Jetstream* in großer Höhe über den ganzen pazifischen Ozean mitnahm, damit sie auf der andern Seite, zwei, drei Wochen später, ihre Bombenlast auf amerikanische Städte fallen ließen, oder, wenn sie auf offenes Land fielen, ganze Landstriche mit einem Feuersturm überzogen. Das war der Wind der Götter, japanisch: *kamikaze* der jungen Mädchen. Damit hatten die Amerikaner nicht mehr gerechnet! Da konnten sie nur noch klein beigeben!

Ken begann das Aprikosenköpfchen mit der Gabel zu teilen und steckte sich Stück um Stück in den Mund, und schließlich die halbe Aprikose ganz.

So hat meine Mutter vom Klebstoff *Konnyaku* genascht, denn sie hatte nicht genug zu essen, dafür klebte sie um so fleißiger. 9000 Ballone hat Japan losgelassen, im Winter 44/45, weil der *Jetstream* nur im Winter strömt. 300 davon sind nachweislich in Amerika angekommen. Der letzte wurde erst 1955 gefunden und entschärft. Der Schaden, den die Bomben anrichteten, war bedeutend. In *Lakeview, Oregon*, hat eine davon sechs Personen das Leben gekostet, und ebenso vielen Kindern, wenn man dasjenige im Bauch der schwangeren Frau mitzählt, als die Familie den Ballon von einem Baum bergen wollte. Der Vater, ein *Reverend*, kam mit dem Schrecken davon.

Das war der eine Treffer. Der andere: ein Windschiffballon ist bis nach *White Sands, New Mexico* getrieben worden, wo sich die erste Atombombe der Geschichte im letzten Stadium der Fertigung befand. Er hat sie zwar nicht getroffen, aber immerhin die Stromzufuhr kurze Zeit unterbrochen. Von einer Kernschmelze war man noch weit entfernt. Die hat erst in Hiroshima und Nagasaki stattgefunden, und jetzt hier in Fukushima, zum vorläufig letzten Mal.

Ken kaute und redete zugleich. Und während sein deutscher Redestrom an Seizō Irie deutlich vorbeiging, unterließ dieser dennoch nicht, bei jedem japanischen Wort heftig zu nicken, und als der Name «Fukushima» fiel, hob er den Sakebecher gegen den Sprecher, der nicht reagierte. Er schien aber auch Paul nur *en passant* anzusprechen, denn sein Blick verweilte meist in unbestimmter Höhe, während Mitsu den ihren starr zum Fenster gerichtet hatte.

Noch einmal zu meiner Mutter. Mit dem *konnyaku*-Geschmack steigt Erinnerung an sie in mir auf, wie dem Dichter Proust – bei demjenigen der Madeleines – derjenige an die vergangene Zeit. Oder war es die verlorene? Die Teufelszunge, *Amorphophallus conjac*, wird in Österreich auch Tränenbaum genannt. Das einzige Laubblatt erinnert an einen aufgespannten Schirm und wird etwa so lang wie breit. Die Wurzel besteht aus einem Lebensmittelersatz. Es gab, namentlich bei Kindern, Todesfälle durch Ersticken. Denn anders als Gelatine löst sich Konjak nicht so schnell im Mund auf. Er bleibt *sämig*. Darum empfiehlt sich, ihn vor dem Schlucken gut zu kauen.

Ken schluckte jetzt wirklich, geriet ins Würgen und Husten, hob aber zugleich warnend die Hand zu einer Geste, die sich jede Hilfe verbat. Als er seine Stimme wiederfand, war sie heiser gepreßt und höher, wie diejenige eines Greises, aber sie artikulierte immer noch mit aller Schärfe.

Was aber die Teufelszunge betrifft, oder den Tränenbaum, wird er oft auch als Glücksbringer dargestellt, aber in seiner wahren Darstellung, etwa auf Vasen des griechischen Altertums, läßt sich die Keule nicht übersehen. *Amorphophallus,* der große Auswuchs am Leib eines kleinen Fauns oder Satyrs. Das hochgeschwollene Überbein kann mächtiger werden als dieser Leib selbst, so daß ihn der kleine Mann fast umsonst mit seinen beiden Armen zu stützen sucht. Er trägt zu schwer daran, weiß nicht, wohin damit, weiß gar nicht, was das soll, und weiß doch nur zu gut, daß ihm das größte Glück immer auch als das größte Unglück begegnet. Oder, wie der Dichter singt: *Viele versuchten umsonst das Freudigste freudig zu sagen, Hier spricht endlich es mir, hier in der Trauer sich aus.*

Davon singen und sagen kann ich nicht. Aber zeichnen kann ich noch und möchte dieser liebenswürdigen Gesellschaft jetzt die Bilder zeigen, die ich mir vom Glück im Unglück gemacht habe, und hoffe, damit zu ihrer Unterhaltung beizutragen.

Aber er stand nur und rührte sich nicht, während der Tic, den Paul zuvor in seinem Gesicht beobachtet hatte, zum Beben geworden war, das seinen ganzen Leib ergriff, ein Schüttelfrost.

Da erhob sich Mitsu brüsk vom Tisch.

Ken müsse sich jetzt ausruhen; ihr Taxi sei für morgen früh bestellt, da werde man sich kaum noch wiedersehen. Es sei wohl am besten, wenn sie sich jetzt schon verabschiedeten. Sie bedanke sich bei Irie-san für alles und bitte die Herren, das Weitere unter sich zu besprechen.

Sie hatte ihren Mann an der Schulter gefaßt. Er bedurfte keiner Nachhilfe, um auf die Füße zu kommen, wohl aber, um sich aufrecht zu halten. Er verbeugte sich steif, und Mitsu nickte nur, als sie ihn vorsichtig um den Leib faßte und aus dem Zimmer führte, was er ohne Widerstand geschehen ließ. Paul und Seizō waren aufgestanden und verneigten sich schon im Rücken des Paars.

Unversehens war die Wirtin im Zimmer, der Seizō die Situation erläuterte, und als sich die Männer niedergelassen hatten, kniete sie sich dazu, mit einem gewissen Abstand. Das Gespräch ging jetzt nur zwischen ihr und Seizō hin und her, offenbar eine Lagebesprechung, bei der Paul außen vor blieb. Seine Gefühle schwankten zwischen Schock und Ratlosigkeit. Er versuchte sich die qualvolle Situation des Paars nebenan vorzustellen. Durch die Wand waren nur Schritte zu hören; Paul stellte sich das Schlimmste vor, ohne zu wissen, worin es bestand. Eine böse Ahnung flüsterte ihm ein, daß er Mitsu nicht wiedersehen würde – heute nicht mehr, aber auch nicht morgen. Vielleicht nie wieder.

Die Wirtin empfahl sich, und ein paar Augenblicke später war ihre Stimme im Nebenzimmer zu vernehmen, zwar keine Antworten darauf, dennoch atmete Paul auf. Offenbar wurde zum Rechten gesehen. Der Bürgermeister schien so unbeeindruckt, als habe der Vorfall seine Richtigkeit und als könne man allem Weiteren getrost den Lauf lassen. Er hatte sein Smartphone aus der Aktentasche gepackt und fingerte eine Weile daran; dann teilte er Paul mit, morgen früh sei eine Sitzung des *Real Estate Ordinance Comitee* angesagt, und er werde doch heute abend noch zurückfahren müssen, denn das Resultat könne von großer Wichtigkeit sein. Er radebrechte in seiner Mischung von englischen und deutschen Brocken, aber beschränkte sich jetzt auf logistische Dinge. Und als er die Jacke ausgezogen und die Krawatte gelockert hatte, rückte er auf Pauls Tischseite hinüber.

Es war doch richtig, daß Paul morgen eines Transports zum Bahnhof bedürfe? Dann werde Herr Usui um neun Uhr zur Stelle sein. War Paul auch sicher, die Verbindungen nach Hakone ohne Hilfe zu finden? Dazu kramte er in seiner Tasche, und Paul stellte verblüfft fest, daß Irie über seine Reisepapiere verfügte, die er ihm jetzt nacheinander aushändigte: sogar das Ticket für die Rückfahrt von Hakone nach Narita, und die Reservation für seine letzte Nacht auf dem Flughafengelände. Darum hatte sich Mitsu gleich nach der Ankunft im «Eisvogel» gekümmert. Sie kannte ein praktisches *Rest House* in Fußgängerdistanz zum *Check-in,* das Ken bei seinen Reisen nach Europa benützt und empfohlen hatte. Offenbar hatte sie, nach seinem unverhofften Erscheinen, reinen Tisch gemacht und die Zuständigkeit für den Gast an Onkel Seizō abgetreten, der sich jetzt dicht an seine Seite gesetzt hatte.

Paul erinnerte sich an Mitsus Satz: wenn Ken noch einmal anrufe, werde sie sich erschießen. Nun war er da, und sie hatte Paul nicht mehr in die Augen geblickt. Was bedeutete das alles? Es war gleich monströs, sie in ihrer Lage ohne Schutz zu lassen, wie unmöglich, solchen anzubieten. Unter welchem Vorwand? Mit welchem Recht? Wahnwitzige Gedanken schossen ihm durch den Kopf: was war jetzt noch möglich und was nicht? Ein Selbstmord zu dritt? Oder genügte es, wenn Paul spurlos vom Erdboden verschwand?

Inzwischen glaubte er nebenan zwei weibliche Stimmen zu hören, das Rücken von Möbeln, das Schleifen von Schiebetüren; es klang, als würde ein Nachtlager aufgeschlagen. Wenn Ken erst zur Ruhe gekommen war, würde sich Mitsu wieder zeigen, es war gar nicht anders möglich. Das vorhin war kein Abschied gewesen.

Inzwischen hatte das Serviermädchen den Esstisch abgeräumt und eine neue Sakeflasche gebracht, und als Seizō, der dem Reiswein schon ordentlich zugesprochen hatte, nachzuschenken begann, lehnte er sich merklich an Pauls Schulter. *Kanpai!* Paul mußte anstoßen, immer wieder: auf seinen guten Heimflug, auf die Provinz Fukushima, auf Yoneuchi im besonderen, auf gute Erholung in Hakone, auf jedermanns Gesundheit. Ken wurde nicht genannt, aber auf Mitsu verlangte der Bürgermeister immer wieder anzustoßen, was Paul nicht verweigern konnte, wobei Seizō zur kindlich-zärtlichen Namensform *Mi-chan* übergegangen war. Auch er wollte nur noch Seizō heißen, und der Gast war jetzt immer «Paul». Seine Gesundheit sei die wichtigste! Schließlich waren sie beide nicht mehr ganz jung, auch wenn Seizō immer noch zwei Jahre jünger war. Aber du kannst reden! strahlte Seizō-san, oder *-kun*, wie sich alte Freunde nennen. Sie hätten Brüder sein können; waren sie es denn nicht geworden? Und je brüderlicher Seizō fühlte, desto näher rückte er Paul auf den Leib und ergriff immer wieder seinen Arm. Dabei hätte Paul beide Hände zum Abwinken gebraucht, humoristisch, doch entschieden. *Isn't she clever! very cute!* Er mußte es ja wissen. Glaubte er auch zu wissen, was Paul fehlte, nur zu gut? Seine *kleine Frau*?

Von drüben war jetzt keine Menschenstimme mehr zu hören, nur noch hie und da eine starke Bewegung, als zucke der ganze Raum immer wieder zusammen. *Don't you like her*? klang Seizōs anzüglicher Kommentar in Pauls Ohren; darauf war jede Antwort absurd, und Nicken gleichviel wie Kopfschütteln. Paul legte den Finger auf die Lippen und versuchte dem lauten Trinker zu erklären, daß er, Paul, jetzt zu sich selbst kommen müsse. – Wo hinkommen? fragte der Bürgermeister und legte ihm den Arm um die Schulter. – Zu mir, wiederholte er, zu *mir* kommen, Seizō-san! Er versuchte angestrengt lachend diesen Arm abzuschütteln, aber der faßte immer wieder nach. Seizō mußte Paul einfach ans Herz drücken und pustete ihm dabei stoßweise Sake-Dunst ins Gesicht.

Kommt schon! dröhnte er verständnisinnig, kommt ganz sicher! Frau kommt immer! und fuhr fort, sich selbst nachzuschenken. Doch plötzlich hielt er ein, richtete sich auf und sah ihm in die Augen.

She was a genius, Paul. Do you know?

Die Vergangenheitsform hatte Paul einen Augenblick bestürzt; dann sah er den plötzlichen Ernst des Mannes und wie sich seine Augen mit Tränen füllten.

Yes, sagte Paul, *I think I know.*

Seizō hatte sich abgewandt und kramte in seiner Aktenmappe. Dann zog er ein buntes Heft heraus, das Paul wiedererkannte: es war dasselbe, das vor einigen Wochen mit der Post auf den Kreuzkopf gekommen war. «The most beautiful village of Japan». Seizō blätterte es durch, seine Bewegungen waren wieder beherrscht, und Paul war darauf gefaßt, daß er ihm gleich Mitsus Bild vor Augen führe. Aber es war ein Zeitungsartikel, den er herauszog und entfaltete. Er zeigte sein eigenes Porträt, unter dem Titel «Moses without a People». Der Bericht einer amerikanischen Zeitung war Paul schon bei der Reisevorbereitung begegnet. Seizō reichte ihn gebieterisch herüber.

Das Licht war zu schwach und Pauls Blick nicht mehr fest genug, um die kleinen Lettern zu lesen; aber er heftete den Blick auf das Papier, während er angestrengt lauschte. Nichts mehr aus dem Nebenzimmer, kein Laut.

Da begann Paul Neuhaus zu *sehen*.

Er sah sich mit Suzanne in der Oper sitzen, sie hörten Schönbergs «Moses und Aron», den Mißklang der ungleichen Brüder, die das Volk Israel aus der Knechtschaft führten, nach Gottes Gebot, aber jetzt kämpften sie um dessen Auslegung. Für Aaron versprach es ein paradiesisches Land, er warb mit schönen Bildern, auch mit dem Goldenen Kalb, tat Zeichen und Wunder, kleidete sich als Priester und hatte eine Singstimme, mit der sich Gott gut verkaufen ließ. Moses aber begegnete Ihm in der *Wüste*, diese war die Werkstatt, in der Er das murrende Israel vierzig Jahre lang zu Seinem Volk hämmern und schmieden wollte, und als Sein fluchender, grollender Knecht hatte Moses keine Singstimme, nur Sein Wort, und auch das schmetterte er dem Volk vor die Füße, wenn es sehen und hören wollte, statt zu glauben.

Nein, dieser Moses war Seizō Irie nicht. Er war ein trotziger Dorfhäuptling, der sein gelobtes Land wiederhaben wollte, nachdem es zur Wüste erklärt worden war. Er weigerte sich, zu akzeptieren, was er nicht sehen und schmecken konnte. Yoneuchi war nicht tot, wie Kenner behaupteten, und es tötete auch nicht, wie die Leute fürchteten. Man hatte ihm nur die Seele geraubt, und er kämpfte darum, sie ihm wiederzugeben. Aber er hatte, wie Moses, keine Stimme dafür. Er brauchte jemanden, der zaubern konnte wie Aaron. Er brauchte *Mi-chan*.

Mitsu war die verwunschene Prinzessin, der Paradiesvogel ohne Nest, den er aufgehoben und gefüttert hatte, um ihren Zauber zu erfahren. Sie hatte ihn nicht nur übersetzt. Sie sang an seiner Stelle. Und er hatte zusehen können, wie sie auch den fremden Vogel verzauberte, hatte zusehen müssen, wie sie ihm zuflog, und ließ es gut sein. Alles für Yoneuchi. Sein Paradies brauchte ein Menschenpaar.

Wenigstens seine Tränen hatte er einmal sehen müssen, der fremde Vogel Paul. Aber sie würden beide, wie Moses und Aaron, das gelobte Land nicht betreten. Nebenan war es totenstill. Jetzt waren sie Brüder im Verlust.

Paul wollte den Artikel zurückgeben, aber Seizō hing in seinem Sitz und hatte die Augen geschlossen, den Kopf zurückgelegt. Da kroch Paul zu ihm hin, das Futteral in der Hand, in dem der Jubiläumstaler am rotweißen Band Zähringens steckte, hob es heraus und hängte es ihm um den Hals. Als er sich nicht rührte, ergriff er seine Hand, die achtlos auf der Reisstrohmatte lag. Seizō drückte sie nur einmal und ließ sie wieder los. Plötzlich begann er leise zu singen, und Paul verstand jedes Wort:

Muß i denn, muß i denn zum Städtele naus, Städtele naus, und du, mein Schatz, bleibst hier. Wenn i komm, wenn i komm, wenn i wiedrum komm, wiedrum komm, kehr i ein, mein Schatz, bei dir.

Inzwischen hatte sich lautlos die Schiebetür geöffnet, und

sein Chauffeur trat ein. Er wartete stehend, bis der Bürgermeister alle Strophen, bis zur dritten, zu Ende gebracht hatte:

Übers Jahr, übers Jahr, wenn mer Träubele schneidt, stell i hier mi wiedrum ein; bin i dann, bin i dann dein Schätzele noch, so soll die Hochzeit sein. Übers Jahr, do ist mei Zeit vorbei, do g'hör i mein und dein, bin i dann, bin i dann dei Schätzele noch, so soll die Hochzeit sein.

Einen Augenblick herrschte Stille. Dann verneigte sich Gevatter Tod vor Paul, griff seinem Chef unter die Schultern und hob ihn scheinbar mühelos auf die Füße, auf denen er sich, mit immer noch geschlossenen Augen, gerade hielt. Dennoch bot ihm der Fahrer einen Arm und bat Paul mit einer Kopfbewegung, die Tasche nachzureichen. Paul schob das Zeitungsblatt in die Broschüre, steckte es in die Tasche, auch das Futteral der Medaille, Smartphone und Brillenetui, legte sich Seizōs Sakko um und begleitete die Männer zur Tür, wo sich der Bürgermeister setzte wie ein Kind, um sich fertig anziehen zu lassen und in die Pantoffeln zu schlüpfen. Seine Begleiter taten desgleichen und faßten den schweren Mann an jeder Seite unter, um ihn hochzuziehen und wortlos durch die Korridore zum Ausgang zu geleiten, Schritt für Schritt.

Da erwartete sie bereits die Wirtin, und Irie setzte sich auf die Schwelle, wo sie ihm die Schuhe anzog, wofür er sich mit einem Nicken bedankte. Die schwarze Limousine stand schon vor der Tür, und nun führte ihn Usui alleine weiter. Bevor sich der Bürgermeister in den Fond sinken ließ, hob er, ohne sich umzublicken, eine Hand und schwenkte die Goldmedaille. Gevatter Tod aber verneigte sich zweimal gegen die Zurückbleibenden, dann setzte er sich ans Steuer, der Wagen fuhr an, zuerst ohne Geräusch, und war weg.

Die Wirtin winkte ihm immer noch nach. Schließlich fragte Paul:

When are Mr. and Ms. Tenma leaving?

They have already left, for the hospital, sagte die Wirtin. – *Mr. Tenma was not well.*

O, sagte Paul.

And you are leaving to-morrow?

Yes.

Your car will expect you at nine o'clock.

Sie verbeugte sich tief.

Im «Eisvogel» war es so still wie am Tag, wo er das Haus, damals zu zweit, erstmals betreten hatte. Er ging zu ihrem Zimmer und klopfte; als keine Antwort kam, drehte er den Knopf und trat ein. Der Raum war aufgeräumt und kühl, als wäre er lange nicht bewohnt worden. Die Fenstertür stand offen.

Als er hinaustrat, sprang das Gartenlicht an. Er setzte sich auf eines der Stühlchen, sah in die wohlgeordnete kleine Landschaft hinaus, die sich von derjenigen vor seinem eigenen Fenster nur wenig unterschied, und blieb sitzen, bis er sich das Bild ganz und gar eingeprägt hatte.

In dieser letzten Nacht hatte er, ohne viel zu schlafen, einen bösen Traum. Er hatte, einsam in seinem Haus auf dem Kreuzkopf, eine Katze, vertrauensvoll, wie sie war, in den Backofen getan. Man hörte ihren Todeskampf nicht. Er sah auch keine Reste. Nur die Pizza war leicht verschoben.

An diesem Morgen regnete es zum ersten Mal. Nach dem Frühstück, zu dem die Wirtin bei ihm sitzen geblieben war, verabschiedete sie sich in wechselseitigem Kauderenglisch ausgiebig von ihrem lieben Gast.

«Ich wiederhole noch einmal meinen Dank für die Zeit, welche Sie mir geschenkt haben», sagte ich, «für die Mitteilungen und wünsche Ihnen gute Nachhausekunft und eine glückliche Nacht.»

16 Spielmann

Hakone.

Als Paul Neuhaus den Ort zur Erholung von Fukushima vormerkte, hatte er die falschen Bilder angeschaut. In *Hokusais* Hakone schmiegten sich ein paar Häuschen mit blauen Dächern um einen milden Bergsee, der außerdem von Zederngruppen garniert und von rosa Wolkenbänken durchzogen war; links der Mitte aber erhob sich aus einer Delle die schneeweiße Pyramide des Fuji-san wie ein keimfreies Spielzeug. Schon *Hiroshige* hätte mit seinen 53 Ansichten des Tōkaidō ein anderes Hakone zu bieten gehabt: Kolonnen von Last- und Sänftenträgern, die auf schmaler Spur, durch erschreckliches Felsgetürm, der 10. Station entgegenklommen, wo sie eine noch weit härtere Prüfung erwartete, nämlich durch die Büttel des Tokugawa-Regimes. Denn Hakone war die Mutter aller Zollstationen, mit denen die Reise von einer Hauptstadt in die andere, vom Sitz realer Macht des Shoguns zum Sitz der symbolischen des Tenno, wie mit Fußangeln gespickt war. Und der *Rückweg*, ob von Edo nach Miyako (heute: Tokyo und Kyoto) oder umgekehrt, war mit Sicherheit noch riskanter.

Paul war im Zug nach Odawara, gewissermaßen der Talstation Hakones, dem Norweger Lars begegnet, der den Tōkaidō, soweit noch erhalten, zu seinem Hobby gemacht hatte und in jeder Jahreszeit bewanderte, dabei übrigens den Fuji kein einziges Mal gesehen hatte. Er verglich die alte Straße einem Schwebebalken, auf dem man früher mit schwerer Last habe balancieren müssen. Dabei sei Hakone die Höhe gewesen, auf welche der Weg, nach den Regeln ökonomischer Vernunft, durchaus nicht hätte führen müssen, aber dies war die Kippstelle des Balkens. Die Regeln der Herrschaft verlangten, daß man diese Station erst mit Furcht und Zittern als *Berg* erfahre, bevor sie sich als Übergang zu erkennen gab. Und für viele sei sie dann erst zur Falle geworden, wenn man einem Wanderer nachweisen konnte, daß er bereits in irgendeiner Form vom rechten Weg abgewichen sei. Abweichung war todeswürdig im alten Japan, darum habe man in der Zollstation auch gleich die Köpfe der Fehlbaren reihenweise ausgestellt sehen und von Glück reden können, wenn man den eigenen nochmals aus der Schlinge gezogen habe. Der obligatorische Weg, auf dem die Provinzfürsten dem Shogun reiche Geschenke als Tribut, aber auch Teile ihrer Familie als Geiseln zuführten, sei darum immer auch ein hohes Seil gewesen, auf dem jeder Schritt falsch sein konnte. Und immer, wenn Lars die gepflasterte Spur wiederfand und unter die Turnschuhfüße nahm, war die Gegend gottverlassen, und er konnte im hohen Bambus, durch den er aufstieg, die Gespenster wispern hören.

Ja, Hakone, zur Erholung empfohlen, war ein *Hals*, der Übergang mit der gefallenen roten Säule, den die Kinder Konrad und Sanna im tiefen Schnee nicht wiedergefunden hatten. Stifters Hals. Nur ein falscher Schnitt, und alles war vorbei.

In den ersten Tagen verließ Paul Neuhaus kaum sein Hotelzimmer, anfangs vermied er sogar den Blick aus dem Fenster. Sein Leben war zum Stillstand gekommen. Er fühlte seinen Körper nicht mehr. Zugleich nahm dieser allen Raum ein, der ihm geblieben war, und verstopfte ihn mit Leere.

Dieser Zustand verlangte nach einer Art von Rechenschaft. Er versuchte wieder zu schreiben, in ein graues japanisches Schulheft. Er hätte es drehen müssen, um sich von den vorgedruckten feinen Linien leiten zu lassen, aber da er querüber begonnen hatte, wirkte seine Handschrift zugleich eigensinnig und haltlos. Er hatte das Heft 2011 gekauft, am Ende seiner ersten Japanreise mit Suzanne, vor der zweiten eingepackt und dann vergessen. Erst in Hakone fiel es ihm wieder in die Hand, und er hatte sich, wie aus weiter Ferne, an seinen Vorsatz erinnert, Notizen für eine Fortsetzung von «Hier und Jetzt» zu sammeln, mit Stifters Erzählungen als Kompass. Jetzt war seinem Leben die Richtung verlorengegangen. Auf dem Umschlag aber stand immer noch der Arbeitstitel «Körper und Sprache».

Da war er einmal hergekommen. Wo war er jetzt, und wozu?

Wenn er nachdachte, konnte er nicht schreiben; wenn er schrieb, setzte das Denken aus. So etwas nannte man *Doublebind.* Als er noch Schulaufsätze schrieb, glaubte er, dem Papier das ganze Leben schuldig zu sein, mit jedem Satz. Dafür war er im Wort, aber bei wem? Er hatte den Mutterleib verloren, der ihn fünf Jahre lang gestillt und gewärmt, im Aberhof übers Feld und durch den Weinberg mitgenommen hatte, Hand in Hand.

Und eines Tages war dieser Leib nicht mehr da. Die Mutter gab es nur noch als Sprache, aber die Trauerpredigt in der Kirche, der erstickte Trost des Vaters, die Redensarten der Leute, alle diese Sprachen waren falsch, denn keine brachte die Mutter ins Leben zurück. Jetzt war es an ihm, die richtige Sprache zu finden. Vielleicht lag es an einem einzigen Wort. Aber wer war er, um seine Mutter vom Verschwinden zu erlösen? Nun hatte sein Körper in Fukushima eine Sprache gefunden, und er verstand sie nicht.

Meine geliebte Braut, du höchstes Gut meines Herzens hienieden! Höre mich an. Mein großes Bild, welches bis auf Kleinigkeiten fertig ist, kann die Düsterheit, die Einfachheit und Erhabenheit des Moores nicht darstellen. Ich habe mit der Inbrunst gemalt, die mir deine Liebe eingab, und werde nie mehr so malen können. Darum muß dieses Bild vernichtet werden, und keines kann mehr aus meiner Hand hervorgehen. Wenn du sagst, ich werde dich verlieren, wenn ich mein Streben aufgebe, so muß ich dich mit dem ungeheuren Schmerze verlieren, aber meinen Entschluß ausführen.

Du bist ein verschämter Narziß, hatte Suzanne gesagt, du mußt einmal richtig unverschämt werden.

Doch Narziß wird kein neuer Mensch, wenn er seine Quelle, den Spiegel, verhüllt oder sich dahinter versteckt. Er müßte die Kraft haben, ihn zu zerschlagen, und dann aushalten, was immer ihm geschieht. Aber warum war er selbst so gut wie verschwunden und der Spiegel leer?

Deine Bilder sind außerordentlich schön; wenn aber deine Gedanken höher sind und du dich durch deine Hervorbringung gedemütigt fühlst, vertilge sie.

Er dachte an die letzten Gefährten des Odysseus. Sie hatten sich an die Bäuche der Schafe geklammert, als der geblendete Zyklop seine Herde aus der Höhle trieb und den Rücken der Tiere abgriff, um die Flucht seiner Gefangenen zu verhindern. Daß sie gelang, hatte ihnen nicht lange geholfen; schon ihr nächster Mißgriff – an den Rindern des Sonnengottes – besiegelte ihr Ende. So hielt sich Paul an Mitsu fest, als könne er sich bei ihr nicht genug der Gewißheit holen, daß ihm nicht zu helfen war. Aber wenn er gar keine Hilfe brauchte, sondern etwas mehr – oder auch: viel weniger? Jedenfalls: was zurückblieb, war ein einzelner Mensch, ein Niemand, gebeutelt und ausgesetzt, ausgeliefert dem unendlichen Meer.

Vielleicht hatte seine Existenz einfach den Höhe- oder Tiefpunkt der *Verlegenheit* erreicht.

> Dann schnitt ich die Leinwand des Bildes aus ihren Hölzern, zerschnitt sie in kleine Teile und verbrannte diese Teile langsam im Ofen. Dann zerlegte ich die Hölzer und verbrannte auch sie. Dann verbrannte ich alle meine Entwürfe und zuletzt die Farben, die Pinsel und die Malerbrette. Was sonst noch an Geräten war, bestimmte ich späterer Zerteilung. Daß in dieser Sommerzeit Rauch aus meinem Rauchfange ging, befremdete meine Nachbarn, die Wirtsleute, nicht; denn ich hatte öfter im vergangenen Sommer zu meinen Zwecken Feuer in meinem Ofen gehabt.

Seit dem letzten Abstieg in Suzannes Atelier hatte Paul keinen Rechner mehr angerührt. In Japan hatte er, wo nötig, andere für sich klicken und klappern lassen, zuletzt die Wirtin, als sie die Reservation seines Rückflugs nach Europa buchte und ausdruckte. Das Datum war mit Mitsu besprochen und schloß, wie von ihm gewünscht, diese Tage der Besinnung ein, die er nach Fukushima nötig zu haben glaubte. Ken hatte das Hotel schon früher gebucht. Jetzt mußte Paul diese zwölf Tage absitzen.

Er wolle ja auch *schreiben*, hatte er Mitsu erklärt, als sie beide, zur Erheiterung der Wirtin verkleidet und gestiefelt in ihrem Büro erschienen waren, um dieses Nachspiel festzumachen und auch gleich den Termin seines Abflugs. Das war am Morgen vor ihrem Besuch im Ōkura-Haus, der alles verändert hatte – bis der Auftritt Kens jede Zuversicht zur Illusion machte und den Aufenthalt im Hotel, wo er seine Flitterwochen mit Mitsu verlebt hatte, zum reinen Hohn. Es blieb kein Raum mehr für Ausbrecher-Phantasien. Gegenwart und Zukunft waren vor Pauls Augen verbrannt und ließen von ihm selbst nur eine abgebrochene Vergangenheit übrig, und das Gefühl grenzenloser Öde. Jetzt saß er als Tourist an einem Ort fest, den er ahnungslos selbst ins Spiel gebracht hatte. Aber nun, wo das Spiel ernst gemacht hatte, war es aus.

Paul wand sich vor Scham bei der Erinnerung, wie er Mitsu, im Gespräch über Stifter, weisgemacht hatte, das Schreiben der «Studien» sei sein wahres Leben gewesen – dem er nicht nur das Unglück seiner bürgerlichen Existenz, sondern auch ihr sparsames Glück *feierlich* geopfert habe.

> Ich sah in wahnsinnigem Zorne und in wahnsinniger Liebe gegen ihre Augen. Ihre liebe Hand tastete jenseits der Mauer hinab, und als sie mein Haupt erreichte, von dem ich die Bedeckung bei dem Beginn des Zeichnens in das Gras gelegt hatte, hielt sie die Hand auf meinen Scheitel und drückte mich sanft nieder.
> Ich atmete nicht in diesem Augenblicke. Dann stand sie auf und sagte: «Wir müssen doch das Bild auch von einer andern Seite betrachten.»

Darauf wartete er, nur dafür blieb er in diesem Hotelzimmer sitzen. Er wollte Mitsus Anruf nicht verpassen, als erwarte er ihn im Ernst. Durfte er sich noch Homo *sapiens* nennen? Dazu konnte man nur, wie Ken, schrill auflachen. Nicht nur vermag der Mensch die Folgen seines Handelns nicht abzuschätzen, er erkennt darin nicht einmal mehr seine erklärten Absichten wieder. Dann kann er, keineswegs getrost, jede Nachricht über sich selbst als *Fake* betrachten. Und daß sie als solche keineswegs beabsichtigt oder gar böswillig war, machte die Sache vollends hoffungslos.

Was GILT? Wo kommt man hin, wenn Stifters «Blumenkette» der Kausalität nicht nur gähnende Lücken zuläßt – denen seinerzeit mit Gottvertrauen noch beizukommen war – sondern aus Lücken *besteht,* in denen nur noch die Blume des Todes gedeiht?

Wenn der Tod Paul Neuhaus in Hakone *geblüht* hätte, er hätte ihn angenommen. Aber daß er ihn sich hätte antun müssen, war zu viel verlangt. Nie war er der Versuchung, Schluß zu machen, näher gewesen – und nie hatte ihn der Aufwand, der dafür nötig gewesen, weiter davon entfernt. Aber: worauf wartete er denn noch? Für andere Hotelgäste war die Stelle, die er in Raum und Zeit einnahm, besetzt: da sahen sie einen älteren Mann mit deutschem Hintergrund immer noch unter den Lebenden zappeln. Aber war er nicht schon ein Gespenst am hellichten Tag?

Alles war aus weichem Holze gefertigt und grau wie die Wände angestrichen. Ich wollte nämlich nicht, daß irgend eine Farbe entschieden in der Wohnung herrsche.

Über die touristischen Defizite seines Hotels hatten sich schon Kommentare früherer Gäste (Paul hatte sie noch an Suzannes Computer eingesehen) ungnädig ausgelassen. Aber über allem schwebte doch eine Himmelserscheinung anderer Art und von einer anderen Welt: der Fuji-san.

Seinetwegen hatte er nach Hakone gewollt und sah jetzt mit Augen: dieser Berg war *erhaben* – auch über den Verdacht, jedermanns Sehenswürdigkeit zu sein. Man hätte ihm näherrücken können, hätte ihn anderswo auch zuverlässiger gesehen, sogar in ganzer Höhe und vielleicht den ganzen Tag. In Hakone aber, und von Pauls Zimmer, war er nur morgens und abends sichtbar, über Vorbergen, die seinen pyramidalen Körper ausblendeten – ein geisterhafter Hauch ewigen Schnees, der sich bei guter Sicht zu einer etwas schief sitzenden Kappe auf einem leicht rechtslastigen Gipfel verfestigte und die Regelmäßigkeit seiner Fortsetzung nach unten nur ahnen ließ. Diese aber war Paul Neuhaus von Farbholzschnitten fast übertrieben gegenwärtig. Vom heiligen Berg nur noch eine *Spur* am Himmel zu sehen, die sich bei jedem Wetterwechsel verflüchtigte, kam der Andacht davor zugute.

Schon am dritten Tag hatte Paul auf seinem seeseitigen Balkon nichts Besseres zu tun, als diesen Hauch von Berg sich unmerklich im diesigen Himmel auflösen zu sehen, bis sein Umriß gegen Abend, wie ein Bild aus dem Entwickler, wieder hervortrat. Mit so langer Weile war der Fuji gewiß noch nicht betrachtet worden. Er bildete vollkommen den Zustand ab, in dem sich das Gröbste von Pauls Niemandsqualen zu setzen und zu legen begann. Er nannte es «temperierte Abwesenheit». Beim Fuji-Berg durfte sie sich als «dosierte Anwesenheit» sehen lassen, wobei der Betrachter nicht vergaß, daß sie einem keineswegs erloschenen Vulkan gehörte. Die Auguren der Seismik sagten ihm sogar eine nahe bevorstehende Tätigkeit voraus. Auch wenn Paul sie wohl nicht erleben würde – die explosive Kraft unter der hauchzarten Kuppe war *da*, und sie war ein fast überwältigender Trost.

Die Nachsilbe «san» steht für «Berg», aber sie klingt auch wie die Höflichkeitsform, mit der man einen Menschen anspricht: Mitsu-san. Davon war einmal, im Augenblick stärkster Empfindung, nur noch der Aufschrei *san! san!* übrig geblieben, und Pauls brechendes Auge hatte ein bestimmtes Stück Landschaft aufgenommen, eine von Föhrenkronen gefranste Linie am Horizont, der gewiß noch kein Mensch einen Blick geschenkt hatte. Aber die höchste Lust brannte sie ein wie den letzten noch fälligen Strich eines vollendeten Gemäldes.

So begegneten sie sich jetzt, Fuji-san und er, gleichsam von einem Höhepunkt zum andern, wobei derjenige des Menschen das eigentliche Phantom war. Aber das bewahrte ihn davor, dem Berg nähertreten zu wollen, als sein Standort erlaubte.

Anmutig immerhin war auch die kleine Weite des Sees zu seinen Füßen, und wohltuend unbelebt. Er hieß *Ashinoko*, kurz *Ashi*, und jede Stunde einmal zog das Piratenschiff vorbei, die von *Sightseern* geschwärzte Simulation eines Dreimasters mit buntem Heckaufbau und gerafften Segeln, deren Diesel man vorübergehend tuckern hörte.

Am Rand der Wiese rastete, nie benützt, das hotel-eigene Motorboot an seiner kleinen Reede und verbreitete, vor sich hin plätschernd, die Melancholie eines Bildes von Corot.

Das Hotel selbst, errichtet in der Betonpracht einer schon angejahrten Moderne, war zweiteilig: neben dem Flachbau erhob sich ein Zimmerturm mit geschweiften Balkonen, den Paul für drehbar gehalten hatte. Aber sein Zimmer im 11. Stock blickte unveränderlich Richtung See und Fuji und hatte sich damit auch in eine höhere Preisklasse erhoben. Die Leistungen dazu hielten sich in Grenzen, die Wege über Wendeltreppen waren, wenn der Lift ausfiel, umständlich, und zum Badeflügel mußte Paul erst die volle Länge des Komplexes abschreiten: lieber draußen als im Haus, wo die Übersicht leicht verlorenging. Am dritten Tag wagte er sich zum ersten Mal ins Bad. Es tat weh, wie die Erinnerung an Fukushima.

Das Hauptstück der Anlage blieb die Wiese zum See, wo sich Paul, zwischen Reede und Schilf, die nötige, allmählich wieder willkommene Bewegung verschaffte. Nicht ganz neidlos ging er an den älteren Paaren vorüber, die sich auf den Bänken am Ufer der Wiese verweilten. Hatte ihn Ken in diese Kategorie eingeordnet? Manchmal fragte er sich, wie viel *Malice* an seiner Hotelwahl beteiligt gewesen war, und dachte mit stillem Grauen an den Auftritt im «Eisvogel» zurück. Daß er frei von Rachsucht gewesen sei, konnte sich Paul nicht vorstellen, auch wenn sich Ken angeblich zu Männern hingezogen fühlte, oder gerade darum. Jetzt beanspruchte er Mitsu als Notfall und hatte sich unangreifbar gemacht.

Paul schauderte bei der Vorstellung, welches Leben und Unleben sie seither mitzumachen verurteilt war. Sein Gefühl sagte ihm, daß sie nie aufgehört habe, Ken zu lieben, auch wenn sie ihn eher bewundert und nicht ganz wenig gefürchtet hatte. In der Inbrunst, mit der sie Paul eroberte, war etwas wie Verzweiflung gewesen, und er hatte nie das Gefühl, eine Mutwillige zu umarmen, sondern eine Ertrinkende. Zu diesem Entfesselungsversuch hatte die verstrahlte Landschaft gehört. Mitsus Begehren hatte einen Geschmack von Notfall und Mundraub. Jetzt war es nichts als töricht, ihren Anruf zu erwarten.

Immer wieder suchte er den Blick des Fuji mit einem Gefühl, für das sein Großvater Worte aus der Bibel gehabt hatte: «Ich hebe meinen Blick zu den Bergen, von denen mir Hilfe kommt» – mit der einzigen Gewißheit, daß ihm die Geliebte in diesem Augenblick näher war als er sich selbst. Aber für ihre Abwesenheit gab es keine Sprache. Auch im Stifter las er nicht mehr.

Was ich jetzt tun sollte, wußte ich nicht. Es war eine Leere gekommen.

Er redete – außer höflichen Wortwechseln mit dem Personal – mit keinem Menschen, verpflegte sich im Restaurant mit französischem Namen und dem Anspruch auf eine entsprechende Küche. Es bot keinerlei Versuchung, sitzen zu bleiben. Die kleine Ladensiedlung oberhalb des Hotels schloß ihre Geschäfte schon nachmittags um halb vier.

Dort begegnete er zum ersten Mal einem Kinderwagen, von einer gepflegten älteren Dame geschoben, in Begleitung einer Karikatur geschwollener Männlichkeit. Der Herr ging in seinem Zweireiher so gespreizt, daß er kaum vom Fleck kam, und atmete so schwer, als könne er sein eigenes Gewicht nicht tragen. Als Paul in den Kinderwagen blickte, sah er darin einen goldbraunen Pinscher. Er war bis zum Kinn zugedeckt, während sich seine kleine Löwenmähne auf beiden Seiten über das Kissen sträubte, und blickte Paul mit großen braunen Augen fassungslos ins Gesicht.

«Wo gehn wir denn hin? Immer nach Hause.» Wo war sein Haus? Manchmal, wenn sich sein Blick trübte, kam ihm sein gläsernes Luftschiff vor, auf seinem Blindflug in die Auflösung zum reinen Nichts. «Doppeldecker», das war schon zu hoch gestapelt, zwei Stockwerke waren eines zu viel. Aber für ein einziges war es zu leicht gebaut, und hatte sich von seiner Höhe gelöst, hatte abgehoben ins Nie- und Nimmerwiedersehen. Wohin flog er übermorgen zurück, und wozu?

17 Gespenster

Am nächsten Abend blieb Paul im Restaurant hängen, festgehalten von einem fremden Klang aus dem Hintergrund: eine Zither spielte das «Harry Lime»-Thema aus dem «Dritten Mann». Plötzlich befand sich Paul in der übermöblierten Wohnung seines Vaters und sah das damals ganz neue Radio vor sich, dessen grünes Zyklopenauge zwinkerte, im Rhythmus der Zither-Schläge. Der Vater hatte sich an diesem Motiv nicht satt hören können; es erinnerte ihn an seine Studienzeit im Wien des Nachkriegs, wo er mit einem Freund in Ottakring logiert hatte, im «Auge Gottes», einem schäbigen Hotel, wo sie abends gebechert und wüste Feste gebaut haben wollten. Der Prater, die Katakomben, der Aufstieg in den Stefansdom, die Patrouillen der Amerikaner und Russen, und auch – aber erst wenn die Stiefmutter in die Küche verschwunden war – die Madl in der Kärntnerstraße! Nie war es im Leben des Buchhändlers flotter zugegangen als in den Wiener Geschichten, die er seinem Sohn, dem Gymnasiasten, verschwörerisch anvertraute, ohne damit etwas anderes zu erregen als Widerwillen.

Vaters Held war der Zitherspieler Anton Karas, ein Arbeitersohn aus der Vorstadt, den ein einziger Lauf, das *Harry Lime Theme*, dank weltweiter Verstärkung durch den Orson-Welles-Film «Der dritte Mann» zum Glückskind gemacht hatte. Er war von der englischen Prinzessin Margaret und vom japanischen Kaiser empfangen worden, und während er in allen Wirtshäusern der Welt *Harry Lime* spielte, klingelte seine Kasse ebenso unermüdlich. Nur ein einziges Mal im Leben hatte er die rechten Töne finden müssen und war ein gemachter Mann! Nur hatte er überall in der Welt Heimweh nach seinem Wien. Und als er in Sievering endlich im eigenen *Beisl* aufspielen konnte, war es ihm zu nobel. Aber mit seiner Zither hatte er Glück wie Unglück überlebt, und wenn er einmal starb, war *Harry Lime* etwas, das blieb.

Wie gern wäre der Vater, statt Buchhändler, *a rechts Wiener Kind* geworden.

Und da traf er plötzlich wieder Pauls Ohr, der Doppelklang Glück/Unglück, und ließ ihn leer schlucken. Nichts hätte fremder klingen können als ein Schmankerl aus den fünfziger Jahren in diesem japanischen Seniorenhotel mit falscher französischer Küche. Inzwischen hatte der Musikant seine immergleiche Melodie mit dünner Stimme zu begleiten begonnen, und Paul glaubte Worte zu verstehen, denn sie klangen wie deutsch. *Und i und mei brua-da – mir hams scho im brauch – mia gehen-gan zu d'menscher – und kratzens'am bauch – und nimm eahm in d'hand – ja, er kann di net beis-sn – er hat ja kan zahnd.*

Er drehte sich nach dem Sänger um. Im Halbdunkel neben der Tür saß ein vielleicht sechzigjähriger Ausländer über sein Instrument gebeugt, das entfleischte Gesicht wie suchend aufgerichtet. Es war von einem Backenbart gerahmt und schwarz wie das spärliche Haupthaar. Die Augen versanken in ihren Höhlen, dennoch schien es Paul, als hätten sie sich geweitet, als sie den seinen begegneten. Von der Gestalt ging ein unsäglicher Trübsinn aus, auch wenn die Singstimme, die im Schrammeln der Saiten fast unterging, auf lustig machte. Seine Kleidung erinnerte Paul an diejenige der amerikanischen Pilgerväter oder die Tracht der *Amish,* die aus Glaubensgründen immer noch in der vorindustriellen Zeit leben. Was von seinem Leib zu erkennen war, steckte in einer schwarzen, von zwei Trägern bis zum weißen Kragen hochgezogenen Latzhose, deren Beine über groben Nagelschuhen im Takt wippten. Die Erscheinung erinnerte auch an alte Stiche vom Landleben und hatte zugleich etwas Kindliches, wie auch das pflichtschuldige Wiegen seines Kopfes.

Die Gäste schenkten dem Mann keine Aufmerksamkeit, auch das Personal ignorierte ihn; er schien nur für sich selbst zu spielen. Auch Paul genierte sich, ihn länger zu mustern. Er wandte sich wieder dem nächsten Gang zu, und während er aß, verstummte die Zither in seinem Rücken. Paul erwartete, daß der Mann bald von Tisch zu Tisch ging, um einen Obolus einzuziehen, aber er war verschwunden.

Im Bedürfnis, vor der Nachtruhe noch mit einem Menschen zu reden, erkundigte sich Paul Neuhaus an der Rezeption nach der Bewandtnis des armen Spielmanns. Aber der Manager, der etwas Englisch sprach, schien gar nicht zu verstehen, wovon die Rede war, und lächelte befremdet, als Paul das *Harry Lime*-Thema zu summen begann. Ja, man spiele im Restaurant Musik vom Band, damit sich die Gäste ungestört unterhalten könnten. Ob sie zu laut gewesen sei? *Didn't you like the music?* fragte der Manager höflich. Es war eine Frage wie: *Do you like Japan?* Man konnte sie nur ebenso höflich bejahen. Paul insistierte nicht weiter. Es mußte nicht sein, daß ihn der Manager für geistesgestört hielt.

Am Abend sah er eine Fernsehreportage, die ihn wider Willen gefangen nahm. Es handelte sich um das Porträt zweier Brüder.

Der Jüngere, ein feister Koch, besorgte den Haushalt des älteren, in einer Wohnung, die zum Anstoßen eng war, und erlebte dabei auf Schritt und Tritt den Hohn und Widerstand seines Pfleglings. Der hatte fortwährend Sonderwünsche oder beschäftigte sich mit den Schwären an seinen ausgezehrten Beinen, die er umständlich und immer nölend zu verbinden suchte, bis ihm der Bruder widerwillig zu Hilfe kam. Auch dieser war, außer im Gespräch mit der Kamera, unwirsch. Ein schlichtes

Ekel war zum Beistand eines monströsen verdammt, das sich einen Sport daraus machte, Nothilfe mit Undank zu vergelten.

Zugleich hatte das Verhältnis der ungleichen Brüder etwas unfaßbar Rührendes. Das Mündel war nämlich Künstler und lebte nur für seine Auftritte, die er in der Wohnung vorbereitete. Jede Geste des Alten, jeder vergebliche Versuch, den elenden Leib mit einem Lappen zu verkleiden, sein Gesicht grimmassierend und immer grell zu schminken, stand im Zeichen seines Auftritts auf der Straße.

Wenn er sich auf einer gepflasterten Ecke, abseits des Autoverkehrs und mit Vorliebe unter einer Eisenbahnbrücke, aufbaute oder gleich hinwarf, begann sich bald ein Kreis Schaulustiger um ihn zu sammeln. Sie starrten eher ungläubig als angewidert auf das Spektakel, das der Greis mit rotem Käppchen und rotem Mäntelchen zu den grellen Tönen aus einem tragbaren Radio aufführte, als wäre er allein in einer leeren Welt, von allen guten Geistern verlassen, die er mit seiner dünnen, plötzlich durchdringenden Stimme beschwor, vor denen er sich drehte, wendete und immer wieder hinwarf, um sich zuckend weiterzuwälzen.

Es war deutlich, daß er des Stockes, mit dem er, als leibhaftes Zerrbild des Alters, herumfuchtelte, wirklich bedurfte, um sich auf den Beinen zu halten. Das bootähnliche Brett unter seinem Arm, eigentlich zu schwer für seine Kraft, bewahrte ihn zugleich vor dem Abheben ins reine Nichts. Es war sein Flügel für keinen Flug.

Er nannte sich Gilyak Amagasaki, «*the Greek*», vielleicht weil er nicht nur *eine* Tragödie des Menschen verkörperte, sondern gleich alle miteinander. Dabei war sein Auftritt penetrant japanisch, ein verzerrtes Kabuki-Zitat, mit Einschlägen von Butō-Tanz. Aber es war *sein* Tanz, unverwechselbar, und wenn ihm die Glieder versagten, was nicht nur gespielt war, tanzte er mit jeder Falte seines Gesichts. Zahnlos war es schon dasjenige einer Leiche; schob er sich seine dritten Zähne, ein blitzblankes Gebiß, in die eingesunkene Mundfalte, begann das Gesicht übergangslos von falschem Leben zu strotzen, höhnischer Gesundheit, bissigem Frohmut.

Der Mann war 86. Er hätte, mit seiner miserablen Konstitution, auf eine Pflegestation gehört. Aber davon abgesehen, daß er sich keine hätte leisten können, hätte ihn keine auch nur einen Tag behalten. Sein Beruf war, in welchem Zustand immer, andere zu erschüttern, ein Publikum oder auch nur: einen Ring von Leuten, deren Teilnahme ehrlich wurde, wenn ihnen das Mitleid verging. Dieser durchdringend Sterbliche war unauslöschlich. In seiner Art von Tanz blakte er wie eine Kerze, ohne sich zu verzehren. Er führte sich selbst vor, in einem Exzeß von Hinfälligkeit, dem kein Bedauern standhielt, auch kein Entsetzen. Dieser Uralte war über Horror und Terror hinaus. Er machte vor, wie ein Mensch zugleich närrisch hampeln und sich fassen kann. Wie tragfähig, wie belastbar auch ein Rest von Leben ist, wenn er sich zum *Glühen* bringt.

Wenn dieser «Grieche» ins Mikrophon des Reporters sprach, wirkte er arglos und kindlich. Er erzählte, meist stockend, aber auch wieder ganz routiniert, von seinem Herzschrittmacher, der ihn ständig zittern ließ, so daß er sich nicht gut schminken könne. Oder davon, daß sein Straßentanz verboten sei und daß er seit 40 Jahren darauf warte, verhaftet zu werden.

Es wird ihm nicht geschehen. Der Grad von Schutzlosigkeit, den er zu bieten hat, ist sein einziger Schutz, aber wirksam. Der Ring von Leuten, die sich erschrocken, befremdet, angewidert, wider Willen hingerissen um ihn sammeln, sind seine Schutzleute. Das Lachen, das einem vor ihm vergeht, ist sein Schutzbrief. Und er hat einen Hüter, der wanken kann, wie er will, weichen wird er nicht von ihm: seinen Bruder.

Dieser Bruder war es, der Paul haften blieb, als der wahre Leib zum flackernden Schatten des Gilyak Amagasaki. Möge er am Leben bleiben. Der Bruder ist der Docht, ohne den die Flamme bald ausgezappelt hätte.

Danach nahm Paul Neuhaus die doppelte Dosis seines gewohnten Einschlafmittels. Es war hoffentlich auch gegen Träume wirksam.

Dennoch glaubte er zu träumen, als er, nach unbestimmter Zeit, aufgeschreckt ans Fenster trat. Die Wiese draußen lag wie im Licht eines vollen Mondes, auch wenn keiner zu sehen war, und auf einer Bank am Seeufer saß der Musikant von gestern und blickte zu ihm herüber. Zu seinen Füßen rührte sich etwas Lebendiges. Ein spielender Hund? Der arme Spielmann hatte sich umgekleidet und war doch sogleich wiederzuerkennen. Nur wahr sein konnte er nicht.

Winterlich saß er, im schweren Mantel, den Überzieher bis zum weißen Halskragen geschlossen; saß etwas geknickt wie ein Gliedermann, dem man Arme und Beine arrangiert hat. Die Beine hängen in viel überschüssigem Tuch über die Sitzfläche, die Manschettenhände liegen, ohne Beziehung zueinander, die rechte ungefähr in Schreibstellung, als wäre diese an ihr hängengeblieben, nachdem Kraft und Zusammenhang aus dem Körper gewichen sind. Ja, der Sitzende *hängt* zugleich, das verrät der vorgeschobene Kopf, den der Hals nicht mehr tragen will. Seine Haltung hat etwas Gottergebenes, und eine *schwache* Erinnerung spielt um seinen Mund, daß man dem Alter Tragen schuldig wäre, dem Leiden Ertragen.

Das Gesicht des Mannes schimmerte wie faules Holz, aber es ging kein eigenes Licht davon aus, und auch vom Himmel fiel es nicht. Es rührte von einem einzigen Punkt her, wo, in großer Höhe, der Horizont aufgebrochen war, um eine Kraft von zündender Finsternis austreten zu lassen. Und jetzt schien die offene

Stelle die Form jenes Dreiecks anzunehmen, die sich am Tag als Berg gezeigt hatte. Das schwarze Licht von oben spiegelte sich im Fleck unten auf der Parkbank mit fließenden Rändern, als läge eine Münze im Wasser, und das Gesicht, das Paul sah, glich bald dem Zitherspieler im Restaurant, bald dem Dichter auf dem Umschlag von Mitsus Stifter-Buch, dann wieder einem der Patriarchen über Avas Hausaltar –

– und jetzt blickt der Mann geradezu in Pauls Augen, hebt den Zeigefinder der rechten Hand, seine Gestalt hat sich gestrafft. Er beugt sich vor, greift mit beiden Händen in das Gewimmel zu seinen Füßen, hebt etwas heraus, zieht es auf seinen Schoß und an die Brust. Und einen Augenblick lang erkennt Paul in aller Klarheit, was es ist – aber im nächsten geht das Licht aus, und die Wiese liegt wieder im Dunkel.

Paul starrt auf den Punkt, wo es am tiefsten scheint, und allmählich beginnt sich's auch hier wieder zu lichten – genug, daß Paul eine leere Bank sieht, zum See hingewendet, wie alle andern Bänke, und dahinter nichts als die weite Fläche des Wassers, das gegen Ufersteine plätschert.

Doch er hat es gesehen, das Kind an der Brust des Mannes, und ist sicher, daß er recht gesehen hat; er hat nicht geträumt und ist noch nicht verrückt. Der Spielmann ist Avas Mann, und er hat ihm das Kind gezeigt, das sie geboren hat, und dafür hat er den Neumond angezündet und das Innere der Zeit nach außen gekehrt. Sein Kind, für das Paul dreißig Jahre lang blind gewesen ist, lebt.

Diese seltsame Nacht mündete in einen Strom ohne Tränen und setzte sich fort in einem tiefen Schlaf, aus dem Paul Neuhaus mit einem Gefühl der Erleichterung erwachte, eines absurden Glücks.

Aber eigentlich mag es kein Fatum geben, sondern eine heitre Blumenkette hängt durch die Unendlichkeit des Alls und sendet ihren Schimmer in die Herzen – die Kette der Ursachen und Wirkungen – und in das Haupt des Menschen wurde die schönste dieser Blumen geworfen, die Vernunft, das Auge der Seele, die Kette daran anzuknüpfen und an ihr Blume um Blume, Glied um Glied hinabzuzählen bis zuletzt zu jener Hand, in der das Ende ruht.

Und als die Morgenluft hereinstrich, stand die Bank wieder in der Reihe, dem Wasser zugekehrt, über das sich die waldigen Berge erhoben, und über den Bergen ein fast-Nichts von reinem Weiß.

Eine Gesellschaft, die sich zum Frühstücken versammelt, bleibt flüchtig. Denn sie kommt, um das Buffet abzuwandern, und setzt sich nur, um rechtzeitig wieder aufzustehen.

Es war Pauls letzter Morgen in Hakone. Er stellte unter den Gästen eine stille Fröhlichkeit fest, aber ungewohnt war vielleicht nur, daß er die Menschen überhaupt wahrnahm. Wieder in seinem Zimmer, ließ er alle Fenster offen, während er zu packen begann. Manchmal ging sein Blick immer noch zum Telefon, als müsse er sich vergewissern: er erwartete keinen Anruf mehr.

Es war eine Leere gekommen.

War die Leere gekommen, um zu bleiben? Daß er sie gar nicht mehr fürchtete, wäre zu viel gesagt gewesen. Mit dem hellen Tag kehrten auch seine Gespenster zurück.

Ken hatte ihm schon im «Imperial» seine Nummer gegeben; er hatte sich jeden Morgen einen Anruf vorgenommen, um sich dann tagsüber so viele Gedanken dazu zu machen, daß er es am Abend doch lieber unterließ. Jetzt stand sein Abschied bevor, und keiner von beiden hatte jemals angerufen; das war Nahrung für Gespenster. Pauls Blockade machte sich auch bemerkbar, als er die Reservation des *Rest House* bestätigen wollte. Er beauftragte die Rezeption erst beim Frühstück damit, und erhielt die Bestätigung, als er schon fast fertig gepackt hatte. Er war um elf Uhr auf den *Shuttle* zur nächsten *Shinkansen*-Station gebucht.

Zwei Gegenstände waren noch nicht im Koffer:

die antike Schale mit den zwei Köpfen, die für das Ehepaar Tenma bestimmt gewesen war – und Stifters Erzählungen. Eine nachsommerliche Lektüre im Flugzeug vertrugen sie noch nicht. Schließlich brachte er beides im großen Koffer unter, der für die Gepäckaufgabe bestimmt war, auch wenn er sich kaum noch schließen ließ.

Zehn Uhr. Es gab für Paul Neuhaus nichts mehr zu tun. Er rief den *Cashier* an und bat, seine Rechnung fertigzustellen. Dann setzte er sich auf den Balkon, vor sich den Fuji-san, der sich noch einmal wundersam entschleiert zeigte. So sah «für Immer» aus, und «nie Wieder». Er faltete die Hände im Hier und Jetzt, dann kam ihn ein Lächeln an. Wie sah er aus, wenn er praktizierte, was er 1986 gepredigt hatte, vor über dreißig Jahren? Es war die Zeit, wo Ava ihr Kind erwartet haben mußte, und das Lächeln verging, wie es gekommen war. Er verneigte sich vor dem Berg, verabschiedete sich von seinem Zimmer, rollte den Koffer durch den Korridor zum Lift, der wieder einmal funktionierte, und regelte seine Schuldigkeit am *Front desk.* Draußen stand schon der Kleinbus bereit, nahm das Gepäck auf, und Paul hatte sich schon verabschiedet, als ihm ein Concierge nacheilte.

O, o, o, Er winkte mit einer Visitenkarte. *This was left for you!*

Paul überflog das Kärtchen, ohne klüger zu werden. – *By whom?*

Aah – ! Der Angestellte zog heftig die Luft durch die Zähne.

It must have been the night porter who took it. I am very sorry, but I couldn't say –

Der Gast steckte das Kärtchen ein und bedankte sich seinerseits für den zeremoniellen Dank des Personals.

Die Fahrt nach Odawara verlief ereignislos. In Tokyo hielt er sich nur gerade zum Mittagessen auf, ohne den Bahnhof zu verlassen. Den Flughafenbus fand er gleich am richtigen Ort. Auf der Fahrt nach Narita versuchte er zu schlafen, ohne Erfolg. Immer wieder nahm er sich die Visitenkarte vor, obwohl er den Inhalt inzwischen auswendig kannte. Es mußte ein Scherzartikel sein. Vielleicht hatte er aber doch irgendetwas übersehen.

Das Kärtchen hatte ein Motto in deutscher Sprache:

Schlaf, träum, steh auf, kleide
dich an und bessere dich.
JOSHUA STROTTER BAINLESTEERER
Former Person
Grossinger's Catskill Mountains Country Club
(abandoned)
Liberty, N.Y. 12754
Darunter stand in kleiner Füllfeder-Handschrift:
Best wishes to Ms Casanova.

18 *Rest House*

Es würde noch lange hell bleiben, als er das *Rest House* erreichte; es befand sich, in der Tat, den *Departure Gates* gleich gegenüber, eine *No-Nonsense*-Unterkunft fürs Nötigste, das aber, bis zur Zahnbürste, vollständig zuhanden war. Ein Haus für kleine Handelsreisende, ein Aufenthalt ohne Umstände, das hatte seine Richtigkeit. Durch schalldichte Fenster sah man den Flugbetrieb hautnah, fast ohne ihn zu hören. Ein Flughafen ist Niemandsland, «ein Einkaufszentrum mit Pistenanschluß», wie er sich auch schon ausgedrückt hatte.

Trotzdem probierte er, entlastet und leer, den kurzen Weg von der Hoteltür zur Eingangshalle hinüber aus und schlich unter *Duty-Free*-Angeboten herum, als habe er gestohlen. Schließlich nahm er drei Postkarten gratis mit, die seinen mutmaßlichen Flugzeugtyp mit Schweizerkreuz an der Heckflosse zeigten. Einfallsloser ging nicht, und er beschloß, damit je einen Abschiedsgruß an Ken, Mitsu und Seizō zu versenden. Um ihn zu schreiben, betrat er eine Sushi-Bar mit ausreichender Beleuchtung, stellte dann aber fest, daß sein Schreibzeug im *Rest House* geblieben war. Einen Kugelschreiber extra zu kaufen, war ihm denn doch zu dumm. Er bestellte ein paar Sushi zum Bier und beschloß, dies sei sein Abendessen gewesen.

Es war immer noch erst 19 Uhr; was beginnen mit dem angebrochenen Abend? Er lungerte unter japanischen Souvenirs herum und ging dann auf einer stark befahrenen Rampe ins *Rest House* zurück, sah Premier Abe in NHK-World-Nachrichten die Atomenergie für unverzichtbar erklären und vollendete den Stumpfsinn als Zuschauer eines *live*-Baseball-Spiels. Als er sich an die Postkarten erinnerte, stellte er fest, daß er sie in der

Sushi-Bar vergessen hatte. Umso besser. Es war vielleicht das Vernünftigste, das *Rest House* beim Namen zu nehmen und vorzuschlafen, zur Vorbeugung des nächsten Jetlags.

Aber Vorbeugen und Ruhen sind zweierlei. Um neun Uhr war er letztes Mal als Kind schlafen gegangen, und so stand er wieder auf und begann den großen Koffer noch einmal umzupacken. Für die antike Schale war nun endgültig kein Platz mehr. Er wollte sie als Zimmerschmuck stehen lassen und vergessen. Für Reiselektüre hatte er am Flughafen durch den Kauf eines überteuerten SPIEGEL (von letzter Woche) vorgesorgt.

War das schon alles?

Sterbensmüde und überwach – da ist an Schlafen nicht zu denken. Das konnte er im Flugzeug immer noch. Da regte sich in Paul Neuhaus der Spieltrieb des Dämons Langeweile. Es juckte ihn, den offenbar als Jux gemeinten *Mr. Bainlesteerer* einer realen Existenz zu überführen. Eine Schnitzeljagd mit der Suchmaschine, aber dafür brauchte er WLAN und einen Computer.

In einer Nische der Eingangshalle hatte er zwei Geräte stehen sehen, für den Gebrauch der Gäste. Der Gedanke, dort allein auf weiter Flur zu klicken, war freudlos, aber vielleicht ließ sich auch im Zimmer etwas einrichten? Er wählte die Nummer der Rezeption und erklärte einer jungen Männerstimme seinen Wunsch.

You may use my own computer, sagte die Stimme, *come to the front desk, and I'll show you.*

Paul nahm die etruskische Salbschale mit den zwei Köpfen unter den Arm und machte sich auf den Weg nach unten. Der jüngere Concierge, ein Brillenträger, führte ihn in die Räume hinter dem Tresen. Der hinterste, mit Computertisch und Drucker, war ganz leer.

If you want to mail, you only need your password.

I have to google something, but it may take some time.

Feel at ease, sagte der junge Mann, der leicht gehbehindert war. – *Beautiful object*, sagte er mit Blick auf die Antike.

You like it? Please keep it.

But this is precious, sagte der junge Mann zögernd.

So is your service. This was meant as a gift for a couple, but it didn't work out. And now it's too heavy to take back.

Then … allright. I have a girlfriend who cares for old stuff. Thank you very much. May I bring you something to drink?

A whisky on the rocks. But it's on me.

No, professor, erwiderte der Concierge, *it's my pleasure.*

Noch einmal war Paul Neuhaus Professor geworden. So hatte alles angefangen, in Kens Einladung.

Schlaf, träum, steh auf, kleide dich an und bessere dich. Er legte die Visitenkarte neben die Tastatur und klickte Google an. Sprache: Deutsch. Die erste Rückmeldung erstaunte ihn nicht:

Es wurden keine mit deiner Suchanfrage – **Bainlesteerer** – übereinstimmenden Dokumente gefunden.

Die Duzgewohneiten der virtuellen Welt ärgerten Paul nicht zum ersten Mal, aber die empfohlenen Hausmittel erwiesen sich als brauchbar:

Achte darauf, dass alle Wörter richtig geschrieben sind.

Probiere es mit anderen Suchbegriffen.

Probiere es mit allgemeineren Suchbegriffen.

Der *Strotter* ergab sich als erster: er war ein Abfallsammler im alten Wien, und der Streifzug durch seine Volkskultur wies Paul nicht nur den Weg zu dem Lumpenliedchen, das er im Restaurant auf die Melodie *Harry Lime*s (wieder ein Wiener Treffer!) gehört hatte, sondern führte ihm auch einen Berufs-Verwandten zu: den *Bänlstierer*, auf Neudeutsch «Knochensammler», womit fast gewiß auch der anglisierte «Bainlesteerer» getroffen war.

Aber was hatte er zu bedeuten? *Beine*, *Gebeine* – dazu fiel Paul Suzannes Lieblingsgebäck ein, das sie ihm aus Zürich mitgebracht und allen Ernstes «Totebeinli» genannt hatte – sie schmeckten nicht besser, seit sie als «Mandelstangen» verkauft wurden. Auch Märchen handelten von Gebeinen – etwa der «Machandelboom», unter dem *Marlenichen* die *Benichen* des von den Eltern geschlachteten Brüderchens sammelt und sie in ein *seiden Tuch* bindet.

Die beinharten Reste von *former persons*, welche das 20. Jahrhundert hinterlassen hatte, kamen ins Bild, als Paul «Grossinger» googelte und unter diesem Namen auf eine Hotel-Ruine stieß, einen veritablen Architektur-Friedhof, und auf den Gründer *Selig Grossinger*. Seine Tochter Jenni hatte eine Sommerfrische mit *kosherer* Küche nach dem Zweiten Weltkrieg zum *Grossinger's Catskill Mountain Resort* von 100 *acres* Umfang ausgebaut – einem Zauberberg mit Kunstschnee und *Dirty dancing*, der 1986 über Nacht *abandoned* und dem Verfall preisgegeben worden war. Seither diente die Totenstadt als Wallfahrtsort gotischen Geschmacks.

Bainlesteerers Steckbrief als *Former person* stimmte zu diesem makabren *Setting*, und jetzt fand Paul auch eine mögliche Konvergenz mit dem alten Wien, der gemütlichen Nekropole, in der sich Ken probeweise in einen Sarg gelegt hatte. Die *Bainlesteerer* mußten, aus ihrer Wiener Vorstadt, noch rechtzeitig in den *Empire State* ausgewandert sein, um ihr Vermögen selbst in den *Catskill Mountains* zu verbrennen, bevor es ihnen der ungemütlichste Österreicher der Weltgeschichte rauben konnte – um es in jenen *Holocaust* zu werfen, in dem der verunglückte Maler nicht nur Europa verheizte, sondern alle schönen Bilder, die es von sich selbst gemacht hatte.

Sein Geist nährt sich von eurer Empörung wie die Phosphorbombe vom Löschwasser, hatte Ken gesagt. – Da hilft nur eins: vergessen.

Vergessen, *tout court.*

Aus der Geschichte nichts lernen, heißt, sie wiederholen.

Heißt es das? Geschichte wiederholt sich nie oder immer. Ganz sicher ist nur: wir lernen nichts daraus. Dafür sind wir nicht ausgestattet. Das limbische System erkennt keine Geschichte, nur Geschichten. Unser Pech, daß die guten nie eindeutig sind. Schleifen wir sie für moralischen Bedarf zurecht, so werden sie schlecht – da können wir uns so gut fühlen, wie wir wollen. Damit bauen wir nur die nächste Scheiße, und müssen auch noch dankbar sein: Scheiße ist Leben, mein Freund – das heißt noch nicht: und umgekehrt. Wir haben ja nichts Besseres als das Leben. Furchtbar, fruchtbar – in japanischer Aussprache klingt das ziemlich gleich. Wir machen davon nur kein großes Wesen wie ihr.

Nach der ersten Stunde Surfen in einem Hinterzimmer des *Rest House* hatte sich Paul überzeugt, daß ihm beim Abschied von Hakone, passend zu seiner Stimmung, eine Todesanzeige der Hoffnung nachgereicht worden war. Doch je weiter die Nacht fortschritt, desto deutlicher wurde *Bänlstierer* zum Pseudonym für eine Person, die ihm, hundertfünfzig Jahre nach ihrem Tod, doch noch ihren Körper gezeigt hatte, nachdem sie ihn in den *Studien* unterschlagen hatte, weil er ihrem Anspruch auf *Heiligkeit* des Natürlichen nicht genugtat. Und doch beruhte seine Wirkung gerade darauf, daß das *Tigerartige* seiner Anlage immer noch durchblickte.

Pauls Schnitzeljagd hatte diesen fremden Körper aus den *Bits und Pieces* der Suchmaschine wieder hergestellt. Und sein unheimlicher, sein schäbiger und schändlicher Ursprung in den Vorstädten, Mooren, Unterwelten und Beinhäusern der Geschichte war zugleich die Quelle aller Studien, die Herz und Seele nähren. Aus dem Zeug, das dem Fischer Paul ins Netz gegangen war, aus dem Treibgut der Halbwelt, den Müsterchen aus dem alten Wien, dem Abfall aus *Grossingers Resort* war, *copied and pasted*, die schwarze Hose geschnitten, in welcher der *Bänlstierer* die Zither gespielt, oder der graue Wintermantel, in dem er als *Stifter* auf der verkehrten Bank gesessen hatte, um ihm das Kind zu zeigen, das er noch nie gesehen hatte. Im Jenseits aller Dinge hatte er seine Spur gefunden. Aber es lebte.

Möge es leben!

Und da man seine Zeit nicht besser, und nirgends so unbemerkt, vertrödeln kann wie im Internet, benützte der Wanderer eine Abzweigung, die er in *Grossinger's* gefunden hatte, zu einem Klick in einen unbekannten Nachbarort, zu dem ihn nichts zog als der Name: *Neversink*. Dort offerierte ihm *Youtube,* mit dem gaumigen Organ eines russischen Investors und in einer Sprache, von der er kein Wort verstand, eine Liegenschaft nach der andern. Immerhin sah er die Bilder, und es waren so viele, daß ein Oligarch ganz *Neversink, N.Y.* eingekauft haben mußte. Fast jedes Haus verfügte auch über Anstoß an den wildromantischen *Neversink River,* und Paul streifte mit großen Augen durch das Angebot an gedeckten Grillplätzchen, mobilen Lustzelten und festen Blockhäusern. Er *peepte* ins Innere der *Objekte,* weidete sich an opulenten Kaminfeuerstellen, *Master-Bedrooms* und Treppenhäusern, die mit Jagdtrophäen geschmückt waren. Er überließ sich hemmungslos der Versuchung zum Probewohnen, denn *Sein ist Wohnen,* war in Zähringen einst gelehrt worden, von Professor Heidegger, dem seine Jagdhütte auf dem Todtnauberg als Inbegriff des In-der-Welt-Seins gedient hatte.

Dafür wurde er in Japan immer noch hoch verehrt.

In diesem Augenblick klopfte es schüchtern an die Tür; es

war sein hinkender Wohltäter, der nur mitgeteilt haben wollte, er würde sich jetzt gern einen Augenblick hinlegen, es sei schon drei Uhr vorbei.

Erst jetzt sah Paul Neuhaus die schmale Liege neben dem Computertisch. Er hatte dem Mann gedankenlos und selbstvergessen den Schlafplatz weggenommen und entschuldigte sich aufrichtig.

Did you find what you wanted?

More and less, as usual. Could you give me an alarm at eight?

Sie wünschten einander gute Nacht, auch wenn von dieser nicht viel übrig war. *Kleide dich an und bessere dich.* Doch auf dem Rückweg ins Zimmer überfiel Paul eine bodenlose Müdigkeit.

Als er das nächste Mal aufschrak, lief immer noch der Fernseher, ein Gymnastikprogramm für Frühaufsteher. Tatsächlich war es erst sechs Uhr dreißig und Paul schon unwiderruflich wach. In der Dunkelheit vor dem Fenster zündeten Scheinwerfer, darüber begann sich der Himmel zu lichten, dem lautlos, mit blinkenden Lichtern, ein Flugzeug entgegenstieg.

Paul ließ die kalte Dusche über seinen schaudernden Körper laufen, dann zog er sich an, gab dem Räumchen einen letzten Blick, faßte sein Gepäck, verschloß die Tür und trat in den Korridor hinaus. Die Eingangshalle war leer, aber seine Sorge, es möchte für das Frühstück zu früh sein, wurde durch Vorgänger behoben, welche bereits die Treppe zur Mensa erstiegen und Einlaß fanden.

Auch der junge Mann mit Brille stand schon wieder an der *Reception* und begrüßte ihn wie einen Freund. Der Weckruf hatte sich damit erübrigt, und während Paul seine Rechnung beglich, sammelte sich eine Gruppe Frühflieger vor dem Entree und erwartete den Bus, der sie zum *Departure Gate* bringen sollte. Nachdem Paul mit seinem Freund – er hieß Satoshi –

noch einmal Dank, Entschuldigungen und gute Wünsche ausgetauscht hatte, machte er sich auf den Aufstieg in den neonhellen Glaskäfig, der dann doch ein opulentes Büffet zu bieten hatte. Paul behändigte eine englischsprachige Zeitung mit Bericht über Fukushima und belegte damit einen leeren Tisch, bestellte beim Kellner stehend seinen Kaffee und machte sich wandernd an die Komposition seines Frühstücks. Es blieben ihm eineinhalb Stunden bis zum *Check-in.*

Als er mit dem Frühstück fast zu Ende war und von der Zeitung aufblickte, stand unter der Glastür eine Frau im hellen Regenmantel und mit Rollkoffer, die Mitsu ähnlich sah. Sie blickte sich um – und jetzt geradewegs in seine Augen.

Sein Herz stockte. Sie war es wirklich.

Er erhob sich, sie kam auf ihn zu.

Als sie vor ihm stand, fanden sie keine Worte. Endlich sagte sie: Ich wollte Sie nicht beim Frühstück stören.

Ich bin schon fertig. Und Sie – mögen Sie etwas essen?

Einen Tee vielleicht. Gegessen habe ich schon.

Sie sind früh auf.

Ich komme aus dem Spital, von Ken-ichi. Es sah nicht gut aus diese Nacht, aber jetzt schläft er.

Sie wirkte selbst angegriffen, aber ihr Gesicht war so rein, wie er es noch nie gesehen hatte.

Mitsu, sagte er.

Ja, sagte sie. – Ich muß Ihnen etwas sagen.

Er hielt den Atem an. In diesem Augenblick kam der Kellner und fragte nach ihrem Wunsch.

Sie schwieg, als hätte sie schon zu viel gesagt, und sah ihm in die Augen.

Ich brauche ein Versprechen von Ihnen, sagte sie. – Daß Sie heute fliegen, ganz egal, was noch kommt.

Er sah sie verwirrt an. – Wie soll ich das verstehen?

Ihr Flug geht 10:45, und Sie dürfen sich durch nichts, *gar nichts* abhalten lassen, heute zu fliegen. Bitte versprechen Sie es mir.

Es gibt eigentlich nichts, was mich nach Europa zieht, sagte er langsam.

Bitte versprechen Sie jetzt, daß Sie fliegen, daß Sie in zwei Stunden fliegen, Sonst kann ich nicht sagen, was ich muß.

Dann verspreche ich es.

Ich muß Ken jetzt begleiten, sagte sie. – Das kann ich nicht, wenn meine Gedanken anderswo sind.

Das verstehe ich.

Sie müssen es noch besser verstehen. Ich bin schwanger.

Er sah sie an. Ihre Augen leuchteten vor Schwärze.

Ich habe es gewünscht. Es ist unser Kind.

Unwillkürlich atmete er tief auf.

Ist es schlimm? fragte sie leise.

In diesem Augenblick kam der Tee; Paul Neuhaus nahm dem Kellner die Kanne ab und begann Mitsu einzugießen, immer noch stehend. Seine Hand zitterte.

Es ist wunderbar, sagte er.

Sind Sie sicher?

Vielleicht träume ich ja, aber ich bin ganz sicher. Weiß es Ken?

Er weiß, daß ich ihm nichts verberge, darum zeigt er mir genau, was er wissen will.

Wie geht es ihm?

Ich halte ihn oft im Arm. So kann er schlafen.

Mitsu – san. – Weiß er, daß Sie hier sind?

Ich habe ihn nie belogen, fast nie. Auf das Kind darf ich warten. Aber sonst … erwarte ich nichts, gar nichts. Das wollte ich Ihnen sagen, bevor Sie gehen. Sonst wird es zu schwer.

Aber wenn –

Ja, wenn, sagte sie. Aber darüber wissen wir nichts, Sie nicht, und ich auch nicht. Darum muß es ein Abschied sein, *jetzt.*

Ich habe Sie gehört, erwiderte er nach einer Weile. – Aber bitte hören Sie mich auch. Was für ein Glück, daß wir nach Fukushima gegangen sind.

Sie trank einen kleinen Schluck, dann lächelte sie. – Darf ich Sie noch zum *Gate* begleiten?

Oh, ja.

Vor der Treppe versuchte er ihr den Rollkoffer abzunehmen, aber sie erlaubte es nicht. In der Eingangshalle fragte er: Verreisen Sie denn auch?

Ach, der Koffer. Da ist nur eine Überraschung drin.

Als er den Koffer einen Augenblick gehalten hatte, war er ihm federleicht vorgekommen.

Als sie vor der Tür standen, sagte er: Der nächste Bus kommt gleich.

Können wir nicht zu Fuß gehen? Es ist so nah.

Die Fahrbahn vom Hotel hinüber zur Glasflucht des Terminals war die oberste mehrerer Ebenen und die einzige, die nicht stark befahren war, aber auf keiner ging ein Mensch zu Fuß. Gestern hatte er den Höhenweg allein benützt. Aber für zwei Rollkoffer nebeneinander war er zu schmal.

Bitte gehen Sie voraus, sagte sie.

So gingen sie hintereinander, zwischen Leitplanke und Fahrbahn, auf dem obersten Grat des lärmenden Labyrinths dem Flughafengebäude entgegen. Die Luft war von Getöse erfüllt, immer wieder brüllte ein startendes Flugzeug über ihren Köpfen mit flackernden Lichtern durch einen grauen Himmel, der weder dunstig war noch klar. Er horchte hinter sich auf das feine Rollgeräusch, das sein lautes begleitete und immer wieder verstummte. Er widerstand der Versuchung, sich umzudrehen, bis sie wieder zweistimmig gingen. Endlich mündete die Rampe in ein breites Trottoir. Mitsu schloß zu ihm auf und blieb stehen.

Geben Sie mir die Hand? fragte sie am Rand der Durchfahrt vor den Toren.

Er hatte schon den Koffer losgelassen, da sagte sie:

Die linke bitte.

Die Rollwagen blieben stehen, als sie den Knopf an seinem Handgelenk öffnete und den Hemdärmel zurückstreifte. Dann hob sie seinen Arm an ihre Lippen und er fühlte ihre Zähne, den kraftvollen, allmählich auch schmerzhaften Zug der Zunge. Dazu sah sie ihm über seinen Arm hinweg in die Augen.

Als sie den Arm sinken ließ, hatte sie eine Spur darauf hinterlassen, ein rotes rechteckiges Mal, nur wenig kleiner als ihr Mund. Dann zog sie seinen Ärmel zurück und knöpfte ihn sorgsam zu. Stumm faßten sie die Koffer wieder und querten nebeneinander den Fußgängerstreifen bis unter das lange Vordach, traten in die Halle und suchten auf der großen Tafel den Namen seiner Luftlinie. Als der Schalter zum Einchecken gefunden war, hatten sie immer noch nicht gesprochen. Bei der *Business Class* gab es keine Schlange.

Der Koffer ist für Sie, und was drin ist.

Sie gab ihm den Bügel in die Hand; er wog den Koffer.

Eine Bombe ist es nicht, sagte er.

Doch, sagte sie, und lächelte zum ersten Mal. Dabei wurden ihre Augen feucht.

Darf ich aufmachen?

Wenn du willst.

Er zog den Reißverschluß des Deckels auf und öffnete ihn. Darunter war, kreuzweise festgeschnallt, ein Stück dunkelblaues Tuch zu sehen, sorgsam in Falten gelegt. Als er den Stoff anhob, zeigte sich ein Kragen mit Reißverschluß, und darunter lag ein zweites Stück Tuch, gefaltet wie das erste. Es waren die Schutzkleider, gewaschen und gebügelt, die sie in der *Zone* getragen und abgelegt hatten, beinahe mit Blick auf das Meer.

Als er sie ansah, versuchte sie, nicht zu weinen, aber umsonst. Da nahm er sie in die Arme und hielt sie fest, während seine Lippen ihre Augen suchten. Dabei fühlte er an seinem Körper ihr Gewicht, hingegeben ganz und gar.

Next, please! tönte die unwirsche Stimme der Dame am Business-Schalter. – *I have to take the Passengers from Economy.*

Und da das Paar immer noch stehenblieb, drängte eine Gruppe mit Sack und Pack vorbei, um den Raum am Schalter zu besetzen.

Ken ist immer groß gewesen, sagte Paul.

Erinnern Sie sich an das Ballonpapier, das seine Mutter kleben mußte, im Arbeitsdienst für den Krieg?

Die Wunderwaffe aus Papier, sagte Paul.

Sie hat ein kleines Stück aufbewahrt. Ken trägt es immer in der Brieftasche. Es ist sein Talisman. Gestern hat er zum ersten Mal über das Papier gesprochen. Gib es mir mit, hat er gesagt. Verbrenn's mit mir.

Sie sah Paul in die Augen.

Das mußt du selbst tun, habe ich ihm gesagt. Ich sterbe nicht mit ihm, wenn er das erwartet. Aber er wird für mich nie gestorben sein.

Er sah, wie das Lächeln ihre Augen trocknete.

Bitte sag Seizō-san, daß ich das Ōkura-Haus kaufe.

Für dich?

Ja, für mich.

Das mußt du ihm selbst sagen.

Ich habe keine Adresse.

Ich habe ein Notizbuch in den Koffer getan, da steht sie drin.

Der Koffer war noch nicht zu. Aus dem Innenfach des Dekkels sah ein Büchlein hervor; er zog es heraus. Es war biegsam, glattes gelbliches Papier, und auf dem rosenfarbenen Umschlag waren, wie Wasserzeichen, die schimmernden Umrisse von Kirschblüten gepreßt. Ein grüner Faden band das Heft zusammen, und darauf klebte ein von Goldspuren gesprenkeltes Etikett mit senkrechten Schriftzeichen.

Was steht denn da? fragte er.

O-mo-i-tsu-ku-mama-ni. Sudden ideas, just as you like.

Das Bändchen fühlte sich an wie ein Bündel Seide.

Ich möchte einen festen Stamm der Roderer in dieser Gegend gründen und ihn an diese Gegend heften, und wenn meine Nachkommen so denken wie ich, so trocknen sie das Moor völlig aus, verwalten ihre liegende Habe, genießen das Erworbene, vermindern es nie, vermehren es dagegen, wirken gut für die Menschen hier, verwachsen mit ihnen, werden stetig und ruhig.

Er schlug die hinterste Seite auf, in Japan die erste. Darin stand *Mr. Irie Seizō* in lateinischer Schrift, alles übrige in Zeichen. Daneben ein zinnoberroter Stempel mit anmutiger Zeichenkombination; sie erinnerte an ein Äffchen im Käfig. Sonst waren alle Seiten leer.

Schreib mir nicht, bitte, sagte sie. Schreib *hier*. Es ist ein Übungsheft. Wenn du Japanisch lernen willst –

Allein? fragte er.

Das kannst du, sagte sie. – Und du bist nicht allein. Aber jetzt mußt du in die Schlange.

Bitte warte nicht mehr.

Ich warte nicht.

Aber sie standen noch immer.

Paul, sagte sie. Zum ersten Mal nannte sie ihn mit Vornamen und hielt die Augen niedergeschlagen. – Ich wollte dir keine Falle stellen.

Ich wäre aber so gern hineingefallen, antwortete er.

Sie sah ihn an, zweifelnd erst, dann mit großen Augen.

Ich weiß nicht ganz, ob ich dich verstehe.

Sie blickten einander lange an, dann begannen sie gleichzeitig zu lächeln.

Hast du etwas gesagt? fragte sie.

Nur gedacht, sagte er. – Oder hast du etwas gehört?

Ja, sagte sie, aber du bist frei.

So lange der Eisvogel brütet, sagte er.

Das mußt du mir erklären, bitte.

Nächstes Mal – *mata kondo*, sagte er.

Mata kondo, ne? wiederholte sie.

Sie verneigten sich voreinander. Dann trat er in die Reihe. Zwei Stück Handgepäck. Mitsus Koffer hatte unter dem Vordersitz Platz. Sonst behielt er ihn auf den Knien.

Als er sich umdrehte, war sie verschwunden. Er aber spürte, in diesem Augenblick, daß die Periode *rascher Einfälle* schon begonnen hatte. Er würde die Seidenblätter nicht beschreiben. Aber er würde Japanisch lernen. *Es gilt.* Er bekam zu tun.

Ich fühlte nur eine Freiheit, Fröhlichkeit und Größe in meinem Herzen wie in einem hell erleuchteten Weltall.

Aus dem Verlagsprogramm

Anna Katharina Fröhlich
Rückkehr nach Samthar
Roman
268 Seiten. München 2018

Marjana Gaponenko
Der Dorfgescheite
Ein Bibliothekarsroman
ca. 288 Seiten. München 2018

Kent Nerburn
Nicht Wolf nicht Hund.
Auf vergessenen Pfaden mit einem alten Indianer
Aus dem Englischen von Sky Nonhoff
ca. 352 Seiten. München 2018

Alexander Münninghoff
Der Stammhalter
Roman einer Familie
Aus dem Niederländischen von Andreas Ecke
334 Seiten. München 2018

Jean-François Désérable
Ein gewisser Monsieur Piekielny
Roman
Aus dem Französischen von Sabine Herting
256 Seiten. München 2018

Bernard MacLaverty
Schnee in Amsterdam
Roman
Aus dem Englischen von Hans-Christian Oeser
ca. 288 Seiten. München 2018